ELBFEUER

Im beschaulichen Kophusen hat Circus Puccini sein Zelt aufgeschlagen. Doch die Vorfreude auf die Vorstellungen währt nur kurz, als Zirkusdirektor Salvatore tot in seinem Wohnwagen aufgefunden wird. Nicht nur sein Selbstmord, auch das bei ihm gefundene Testament lassen Kommissar Philip Goldberg aufhorchen. Zeitgleich sucht eine obdachlose Frau Zuflucht in einem Unterschlupf in nächster Nähe. Goldberg spürt, dass hier mehr im Spiel ist, als es den Anschein hat. Als auch noch eine Würgeschlange aus ihrem Terrarium entkommt und ein Esel verletzt aufgefunden wird, liegt auf der Hand, dass jemand alles daransetzt, dem Circus Puccini Schaden zuzufügen. Während der frischverliebte Kollege Hauke Thomsen mit seiner neuen Freundin Freija beschäftigt ist, versuchen Goldberg und sein Kollege Peter Brandt, hinter das Geheimnis der Familie Puccini zu kommen.

Nicole Wollschlaeger, 1974 in Pinneberg geboren, absolvierte zunächst eine Ausbildung zur Buchhändlerin. 2004 schloss sie ein Schauspielstudium in Hamburg ab. Bis 2016 lieh sie ihre Stimme der Kinderbuchreihe „Das magische Baumhaus" und tourte mit den Geschichten von Anne und Philipp aus Pepper Hill durch Deutschland und Österreich. 2013 erschien ihr Debütroman „Schatten über Nargon" im Carlsen Verlag. Mit ELBSCHULD startete sie 2016 die ELB-Krimiserie um den Kommissar Philip Goldberg bei BoD.

NICOLE WOLLSCHLAEGER

ELBFEUER

Kriminalroman

Philip Goldbergs
neunter Fall

Ausführliche Information unter:
www.nicolewollschlaeger.de

Weitere Titel der Serie in der
Reihenfolge ihres Erscheinens:
ELBSCHULD
ELBSCHMERZ
ELBSPIEL
ELBGIFT
ELBFANG
ELBTIER
ELBPAKT
ELBSCHATZ
ELBFEUER

2. Auflage 2025
© 2025 Nicole Wollschlaeger

Umschlaggestaltung: Svenja Sund unter
Verwendung von Motiven von edcorbo & Ivan Šmuk
by Canva®
Lektorat: Stefan Wendel, Lübeck
Korrektorat: Sonja Hartl, Alxing & Rita Nandy, Wunstorf

Herstellung und Verlag:
BoD · Books on Demand GmbH, In de Tarpen 42, 22848
Norderstedt, bod@bod.de
Druck: Libri Plureos GmbH, Friedensallee 273, 22763 Hamburg
ISBN: 978-3-7693-5571-0

Für Max

*»Nach manchem Gespräch mit Menschen
hat man den Wunsch, einen Hund zu streicheln,
einem Affen zuzulächeln und
vor einem Elefanten den Hut zu ziehen.«*

Maxim Gorkij

PROLOG

Der Applaus berauschte ihn noch immer. In all den Jahren hatte sich nichts daran geändert. Das war der Grund, warum er all die Strapazen auf sich nahm, seine Knieschmerzen mit Tabletten zu betäuben suchte und die finanziellen Sorgen ertrug. Er verbeugte sich tief vor seinem Publikum. Das Adrenalin wanderte durch seine Adern. Er war glücklich. Dieses Mal war es keine Lüge. Ein wärmendes Gefühl fuhr durch seinen Körper. Es war die Magie, die er lange nicht mehr gespürt hatte. Der Funke war übergesprungen, hatte sein Publikum entzündet und ihn verzaubert. Das Glück war flüchtig und berauschend. Ein würdiger Abschluss. Der perfekte Moment.

Ihre Blicke trafen sich. Er schenkte ihr ein Lächeln. Es war das erste Mal, dass er sie lachen sah. Sie saß in der vordersten Reihe. Begeistert schlug sie die Handflächen aneinander. Ihre Gefühle füreinander waren echt, rein und ganz frisch. Er hatte es kaum für möglich gehalten. Doch es war geschehen. Wie durch ein Wunder waren sie sich begegnet. Genau im richtigen Augenblick, am richtigen Ort. Für Salvatore Puccini würde es die letzte Vorstellung sein. Seine Zeit war gekommen.

Sein Enkel Marcello boxte ihm theatralisch in die Seite. Salvatore schrie auf. Mit gespielter Wut jagte er ihn durch die Manege. Eine Ehrenrunde. Die letzte. Unter dem Lachen der Kinder verpasste Marcello ihm einen Tritt in den

Hintern und schubste ihn durch den Vorhang. Der stechende Schmerz zog sich vom Knie runter bis zu seinem Fuß. Die Tabletten wirkten schon lange nicht mehr. Er biss sich auf die Lippe und verbarg sein schmerzverzerrtes Gesicht. Das Adrenalin wich aus seinen Adern. Marcellos Lachen erklang. Auch er hatte die Magie gespürt. Sanft streichelte er dem Jungen über den Kopf.

Das Licht ging an. Der Tumult im Zelt war verebbt. Die Kinder strömten lärmend nach draußen. Salvatore warf einen letzten Blick auf seine Sippe, die wie ein Uhrwerk funktionierte. Sie würden noch mindestens eine Stunde mit dem Abbau der Requisiten beschäftigt sein. Er konnte sich ungestört in seinen Wohnwagen zurückziehen. Alle wussten, dass er nach der Vorstellung gerne für sich war. Niemand würde seine Pläne durchkreuzen. Es war augenscheinlich alles wie immer. Er trat durch den Spalt im Vorhang. Sein Blick glitt über die Manege, vorbei an dem leeren Platz, auf dem sie eben noch gesessen hatte. Die Stille nach einer Vorstellung konnte ebenso ohrenbetäubend sein wie der Applaus. Salvatore sog den Duft von Holzspänen und Popcorn ein. Das war sein Leben gewesen. Alles, wovon er immer geträumt hatte.

Den pochenden Schmerz im Knie ignorierend, humpelte er durch die Manege. Sein Kopf war leer. Aufgeräumt. Alle Zweifel der letzten Wochen waren verschwunden. Er schlüpfte durch den Seiteneingang. Nach wenigen Metern erreichte er seinen Wohnwagen. Die Stufen waren zu einem fast unüberwindlichen Hindernis geworden. Der Schmerz durchzog sein Bein. Ein Mal noch, dann würde es vorbei sein.

Er schloss die Tür hinter sich. Im Schlafbereich ließ er sich vorsichtig vor dem Spiegel nieder, der schon seinem

Großvater gehört hatte. Salvatore knipste das Licht an. Wie oft hatte er hier gesessen und sich im Schein der nackten Glühbirnen geschminkt. Er hatte aufgehört zu zählen. Aus schwarzumrandeten Augen betrachtete er sich. Seit einiger Zeit setzte sich sein Make-up in den Hautfalten ab. Sein fortgeschrittenes Alter war nicht zu verbergen.

Seine Entscheidung stand fest. Seit Wochen hatte er seinen Abgang vorbereitet. Er hatte niemandem etwas von seinen Plänen erzählt. Diese Entscheidung hatte er für sich allein gefällt. Manche würden es egoistisch nennen, doch für ihn war es genau das Gegenteil. Er machte nicht nur Platz für die nächste Generation. Sein Tod würde die Zukunft des Zirkus sichern. Nur seine Schwester Giulia, die seine Post öffnete, wusste, wie es wirklich um ihre Situation bestellt war. Die Banken, das Finanzamt, alle hatten sich gegen sie verschworen. Doch Giulia würde den Mund halten. Das hatte sie ihm versprochen. Sein Tod war der einzige Ausweg, die letzte Chance, das Lebenswerk seiner Familie zu retten. Er hatte keine Kraft mehr. Er war müde, sein Körper ausgebrannt. Alle um ihn herum spürten, dass es so weit war, scharrten mit den Hufen und hofften insgeheim, dass er freiwillig abtreten würde. Und genau das hatte er vor. Noch besaß er einen Funken Würde.

Die Familie würde sich neu aufstellen müssen. Der Streit war vorprogrammiert, das wusste er. Aber sie würden sich einigen. Einigen müssen. Ihm zuliebe und um das Überleben des Zirkus zu sichern. Das war sein ausdrücklicher Wunsch. Sein Erbe, sein Vermächtnis.

Er zog die Schublade auf und nahm die Smith & Wesson heraus. Sie wog schwer. Ebenso wie seine Entscheidung. Er legte sie auf dem Schminktisch neben der Puderquaste ab. Von dem doppelten Boden der Schublade wussten nur seine Söhne Guido und Rocco. Fast feierlich entnahm er dem Fach den weißen Bogen und den altmodischen Füllfederhalter. Er wusste nicht, ob er die richtigen Worte gefunden hatte, aber darauf kam es nicht an. Sie waren direkt aus seinem Herzen gekommen, und allein das zählte. Seine Söhne würden es verstehen. Davon war er überzeugt. Sie waren zugänglicher als er, offener und vor allem nicht so stur wie er selbst. Sie kamen nach ihrer Mutter. Er lächelte. Saskia hatte ihr ganzes Leben an seiner Seite verbracht. Tief in ihrem Inneren würde sie begreifen, dass er es hatte tun müssen. Gemeinsam würden sie zu dritt das Unternehmen in die Zukunft führen. Dafür hatte er gesorgt. Sein Tod würde den Grundstein für einen Neuanfang legen. Ein furioses Comeback.

Im Stillen las er die Zeilen noch einmal. Sein Letzter Wille war klar und eindeutig formuliert. Ein Auftrag an seine Nachkommen, den Zirkus mit neuem Leben zu erfüllen. Das Geld würde ihnen aus der Misere helfen. Entschlossen setzte er den Ort und das Datum darunter. Dann unterschrieb er das neue Testament mit vollem Namen. Er schob die Kappe zurück auf den Füller. Sein Atem ging erstaunlich ruhig. Er hatte erwartet, dass er nervös sein würde, vielleicht sogar zitterte. Aber nichts von all dem geschah. Sein Entschluss fühlte sich richtig an. Nun war alles schriftlich fixiert und der Weg in ein neues Zeitalter geebnet. Er war stolz auf sich. Weder seinem Großvater noch seinem Vater wäre das je in den Sinn gekommen. Die Leitung des Zirkus war ausschließlich Männersache gewesen und hatte immer dem ältesten Sohn zugestanden. Das würde sich nun ändern.

Den Verkauf hatte er testamentarisch ausgeschlossen. Auch wenn das rechtlich anfechtbar war. Salvatore ertrug den Gedanken nicht, dass sein Vermächtnis an diesen

Banausen verscherbelt werden würde. All das, wofür er sein Leben lang gearbeitet hatte. Er war in dem Wohnwagen geboren worden, ebenso wie sein Vater und sein Großvater vor ihm. Der Zirkus war nicht nur das Zuhause seiner Familie. Er war auch das Heim seiner Tiere. Die meisten von ihnen hatte er eigenhändig aus dem Leib der Mutter gezogen. Sie hatten ihm vertraut. Und er hat sich ihr Vertrauen verdient. Tag für Tag. Jahr für Jahr.

Am schlimmsten würde es seinen treuesten Weggefährten treffen. Deshalb hatte er genaue Anweisungen zu Papier gebracht, um seine Sicherheit und die der anderen Tiere zu gewährleisten. Auch wenn der Zirkus notwendige Veränderungen durchlaufen musste, um zu überleben, seine Tiere würden einen Ort haben, an dem sie in Würde alt werden und in Ruhe sterben konnten. Damit zollte er ihnen Respekt für ihre Treue. Seite an Seite waren sie mit ihm durch dick und dünn gegangen, manche von ihnen waren ihm sogar buchstäblich durchs Feuer gefolgt. Er lächelte schwach. Am Ende konnte er sich ruhig ein wenig Pathos erlauben. Schließlich setzte er jeden Tag sein Leben aufs Spiel. Für sein Publikum.

Es wurde Zeit. Bevor er es sich doch noch anders überlegte und er vor lauter Sentimentalität den Mut verlieren würde. Er stützte sich auf den Tisch und stemmte sich hoch. Mit dem Testament trat er in den Wohnbereich. Die Flasche stand auf der Küchenzeile seines in die Jahre gekommenen Wohnwagens. Vor jeder Vorstellung genehmigte er sich einen Schluck von dem selbst gebrannten Schnaps, um die Nerven zu beruhigen und die Schmerzen zu betäuben. Er nahm sich das Glas, aus dem er vorhin getrunken hatte, und füllte es. In einem Zug leerte er es. Er würde es nicht länger hinauszögern. Salvatore drehte den Verschluss zu, legte das Testament neben die Flasche und stellte das leere Glas darauf ab. Dort würde man es sofort finden und es war vor Blutspritzern geschützt, die es unleserlich machen könnten. Zum Notar hatte er es nicht mehr geschafft. Sein Knie. Außerdem hätten sie Verdacht geschöpft.

Humpelnd kehrte er an den Schminktisch zurück. Im Sitzen oder im Stehen? Darüber hatte er noch gar nicht nachgedacht. Er entschied sich für den Stuhl. Er nahm sein Kopfkissen vom Bett. Sein Oberkörper würde bei Eintritt des Todes sicher nach vorne auf den Tisch fallen. Mit etwas Glück würde das Blut in den Federn versickern und eine Sauerei vermeiden. Außerdem würde es den Anblick seiner Leiche erträglicher machen.

Ein letztes Mal betrachtete er sich im Spiegel. Er war sich der Ironie durchaus bewusst. Doch er wollte als Pepe sterben und nicht als Salvatore. Das war das Leben, in das er hineingeboren war und das er mit Stolz gelebt hatte. Er verbot sich die aufkeimende Wehmut. Zu Lebzeiten hatte er keine Zeit dazu gehabt und würde auch am Ende nicht damit anfangen.

Der Revolver hatte seinem Vater gehört. Er war Sportschütze gewesen und hatte einen Waffenschein besessen. In den Neunzigerjahren hatte er das Ding als Requisit benutzt. Natürlich ohne Munition, die lagerte er immer getrennt. Die letzte Kugel würde Salvatore gehören. Er kontrollierte die Trommel, entsicherte den Lauf und schob sich das kalte Metall in den Mund. Dann presste er sich das Kissen vors Gesicht. Seine Hände zitterten nicht. Im Gegenteil. Er schloss die Augen und drückte ab. Das Letzte, woran er dachte, war sein bester Freund. Giuseppes dunkle Augen schauten ihn an, als würden sie verstehen und, was noch wichtiger war, als würden sie ihm verzeihen.

1

Der Anblick des rot-weiß gestreiften Zirkuszeltes, dessen Spitze in den Himmel ragte, versetzte Goldberg mit einem Schlag in seine Kindheit ins Berlin der Siebzigerjahre zurück. Er hatte den Zirkus geliebt. Die Atmosphäre, die riesige Manege und nicht zuletzt der Duft von Holzspänen hatten ihn begeistert. Bei jedem Besuch hatte er ganz vorne in der ersten Reihe gesessen, um ja nichts zu verpassen. Immer hatte er seine Hand ausstrecken wollen, um eines der Tiere zu berühren, doch er hatte sich nie getraut.

»Wie früher«, sagte sein Kollege Hauke Thomsen, der ebenfalls aus dem Streifenwagen ausgestiegen war. »Circus Puccini, Mann, den gab es schon, als ich noch klein und unschuldig war.«

»Klein glaube ich dir, aber unschuldig?«, erwiderte Goldberg lächelnd.

»Ich gebe es zu, manchmal habe ich versucht, mich von der Seite reinzuschleichen, aber Rosi hat mich jedes Mal gezwungen, auch ja meinen Eintritt zu bezahlen.«

Haukes Schwester hatte offenbar bereits als Kind einen ausgeprägten Gerechtigkeitssinn besessen. Sie wusste, was sie wollte. Goldberg konnte sich das lebhaft vorstellen.

»Bist du sicher, dass es der Zirkus von damals ist?«, fragte der Kommissar. »Ohne dir zu nahe treten zu wollen, aber das ist fast fünfzig Jahre her.«

»Den Namen werde ich nie vergessen. Puccini. Mit

›tsch‹. Ich konnte es nicht aussprechen und habe immer Pukkini gesagt. Rosi hat mich jedes Mal in die Seite geboxt und korrigiert: ›Es heißt Putschini! Das ist italienisch.‹« Hauke lachte. »Ich spüre heute noch ihren spitzen Ellenbogen zwischen meinen Rippen.«

»Und so etwas nennt sich großer Bruder.«

»Sie war schon immer stärker als ich. Was sollte ich tun?«

»Ich dachte, du hättest sie beschützt?«

»Das war nicht nötig. Rosi konnte immer schon auf sich selbst aufpassen.«

Goldberg knöpfte sein helles Leinensakko zu. Es war erstaunlich warm für Ende September. Wenn die Wettervorhersage zutraf, würde ihnen ein goldener Oktober bevorstehen.

Hauke folgte ihm über das Feld. Die Hände in den Taschen seiner dunkelblauen Polizeiuniform pfiff sein Kollege gut gelaunt vor sich hin. *Love Is in the Air* von Paul Young. Seit Wochen begleitete ihn nun schon diese Melodie. So langsam konnte sein Kollege mal eine neue Platte auflegen, dachte Goldberg. Aber er schwieg. Es kam selten genug vor, dass Hauke gute Laune verströmte. Im Normalfall fiel er eher durch seine Übellaunigkeit auf.

Sie bahnten sich einen Weg durch die aus dem Boden ragenden Maisstümpfe. Der Landwirt Finn Carstensen hatte den Zirkusleuten seine Wiese zur Verfügung gestellt. Es war das erste Mal, dass Circus Puccini hier überwintern wollte. Ihr angestammtes Quartier war nicht verfügbar gewesen. Mehr wusste Carstensen nicht. Die Saison neigte sich dem Ende zu. Die letzten Spieltage waren angebrochen. Ein strenger Geruch stieg Goldberg in die Nase. Links hinter einem grünen Wohnwagen kamen zwei

Zelte in Sichtweite. Der Kommissar erhaschte einen Blick auf einen prächtigen Ziegenbock, der wie aufs Stichwort ein meckerndes »Mäh« von sich gab.

Die Wohnwagen der Artisten waren im Halbkreis um das Zirkuszelt angeordnet. Auf dem größten prangte das Logo, ein lachender Clown in bunten Farben. Beim Anblick des überdimensionierten Gesichts überfiel Goldberg ein ungutes Gefühl. Er hatte nicht alles am Zirkus geliebt. Statt wie alle anderen Kinder über die Clowns zu lachen, hatten ihm die weiß geschminkten Fratzen mit den roten Nasen Angst eingeflößt. Sobald sie mit ihren riesigen Schuhen die Manege betraten, war der kleine Philip eng an seine Mutter herangerutscht und hatte den Kopf eingezogen. Die waren wirklich gruselig gewesen. Er hatte nie verstanden, was die anderen so lustig an diesen tollpatschigen, bis zur Unkenntlichkeit geschminkten Geschöpfen fanden, die sich gegenseitig wehtaten oder Wasser ins Gesicht spritzten. Auch heute noch überkam ihn ein vages Gefühl der Beklemmung, wenn er einen Clown sah. Nicht umsonst hatte Stephen King diese Urängste für eine seiner berühmtesten Geschichten genutzt. Bis heute hatte er nicht gewagt, sich den Film bis zum Ende anzusehen.

Das lächelnde Clownsgesicht zierte auch die Plakate, auf denen der Zirkus seine letzten Vorstellungen ankündigte. Seit einigen Wochen hingen sie an der Straße und vor der Kirche. Magda, seine Lebensgefährtin und Buchhändlerin in Glückstadt, hatte vorgeschlagen, Karten für die Abschlussvorstellung am Samstagnachmittag zu besorgen. Aber aufgrund des Anrufs, den sie vor gut dreißig Minuten von der Regionalleitstelle erhalten hatten, war Goldberg nicht mehr so sicher, ob die Vorstellung tatsächlich stattfinden würde.

Sie ließen den Haupteingang aufs Gelände links liegen und näherten sich von der Seite. Nichts wies darauf hin, dass hier ein Mensch zu Tode gekommen war. Es war still. Der Platz schien wie ausgestorben. Vor dem ungerührt in der Sonne leuchtenden Zelt blieben sie stehen. Die Plane stand zu beiden Seiten offen. Der Eingang wirkte wie ein dunkel aufragendes Maul, das jeden verschlang, der es wagte, einzutreten. Hauke schien allerdings wenig beeindruckt. Ohne zu zögern, marschierte sein Kollege in das Innere des Zelts und wurde von der Dunkelheit verschluckt. Goldberg folgte ihm und blieb nach wenigen Schritten ehrfürchtig stehen. Das Sonnenlicht ließ das Zirkuszelt schimmern und verbreitete ein diffuses Licht. Sterne glitzerten am dunkelblauen Zirkushimmel. Rechts von ihm, neben dem Eingang, war ein rot-weißer Verkaufsstand, der Goldbergs Begeisterung umgehend ernüchterte. Die Bude erinnerte ihn an den Hamburger Dom, der so gar nicht sein Fall war. Eine riesige Popcorn-Maschine erklärte den süßlichen Duft, der in der Luft klebte. Daneben standen zwei durchsichtige Kühlbehälter mit jeweils einer giftgrünen und einer schlumpfblauen Flüssigkeit. Auf dem Tresen befanden sich lauter bunte Süßigkeiten, die in ihren Gläsern darauf warteten, von den Besuchern verzehrt zu werden. An der Zeltwand leuchtete ein großer Kühlschrank verheißungsvoll, gefüllt mit heillos überzuckerten Kaltgetränken. Mittlerweile reichte die Zirkusmagie offenbar nicht mehr aus, um Kinder zu verzaubern.

Hauke blieb stehen und blickte sich um. »Irgendwie habe ich das größer in Erinnerung«, sagte er. »Oder ich war einfach nur kleiner.«

Eine weise Einsicht, fand Goldberg und nickte

zustimmend. Vermutlich hatten sie beide verklärte Erinnerungen an die Zirkuswelt.

Die Holzbänke der letzten Reihen waren bunt angemalt. Vorne an der Manege standen rot gepolsterte Stühle. Links und rechts ragten Scheinwerfersäulen empor. Der Bereich hinter der Manege war von einem blauen Vorhang abgeschirmt.

»Da sind Sie ja«, erklang eine weibliche Stimme hinter ihnen.

Goldberg drehte sich um, als Hauke bereits ein anerkennendes Schnalzen entfuhr, das ihm sofort peinlich zu sein schien. Sein Kollege räusperte sich.

»Guten Tag. Polizeiobermeister Hauke Thomsen, und das ist Kriminalhauptkommissar Philip Goldberg. Wir wurden alarmiert«, sagte er mit betont ernster Stimme und trat auf sie zu.

Vor ihnen stand eine Frau, nicht größer als einen Meter sechzig. Ihr Alter war schwer zu schätzen. Goldberg tippte auf Mitte vierzig. Unter ihrem fleckigen offenen Bademantel trug sie ein orientalisch anmutendes Gewand, das für Goldbergs Dafürhalten nur bedingt jugendfrei war. Der weiße, durchsichtige Stoff ließ ihre weiblichen Rundungen nicht nur erahnen. Auf dem Kopf ragte eine lilafarbene Feder aus dem streng zusammengebundenen Haar hervor. Dieser Anblick allein hätte ausgereicht, um Hauke in Entzücken zu versetzen. Doch das Schnalzen hatte nicht ihr gegolten. Es war das mattglänzende, grüne Etwas, das um ihren Hals hing.

»Kommen Sie«, sagte die Frau. »Er liegt in seinem Wohnwagen.«

Goldberg zögerte. Hauke straffte sich und räusperte sich erneut.

»Kommt das Ding da auf Ihren Schultern auch mit?«, fragte Hauke, bemüht, die Fassung zu bewahren.

Die Frau lächelte. »Verzeihen Sie, das ist Beatrice. Haben Sie Angst vor Schlangen?«

Als hätte Beatrice ihren Namen verstanden, reckte sie ihnen den Kopf entgegen. Die Zunge schnellte zischend aus dem Mund. Die Beamten wichen gleichzeitig einen Schritt zurück.

»Na ja, Beatrice sieht nicht gerade glücklich aus«, sagte Hauke.

»Keine Sorge. Sie ist nicht giftig. Ein weiblicher Grüner Baumpython.« Die Frau streichelte über das grün leuchtende Tier, das sich schier endlos um ihren schlanken Hals zu winden schien. Die weißen Sprenkel unterstrichen den satten Grünton. Die Unterseite war deutlich heller, fast weiß. »Mögen Sie sie mal streicheln? Beatrice liebt das.«

Hauke konnte gerade noch ein empörtes Schnauben unterdrücken. Goldberg kam ihm zu Hilfe.

»Nein, danke. Wir sind aus einem anderen Grund hier. Könnten Sie uns zu dem Toten bringen?«

Sie nickte traurig. »Ja, natürlich. Entschuldigen Sie. Wir sind alle fassungslos über den Verlust Salvatores.« Sie wandte sich zum Gehen. »Er war nicht nur der Direktor, er war die Seele des ganzen Zirkus.«

Die beiden Beamten warfen sich einen kurzen Blick zu. Hauke verzog das Gesicht zu einer angewiderten Miene. »Das kann ja heiter werden«, brummte er leise. »Ich hoffe nur, in dem Wohnwagen laufen keine Vogelspinnen frei herum«, murmelte er.

Bevor sich das Bild in Goldbergs Kopf manifestieren konnte, schob er es rasch beiseite. Sie folgten der Frau nach draußen.

»Wer hat ihn gefunden?«, fragte Goldberg, der in gebotenem Abstand neben ihr ging.

»Mein Mann. Guido, Salvatores ältester Sohn.«

»Und Sie sind?«

»Carla Puccini.«

»Wann hat Ihr Mann seinen Vater gefunden?«, erkundigte sich Hauke.

»Vor einer Dreiviertelstunde. Guido hat sofort die 110 gerufen.«

Vorsichtig trat Goldberg über eines der armdicken Seile, mit denen das Zelt im Boden verankert war. Beatrice schaute neugierig auf. Der Kommissar wandte den Blick ab. Er war kein Fan von Reptilien. Erst recht nicht, wenn sie so beweglich waren. Hauke schien es ähnlich zu gehen. Sein Pfeifen jedenfalls war verstummt.

Carla steuerte auf einen der Wohnwagen zu. Sie nahm die drei Metallstufen nach oben und öffnete die Tür. Beatrice schielte über ihre Schulter und fixierte Goldberg mit ihren silberfarbenen Augen. Der Kommissar wartete, bis die Frau im Innern verschwunden war, bevor er ihr folgte.

Ein Mann mit schwarzen, kurzen Haaren stand an der Küchenzeile. Als sie den Wohnraum betraten, drehte er sich um. Seine Augen waren feucht.

»Guten Tag. Mein Name ist Goldberg. Philip Goldberg.« Er reichte dem Mann die Hand.

»Guido Puccini«, erwiderte er leise und drückte die entgegengebrachte Rechte. Fast hätte Goldberg einen Laut von sich gegeben, doch er verzog keine Miene. Der Mann war muskulös. Sein Händedruck schmerzhaft.

»Ich bin sein Sohn«, sagte er, während er Hauke mit Handschlag begrüßte, dem kurzzeitig die Gesichtszüge entgleisten. »Kommen Sie. Er ist hinten im Schlafbereich.«

Carla setzte sich auf die Eckbank. Sie machte zum Glück keine Anstalten, ihnen in den engen Nebenraum zu folgen. Guido schob die klapprige Schiebetür beiseite und ließ den Beamten den Vortritt. Der winzige Raum war von einem Doppelbett nahezu ausgefüllt. Links stand ein altmodischer Schminktisch mit einem riesigen Spiegel, an dessen Rändern Glühbirnen steckten. Goldberg wich zurück, als er die Perücke auf dem Kopf des Toten erblickte. Er spürte, wie sich die Gänsehaut auf seinen Armen ausbreitete. Hauke schnaubte leise neben ihm. Guido schien ihre Reaktion bemerkt zu haben.

»Er war der Clown. Pepe.«

Das war nicht zu übersehen. Die roten Haare aus Kunstfasern standen dem Toten buchstäblich zu Berge. Das Gesicht war weiß geschminkt. Die knallrote Nase war ihm über die Stirn gerutscht. Goldberg musste sich zusammenreißen. Es schien, als wäre er in einem von Stephen Kings Horrorszenarien gelandet. Der Kommissar zwang sich, den Blick nicht abzuwenden. Der Kopf des Toten lag seitlich auf dem Tisch. Unter ihm ein Kissen, das er sich offenbar vor dem tödlichen Schuss in den Mund vor das Gesicht gehalten hatte. Es war mit Blut durchtränkt und hatte die Schminke verwischt. Ein dünner Faden geronnenen Blutes hatte es über die Tischkante geschafft und war zu Boden getropft. Seine weiß geschminkten Hände lagen neben dem Kopf auf dem Tisch. In der Linken steckte lose der Revolver. Beim Eintritt des Todes war die Kraft aus der Hand des Clowns gewichen. Die Rechte ruhte auf dem Tisch, als müsste sie sich von den Strapazen erholen.

»Sie haben ihn gefunden?«, fragte Goldberg und drehte sich zu dem Mann um, der in der Tür stehen geblieben war.

Guido nickte.

»Wann war das genau?«

»Keine Ahnung, vor einer Dreiviertelstunde vielleicht.«

Goldberg blickte auf das geronnene Blut. »Er muss schon länger hier liegen. Haben Sie den Schuss nicht gehört?«

»Doch, aber hier sind öfter Jäger unterwegs. Wir waren mit dem Abbau nach der Vorstellung beschäftigt und haben uns nichts dabei gedacht.«

»Verstehe.«

»Aber als er zum Essen nicht zu uns ins Vorzelt kam, habe ich nach ihm geschaut.«

»Niemand war bei ihm?«

»Nein, nach der Vorstellung wollte er immer allein sein. Es war eine Marotte von ihm. Keiner durfte ihn stören.«

»Wohnt er allein hier?«

Guido schüttelte den Kopf. »Nein, mit meiner Mutter zusammen. Sie ist bei meinem jüngeren Bruder Rocco und meiner Schwägerin. Sie kümmern sich um sie.«

»War außer Ihnen noch jemand hier in dem Raum?«

»Nein, niemand soll ihn so sehen.«

Goldberg drehte sich wieder zu dem Toten. Hauke war in die Hocke gegangen und starrte auf die riesigen gelben Schuhe an seinen Füßen.

»Woher hatte er den Revolver?«, fragte Hauke.

»Der gehörte meinem Großvater«, erwiderte Guido.

»Warum hatte er eine Waffe?«, setzte Hauke nach.

»Sie gehörte zu seiner Zirkusnummer. Mein Vater hat die Waffe und die Nummer übernommen, aber vor einigen Jahren aufgegeben.«

»Eine Nummer mit einer echten Smith & Wesson?«, sprach Hauke Goldbergs Frage laut aus und erhob sich dabei.

»Sie kam nie zum Einsatz. Sie war bloß ein Requisit der Lassonummer«, erklärte Guido.

»Hatte Ihr Vater einen Waffenschein?«, erkundigte sich Hauke, der das eben Gehörte nicht zu glauben schien.

»Nein, mein Vater nicht, aber mein Großvater. Er war Sportschütze.«

»Woher stammt sie?«, wollte Goldberg wissen.

»Das weiß ich nicht. Ich habe nie gefragt.«

Ein Clown mit einem echten Magnum-Kaliber, ging es Goldberg durch den Kopf. Das entsprach nicht gerade der gängigen Jobbeschreibung. Und warum hatte der Mann sich nicht vorher abgeschminkt? War es eine Kurzschlussreaktion gewesen oder wollte er ein Zeichen setzen?

»War Ihr Vater krank?«, fragte Goldberg.

»Nein. Also jedenfalls nichts Ernstes. Seine Knie machte ihm zu schaffen.«

»Können Sie sich einen Grund vorstellen, warum er das getan hat?«

Guido strich sich mit der Hand über die Augen. »Mein Vater war alt und konnte nicht mehr so, wie er wollte. Vielleicht war es für ihn schwieriger, als wir gedacht haben.« Seine Stimme zitterte. »Er hat einen Abschiedsbrief hinterlassen«, sagte Guido, um Fassung ringend. »Er liegt auf dem Küchentresen.«

Er wich zur Seite, um den Beamten Platz zu machen. Der Wohnwagen schaukelte leicht, als sie zurück in den Wohnraum traten. Guido deutete auf die Flasche, die auf der Arbeitsfläche stand. Unter dem leeren Glas daneben befand sich ein Blatt Papier. Guido setzte sich neben Carla auf die Eckbank. Goldberg sah, wie sie seine Hand ergriff. Beatrice starrte hingegen ungerührt vor sich hin.

»Ich habe nicht gewagt, den Brief anzurühren.« Guido senkte den Blick.

Goldberg nickte. Hauke zog sich neben ihm Einweghandschuhe über, die er seit einiger Zeit immer bei sich trug. Es war nicht die ungewöhnlich hohe Verbrechensrate in Kophusen, die ihn dazu veranlasst hatte. Vielmehr war es das neue Image vom »coolen Polizisten«, das er seit Beginn seiner Beziehung zu Freija pflegte. Hauke hob das Glas an und zog den Bogen zu sich heran, als wäre er Lieutenant Kojak persönlich. Wenn er nicht bald damit aufhörte, würde Goldberg ihm einen Lolly kaufen müssen, um den Look zu vervollständigen. Er trat zu seinem Kollegen, blickte ihm über die Schulter und überflog die Zeilen. Das war kein Abschiedsbrief. Salvatore hatte seinen Letzten Willen hinterlassen.

»Das ist ein Testament«, entfuhr es Hauke.

Goldberg blickte zu dem Ehepaar, das erstaunt die Köpfe hob.

»Das kann nicht sein. Er hat doch längst eines gemacht. Der Zirkus geht an mich. Das ist Tradition.«

»Dann gibt es jetzt ein neues«, sagte Hauke ungerührt.

Goldberg wandte den Blick zurück auf den Bogen. Die Zeilen wirkten, als hätte er sie hektisch zu Papier gebracht. Der Kugelschreiber hatte am Ende fast seinen Geist aufgegeben. Die Unterschrift war gerade noch zu lesen. Es kam ihm merkwürdig vor. War Salvatore in Eile gewesen? War das Testament ein spontaner Einfall gewesen? Es enthielt keinen Hinweis darauf, warum er sich umgebracht hatte. Die meisten schrieben einen Gruß an die Hinterbliebenen und erklärten sich, doch Salvatore hatte nur sein Testament zurückgelassen, ohne ein Wort des Abschieds.

»Ich rufe die Kollegen an«, sagte Hauke und zückte sein

Telefon aus der Brusttasche seiner Uniform. »Und Sie fassen hier bitte nichts an.«

Guido nickte traurig. Er drückte die Hand seiner Frau, während Carla behutsam über Beatrices glatte Haut strich. Es war ein kurioser Anblick. Ein erschossener Clown, dessen Blut über den Schminktisch lief, und daneben eine orientalisch gekleidete Frau im abgewetzten Frotteebademantel mit einer Pythonschlange um den Hals. Goldberg hatte bei der Berliner Kriminalpolizei vieles erlebt, doch Kophusen war eindeutig Spitzenreiter auf der Liste der skurrilsten Tatorte. Wer hätte das von der norddeutschen Pampa erwartet? Er jedenfalls nicht.

»Welche Kollegen?«, fragte Carla plötzlich, als wäre Haukes Bemerkung erst jetzt zu ihr vorgedrungen.

»Die Kollegen von der Kriminalpolizei werden sich vorsorglich hier umschauen«, erklärte Hauke und sah vom Display auf.

»Kriminalpolizei? Aber es war doch Selbstmord«, mischte sich Guido ein.

»Danach sieht es aus, aber das müssen wir erst noch abklären«, erwiderte Hauke in seinem neuen Polizisten-Tonfall.

Carla und Guido schienen gleichermaßen erstaunt. Sie wechselten einen kurzen Blick. Goldberg prägte sich ihre Reaktion ein. Carla schien nicht sonderlich traurig über den Tod ihres Schwiegervaters zu sein. Sie benahm sich, als würde jede Woche ein toter Clown in einem der Wohnwagen liegen.

Hauke stieg die Treppenstufen hinunter, während er mit den Kollegen aus Itzehoe telefonierte. Niklas Weidenbach würde es sich bestimmt nicht nehmen lassen, persönlich zu erscheinen. Der Kollege hatte inzwischen offiziell die Leitung der Itzehoer Abteilung übernommen. Goldberg war sich sicher, dass er dort nicht lange bleiben würde. Der Mann war ehrgeizig und plante höchstwahrscheinlich bereits seinen nächsten Schritt auf der Karriereleiter.

»Ist Ihnen an Ihrem Vater in letzter Zeit etwas aufgefallen? Hat er sich ungewöhnlich verhalten?«, setzte Goldberg die Befragung fort.

Guido schien kurz zu überlegen, bevor er den Kopf schüttelte.

»Und Ihnen?«, fragte Goldberg an Carla gewandt.

»Salvatore war ein Zirkustier, aber seine Knochen spielten nicht mehr mit.«

»War er also doch krank?«, hakte Goldberg nach.

Carla blickte zu ihrem Mann. Guido nickte ergeben.

»Arthrose. Nichts Ungewöhnliches in seinem Alter.«

»Hat er darunter gelitten?«, erkundigte sich Goldberg.

»Für meinen Vater kam der Zirkus immer an erster Stelle. Aber er konnte in letzter Zeit nicht mehr so, wie er wollte. Er hat versucht, sich nichts anmerken zu lassen, doch er hatte angefangen, einige Nummern an uns abzugeben.«

»Das ist keine Antwort auf meine Frage«, sagte Goldberg freundlich.

»Wenn er darunter litt, dann machte er es mit sich aus. Wie immer. Er war kein großer Freund von Gefühlen. Außer für die Tiere.«

»Verstehe«, erwiderte der Kommissar.

Goldberg meinte, einen Hauch von Verbitterung herausgehört zu haben. Hatte Salvatore seine Tiere mehr geliebt als seine eigenen Kinder? Alles sah nach Selbstmord aus. Wie aus dem Lehrbuch. Bis auf das Kissen. Das war ungewöhnlich. Möglicherweise hatte Salvatore versucht, die Lautstärke des Schusses zu dämpfen, oder hatte er nur sanft fallen wollen? Er spürte ein Kribbeln in seiner Magengegend. Irgendetwas stimmte hier nicht.

»Sie haben gehört, was mein Kollege gesagt hat. Ich muss Sie bitten, draußen zu warten.«

Das Ehepaar tat wie geheißen und stieg die Stufen hinab.

Hauke hatte sein Telefonat inzwischen beendet und kehrte zu Goldberg in den Wohnwagen zurück. Diskret schloss er die Tür hinter sich.

»Madame Schlangenflüsterin ist ja ziemlich gefasst. Wenn ihre grüne Freundin stirbt, ist sie sicher am Boden zerstört.«

Goldberg nickte zustimmend. Er ging zurück in den Schlafraum und besah sich den Toten genauer. »Warum trägt er sein Kostüm?«

»Vielleicht war er ein echter Spaßvogel?«

Goldberg ignorierte die Bemerkung. Er blickte unter den Tisch. Die rote Pumphose war, wie bei Clowns üblich, viel zu groß. Die gelb-grün gestreifte Jacke hatte ein paar Blutspritzer abbekommen.

»Tiefschwarzer Humor? Du weißt doch, wie durchgeknallt Künstler sind. Erinnere dich nur an die verrückte Truppe beim Jedermann«, kommentierte Hauke.

Die tote Frau am Lenkrad des Löschfahrzeugs tauchte vor Goldbergs innerem Auge auf. Eine makabre Inszenierung, die sich in sein Gedächtnis gebrannt hatte. Er schüttelte die Erinnerung ab und konzentrierte sich auf den Toten. Salvatore schien sich in den Mund geschossen zu haben. Ob die Kugel im Kopf stecken geblieben war, konnte er nicht feststellen, ohne die rote Kunsthaarperücke zu verschieben. Danach war sein Oberkörper auf den Tisch gesackt. Das Testament hatte er gut sichtbar auf die Arbeitsplatte der Küchenzeile unter dem Glas platziert.

Hauke drehte sich um und ging zurück in den Wohnraum. Goldberg erhob sich mühsam. Seine Knie knackten. Er folgte Hauke und deutete auf die Flasche.

»Was ist das?«, fragte Goldberg seinen Kollegen, der gerade die Flasche öffnete, um daran zu riechen.

»Auf jeden Fall hochprozentig.«

Die Flasche hatte kein Etikett. »Selbst gebrannt?«

»So wie das riecht, ja. Vielleicht hat er sich vorher noch ein wenig Mut antrinken müssen?«, schlug Hauke vor.

»Sieht ganz danach aus.«

Sie ließen den Blick schweifen. Die Einrichtung war renovierungsbedürftig. An mehreren Stellen des Tisches blätterte das Eichenfurnier ab. Der Stoff der altmodischen Eckbank war zerschlissen und fleckig.

»Kannst du dir vorstellen, dein ganzes Leben in so einem rollenden Kabuff zu hausen?«, fragte Hauke.

Goldberg schüttelte den Kopf.

»Vielleicht mal für einen Urlaub, aber doch nicht für immer.« Hauke blickte angewidert auf die Küchenzeile. »Ganz schön heruntergekommen.«

Sein Kollege war ein regelrechter Putzteufel, weshalb der Anblick ihn schaudern ließ. Goldberg hingegen erinnerte das Dunkelbraun an den alten Eichenschrank seiner Großmutter, der ihr gesamtes Wohnzimmer dominiert hatte.

»Mit Zirkusromantik hat das jedenfalls wenig zu tun«, kommentierte der Kommissar.

»Gar nichts, wenn du mich fragst. Allein dieser penetrante Tiergestank. Da hast du ja nie Feierabend.«

»Das dürfte jetzt ihr geringstes Problem sein. Ich hoffe,

die Staatsanwaltschaft fordert eine Obduktion an. Bruno wird uns mehr sagen können.«

Der Rechtsmediziner aus Kiel war ein alter Freund Goldbergs, der sie mit den nötigen Informationen versorgte, auch wenn sie nicht die ermittelnden Beamten waren. Über die Jahre hatten sie sich als gutes Team erwiesen. Um einen gewaltsamen Tod auszuschließen, würde man Salvatore hoffentlich zu ihm bringen. Goldberg spürte Haukes alarmierten Blick.

»Bezweifelst du etwa, dass es Selbstmord war?«, fragte er. Goldberg machte eine vage Geste.

»Du hast doch gehört, der war krank«, wandte Hauke ein. »Und bevor er zu gar nichts mehr in der Lage ist, befördert er sich eben lieber selbst ins Jenseits. Das ist doch total logisch. Schnaps, Testament – und PENG. Was gibt es daran schon wieder auszusetzen?«

Bevor Goldberg etwas erwidern konnte, erfüllte die metallisch klingende Melodie von *Love Is in the Air* den engen Raum. Mit einem breiten Grinsen fischte Hauke hastig sein privates Mobiltelefon aus der Hosentasche.

»Hallo, Schmuckstück«, hauchte sein liebestoller Kollege ins Telefon, und verdrückte sich, um Privatsphäre bemüht, zu dem Toten ins Schlafzimmer. Er zog an der Schiebetür. Allerdings kam er nur bis zur Hälfte, bevor er es aufgab. Goldberg schüttelte den Kopf. So übellaunig Hauke sein konnte, so übertrieben kitschig verhielt er sich, wenn er bis über beide Ohren verknallt war.

Freija Nørgaard war Reiseleiterin. Hauke und sie hatten sich letztes Jahr kennengelernt. Ihr Reisebus hatte eine Panne gehabt und sie musste mit ihrer Reisegruppe unfreiwillig einige Tage in Kophusen ausharren. Bei den beiden hatte es auf Anhieb gefunkt. Hauke hatte mit

seiner damaligen Freundin Olivia Schluss gemacht und
war Freija anschließend sogar nach Sylt hinterhergereist,
obwohl er die Insel hasste. Oder vielmehr die Snobs, die
dort seiner Meinung nach ausschließlich Urlaub machten.

»Du bist fantastisch!«

Durch den Türspalt sah Goldberg, dass Hauke es sich
ungeniert auf Salvatores Bett bequem gemacht hatte. Der
tote Clown, der blutüberströmt über dem Schminktisch
hing, schien seiner Euphorie nichts anhaben zu können.

»Ich freue mich auf dich! Aber jetzt muss ich Schluss
machen, wir haben eine Leiche. Selbstmord.«

Goldberg wartete geduldig, bis Hauke sämtliche Polizei-
Interna ausgeplaudert und sich schweren Herzens von seiner Freundin verabschiedet hatte. Als Hauke die Schiebetür
summend aufschob, warf Goldberg ihm einen strafenden
Blick zu. Allerdings konnte der Kommissar ihm nicht wirklich böse sein. Hauke war nach außen hin zwar ein un-
gehobelter Klotz, doch sobald er es mit einer Frau ernst
meinte, verwandelte er sich in einen charmanten, aufmerk-
samen und vor allem erwachsenen Mann. Dass er es wie
immer heillos übertrieb, war irgendwie süß.

»Sie kommt wie geplant am Donnerstag!«, rief er freu-
dig erregt und unterbrach seine Liebeshymne.

»Wie schön für dich.«

Nun war klar, warum Hauke den Selbstmord nicht in
Zweifel ziehen wollte, als Goldberg Brunos Expertise erwähnt hatte. Alles andere würde unter Umständen eine
drohende Ermittlung bedeuten, die Hauke während des
Besuchs seiner neuen Flamme nicht gebrauchen konnte.
Breit lächelnd verstaute sein Kollege das private Smartphone sorgsam in der Hosentasche, als würde Freija
höchstpersönlich in dem Mobiltelefon wohnen und nicht

im westfälischen Münster. Die Fernbeziehung befeuerte ihre Leidenschaft offenbar nur.

Hauke schwang laut summend die Tür nach draußen auf. Sein strahlendes Lächeln schien eine verstörende Wirkung auf Guido und Carla zu haben. Sie blickten ihn fragend an. Selbst der Python zeigte sich irritiert. Hauke bemerkte das nicht. Er stimmte seinen Dauerbrenner an und marschierte leise singend an ihnen vorbei.

2

Sie schlang die Arme um ihre angezogenen Beine. Schon als Kind hatte Conny sich im Schutz der Nacht sicher und geborgen gefühlt. Wie in einen Kokon gehüllt. Sie lauschte den Regentropfen, die auf ihr Konstrukt aus Ästen, Zweigen und Blättern fielen. Das Dach war dicht. Den Waldboden hatte sie mit aufgeschnittenen Pappkartons ausgelegt, die sie sich in dem kleinen Laden besorgt hatte. Ihre Isomatte lag ausgebreitet auf der rechten Seite ihres improvisierten Unterschlupfs. Darauf der zusammengerollte Schlafsack. Daneben schnarchte Susi friedlich. Vor drei Jahren hatte der West Highland White Terrier sie auf der Straße auserwählt und Conny hatte sich nicht dagegen gewehrt.

Der zerschlissene Korbstuhl und der kleine Beistelltisch stammten vom Sperrmüll. Bei Einbruch der Dunkelheit hatte sie sich die Sachen geholt, die vor einem verklinkerten Einfamilienhaus gestanden hatten. Schon jetzt war es so viel gemütlicher als ein Schlafplatz unter der Brücke an der Alster oder in einem zugigen Hauseingang der Mönckebergstraße. In Kais Altbauwohnung hatte sie es nicht lange ausgehalten. Es war ein verzweifelter Versuch gewesen, in die bürgerliche Welt zurückzukehren. Halt zu finden. Doch dafür war es zu spät. Das Leben auf der Straße hatte sie geprägt. Am Rand der Gesellschaft war es einsam, erst recht, wenn man dem Alkohol und den

Drogen abgeschworen hatte. Aber die Enge der Wohnung und die Nähe zu einem anderen Menschen waren für sie unerträglich gewesen. Sie brauchte ihre Freiheit. Außerdem musste sie weg. Nicht nur wegen Eddie. Ausgerechnet nach Kophusen hatte es sie verschlagen, an den Ort ihrer Kindheit. Mit achtzehn hatte sie ihn verlassen und war nie zurückgekehrt. Bis jetzt.

Das kleine Dorf hatte sich nicht verändert. Den Platz vor der Kirche hatte sie zwar größer in Erinnerung, aber sogar der alte Krämerladen hatte überlebt. Inzwischen hatte der Sohn Kalle ihn übernommen. Die alte Glocke, die von der Decke hing, ertönte immer noch, sobald man die Ladentür öffnete. Es hatte Conny erstaunt, an wie viele Kleinigkeiten sie sich plötzlich wieder erinnerte. Sie hatte dieses Kaff gehasst. Schon als Jugendliche hatte sie abhauen und alles hinter sich lassen wollen. Ihr Leben hier war eine einzige Lüge gewesen. Damals hatte sie es immer gespürt und mit einem Mal war es Gewissheit geworden. Im Nachhinein hatte sich so viel erklärt, so vieles war ihr plötzlich plausibel erschienen. Wie gern hätte sie das alles eher gewusst. Vielleicht wäre ihr das Leben auf der Straße dann erspart geblieben.

Als obdachlose Frau war man vielen Gefahren ausgesetzt. Die meisten Menschen, die auf der Straße lebten, waren Männer. Einige von ihnen wurden zudringlich. Im Suff hatten ihr oft die Kraft und das Selbstwertgefühl gefehlt, sich gegen die Übergriffe zu wehren. Erst als sie trocken wurde, hatte sie sich dagegengestemmt. Dem Alkohol und den Drogen hatte sie endgültig abgeschworen. Conny war stolz auf sich, dass sie es aus eigener Kraft geschafft hatte. Der Weg war lang und brutal gewesen. Mit Kai hatte es sich anfangs leichter angefühlt, aber ihre Vergangenheit hatte sie eingeholt. Immer wieder, bis … Sie schloss die Augen. Es war müßig, darüber nachzudenken, sich den Kopf zu zermartern. Ihr Leben hatte endgültig eine unerwartete Wendung genommen. Vielleicht würde sie hier endlich ihren Frieden finden. Ein Zuhause. Bei ihm.

Die Hütte war nur ein Provisorium. Ein Notbehelf. Ihr war klar, dass man nicht einfach irgendwo im Freien eine Hütte bauen und dort wohnen durfte. Das Wäldchen war ein beliebter Ort, um Hunde spazieren zu führen. Viel Zeit hatte sie darauf verwendet, ihren Unterschlupf vor neugierigen Blicken zu schützen. Im Sommer war das kein Problem. Doch der Herbst kam mit großen Schritten. Die Büsche und Bäume würden bald ihr Laub verlieren. Bis sie endgültig kahl werden würden, musste sie eine Lösung gefunden haben. Sie wollte nicht unnötig Aufmerksamkeit erregen. Viel Zeit blieb ihr nicht mehr.

Nach ihrem Treffen war sie glücklich gewesen. Zum ersten Mal in ihrem Leben. Sie wusste nicht, wie genau es weitergehen würde. Darüber wollte sie nicht nachdenken. Sie wollte die Augenblicke genießen. Ohne Reue und ohne schlechtes Gewissen.

Conny stand auf. Sie brauchte Bewegung. Susi hob den Kopf und schloss sich ihr an. Das Mondlicht brach durch die Äste und tauchte das Wäldchen in schwaches Licht. Früher war sie oft zwischen diesen Bäumen umhergestreift, als der Hochsitz noch intakt gewesen war und kein morscher Schatten seiner selbst. Sie dachte an ihren alten Schulfreund. Wie hieß er noch gleich? Hannes? Hanno? Susi lenkte sie von dem Gedanken ab. Die Hündin hatte ihren Kopf ruckartig nach links gedreht und starrte reglos in die Dunkelheit.

»Hast du etwas gehört?«, flüsterte Conny. Sie ging in

die Hocke und streichelte Susi zärtlich am Ohr, während sie dem Blick der Hündin folgte und in die Dunkelheit lauschte. In der Ferne hörte sie Stimmen. Es klang wie ein Streit. Susi knurrte leise.

»Ruhig. Die sind weit weg«, sagte Conny.

Doch Susi interessierten ihre Beschwichtigungen nicht. Plötzlich hallte ein erstickter Schrei durch die Nacht. Conny schreckte auf. Susi bellte, und bevor sie das Tier festhalten konnte, preschte es ins Unterholz.

»Susi, komm zurück!«, rief Conny.

Ohne Erfolg. Ihr weißes Fell blitzte in der Dunkelheit kurz auf und verschwand wieder. Conny blieb stehen. Sie hörte das Knacken von Zweigen, dann schnelle Schritte, die sich von ihr entfernten. Susi bellte erneut. Ein paar Meter vor ihr glaubte sie, eine Gestalt zu sehen. Oder waren es zwei? Eine dicke Wolke schob sich vor den Mond. Linker Hand nahm sie eine Bewegung wahr. Dann noch eine auf der gegenüberliegenden Seite. Wieder Susis Kläffen. Conny machte ein paar vorsichtige Schritte. Sie hoffte, dass es nicht Eddie war. Aber sie konnte sich nicht vorstellen, dass er sie aufgespürt hatte. Stille. Conny wagte nicht, sich zu bewegen. Aber sie musste Susi finden. Die Wolke gab den Mond wieder frei. Sie erblickte den leuchtend weißen Körper ihrer Hündin im Dickicht.

»Susi, komm her!«, wisperte sie.

Endlich gehorchte das Tier. Conny ging in die Hocke und streichelte Susis Kopf. Als sie ihre Nase berührte, spürte sie etwas Feuchtes. Conny zog ihr Smartphone aus der Tasche, den einzigen Schatz, den sie besaß, und leuchtete der Hündin ins Gesicht. Von Susis Nase richtete sie den Lichtkegel auf ihre Finger.

»Scheiße!«, entfuhr es ihr.

Sie hoffte, dass das Blut von einem toten Tier stammte, dessen Witterung Susi aufgenommen hatte. Wenn nicht, würde sie unter Umständen bald Besuch bekommen. Und das konnte sie im Augenblick gar nicht gebrauchen. Jedenfalls nicht, bis alles vorbei sein würde.

3

Haukes melodisches Pfeifen drang aus der winzigen Abseite, in der sich die Kochnische der Kophusener Polizeistation befand. Peter Brandt lächelte. Er freute sich über das unverhoffte Liebesglück seines besten Freundes und Kollegen. Den anfänglichen Schock über das Beziehungs-Aus zwischen Hauke und Olivia hatte Peter inzwischen überwunden. Die Apothekerin aus Elmshorn hatte sich auf Peters Zeitungsanzeige gemeldet, die er heimlich für Hauke aufgegeben hatte. Allerdings hatte sich die stürmische Zuneigung zwischen den beiden als Strohfeuer entpuppt. Mit Freija schien es trotz der Entfernung und ihrer beruflichen Reisetätigkeit anders zu sein. Peter hoffte, dass Hauke mit ihr endlich eine Frau gefunden hatte, die bei ihm bleiben würde.

»Ich gehe nachher zu Kalle und besorge Kaffee«, flötete Hauke gut gelaunt aus der Küche.

Philip saß in Lektüre vertieft auf seinem Stammplatz, dem ockerfarbenen Tresen, der aus den Siebzigerjahren stammte. Eine Modernisierung ihrer Station würde er wohl nicht mehr erleben. Peter war der Dienstälteste, schon bald würde er in Pension gehen. Doch das malte er sich lieber nicht aus. Er würde die beiden Kollegen schrecklich vermissen. Die Beamten konnten froh sein, dass man ihre Station nicht schon längst geschlossen hatte. Das verdankten sie einzig und allein der überproportional hohen Anzahl von Kriminalfällen in Kophusen.

Haukes Pfeifen war abrupt verstummt. Peter hob irritiert den Kopf. Philip blickte von dem Bericht auf, den Bruno ihnen heute Morgen geschickt hatte. Die beiden Beamten sahen sich an und lauschten. Nichts. Merkwürdig. Peter erhob sich von seinem Schreibtischstuhl. Noch bevor er seinen Oberkörper nach vorn beugen konnte, um einen Blick in die Abseite werfen zu können, erklang Haukes sonore Stimme. Der Refrain von *Love Is in the Air*.

Beruhigt ließ sich Peter auf seinen Schreibtischstuhl zurücksinken. Philip nickte erleichtert und wandte sich wieder dem Bericht zu. Hauke war ein Mann der Extreme. Entweder war er übellaunig oder aber er schwebte auf Wolken. Viel dazwischen gab es bei ihm nicht.

»Bei der Gelegenheit besorge ich auch gleich die Weingummis, die sie so gerne isst.« Hauke trat aus der Küche. Mit seinem Becher mit der Aufschrift »Kein Bier vor vier« tänzelte er zum Schreibtisch. »Ich hoffe, Kalle hat welche da. Vielleicht sollte ich gleich gehen? Oder wenigstens anrufen, dass er zwei Packungen zurücklegt? Oder besser drei?«

Während Hauke sein Mobiltelefon zückte, nahm sich Peter einen Haferkeks vom Teller und biss genüsslich ab. »Wann kommt sie denn?«, fragte er kauend.

»Übermorgen. Ich hole sie um siebzehn Uhr vom Bahnhof in Altona ab. Apropos, ich muss früher Feierabend machen.« Er wandte sich an Philip. »Du wirst dich meinem Glück ja nicht in den Weg stellen, oder? Ich habe noch jede Menge Überstunden.«

Philip hob die linke Augenbraue. »Ausnahmsweise«, sagte er, ohne von dem Bericht aufzusehen.

Hauke tippte selig grinsend auf seinem Smartphone. Peter wartete, bis Hauke drei Tüten von diesen dänischen Weingummis bestellt und das Telefonat beendet hatte.

»Wenn ihr Lust habt, können wir ja abends zusammen bei Rosi essen gehen«, schlug er vor. »Greta würde es freuen. Sie mag Freija sehr gern.«

»Zeige mir ein Lebewesen auf dieser Welt, das Freija nicht mag.« Hauke trank einen großen Schluck Kaffee. »Aber nicht an unserem ersten Abend. Wir haben uns zuletzt vor vier Wochen gesehen. Das müssen wir erst gebührend feiern. Wenn ihr versteht, was ich meine.« Er lachte. »Wie wär's mit Samstag nach der Zirkus-Vorstellung? Ich bestelle uns einen Tisch.«

Haukes Schwester Rosi hatte aus Jaspers alter verrauchter Gaststätte ein ansehnliches Restaurant mit Kneipenbereich gemacht. Ihre Mutter Bärbel war in das Geschäft eingestiegen und sie hatten die kleine Pension ausgebaut. Die Rechnung war aufgegangen. Restaurant und Pension erfreuten sich großer Beliebtheit. Aktuell suchten sie einen neuen Namen. *Bei Rosi* erschien den beiden Frauen nicht mehr angemessen.

»Wie lange bleibt sie denn?«, fragte Peter.

»Die ganze Woche. Sensationell, oder?«

»Komm nicht auf die Idee, spontan Urlaub einzureichen«, kommentierte Philip, noch immer in die Lektüre vertieft.

»Nicht mal ein oder zwei Tage?«, maulte Hauke.

»Sag Ja, Philip, du willst doch dem jungen Glück nicht im Wege stehen«, amte Peter seinen Kollegen nach.

Das Telefon riss sie aus ihrem Geplänkel. Peter nahm den Hörer ab. Eine Frauenstimme meldete sich. Peter unterdrückte ein Seufzen.

»Trautchen, was kann ich für dich tun?«, fragte er und versuchte, professionell zu bleiben, während seine beiden Kollegen zeitgleich den Kopf hoben. Peter quittierte ihre gequälten Blicke mit einem gespielten Augenrollen.

»Peter, bei uns im Dorf treibt sich eine Person illegal herum«, begann Trautchen ohne Umschweife. Ihre Stimme klang scharf und spitz. Sie bohrte sich in Peters Ohr, sodass er den Hörer einige Zentimeter weghielt.

»Was meinst du damit?«

»Na, ein Landstreicher, ein asozialer Herumtreiber. Ihr müsst dieser Angelegenheit auf der Stelle ein Ende setzen. Fiete hat seine Behausung entdeckt.«

Peter atmete lautlos ein und schloss kurz die Augen. Trautchen wohnte gegenüber dem Friedhof und schien den lieben langen Tag nichts anderes zu tun zu haben, als ihre Umgebung zu observieren. Ihr Mann Fiete war nicht nur Friedhofsgärtner, sondern auch Gemeindearbeiter und kümmerte sich um die öffentlichen Flächen. Eine unheilvolle Konstellation.

»Der Kerl hat sich im Wäldchen häuslich niedergelassen. Wenn ihr nichts unternehmt, fackelt der noch alles ab.«

Ihrem Redeschwall war nur schwer beizukommen. Peter war ein geduldiger und gutmütiger Mensch, aber auch das hatte Grenzen.

»Trautchen, vielen Dank, wir werden uns darum kümmern.«

»Ich bringe euch hin. Es ist nicht leicht zu finden. Der hat sich da eingenistet. Bisher habe ich das Subjekt noch nicht gesehen, das Versteck war leer, aber ich sage euch …«

»Trautchen, ist gut, wir sehen uns das an, versprochen. Und jetzt müssen wir weiterarbeiten. Wenn wir noch

Fragen haben, melden wir uns bei dir. Danke für deinen Hinweis.« Ohne ihre Antwort abzuwarten, legte Peter auf.

»Was will die denn schon wieder?«, stöhnte Hauke.

»Fiete hat im Waldstück eine Höhle oder so etwas entdeckt. Angeblich hat sich dort jemand häuslich niedergelassen. Was auch immer das heißen soll. Fahrt ihr gleich mal hin? Die gibt keine Ruhe, bevor wir uns dort nicht blicken lassen.«

Hauke nickte ergeben.

»Irgendetwas gefällt mir daran nicht«, murmelte Philip auf dem Tresen, immer noch in den Bericht vertieft.

»Mir gefällt nicht, dass Trautchen meistens recht behalten hat«, entgegnete Hauke. »Erinnert ihr euch noch an das leer stehende Auto auf dem Friedhofs-Parkplatz? Oder die Brunnenaktion? Die hat einen Riecher für so was.«

Philip sah von Brunos Bericht auf. »Ich rede von Salvatore Puccini. Außer der massiven Arthrose im Knie des Toten hat Bruno bei der Obduktion keine Hinweise auf eine ernsthafte Erkrankung gefunden. Der Mann schien kerngesund zu sein. Warum bringt sich so jemand um?«

»Vielleicht war er psychisch krank?«, schlug Peter vor.

»Davon hätte Guido uns erzählt, meinst du nicht?«, fragte Philip.

»Laut Statistik reden Männer viel weniger über ihre psychische Gesundheit als Frauen. Die behalten ihre Sorgen für sich und bringen sich auch öfter um«, erwiderte Peter. Erst neulich hatte er darüber einen Artikel im *Norddeutschen Kurier* gelesen, der örtlichen Tageszeitung.

»Da ist noch etwas, das mich stört«, sagte Philip.

»Und das wäre?«, wollte Peter wissen.

»Das neue Testament. Guido war seiner Aussage nach

davon ausgegangen, dass er testamentarisch als ältester Sohn zum Nachfolger bestimmt sei. Jetzt hat Salvatore verfügt, dass der Zirkus zu gleichen Teilen an beide Brüder geht.«

»Lass gut sein, Philip. Das war Selbstmord«, warf Hauke ein.

»Was stört dich denn daran?«, wollte Peter wissen.

»Gib du nicht auch noch Wasser auf seine Mühle. Der Zirkusfritze hat sein Leben freiwillig beendet. Nicht mehr und nicht weniger«, versuchte Hauke, einen Schlusspunkt zu setzen.

Philip ging auf Haukes Einwände nicht ein. »Es ist nur so ein Gefühl. Ich hätte erwartet, dass diese Familien altmodisch und eher patriarchisch aufgestellt sind. Und genau in diesem Sinne scheint ja auch das alte Testament abgefasst gewesen zu sein, das Guido erwähnt hat.«

»Schon, aber von Traditionen kann man ja auch abweichen und mit der Zeit gehen. Er hatte zwei Söhne, vielleicht wollte er nur fair sein«, wandte Peter ein. »Zweifelst du wirklich daran, dass es ein Selbstmord war?«

Philip machte eine vage Geste.

Hauke stöhnte. »Lass gut sein, ja? Nur weil wir mal zwölf Monate keinen Mord hatten, musst du nicht gleich einen erfinden.«

»Bruno hat doch nichts gefunden, was den Selbstmord infrage stellen würde«, wandte Peter ein.

Philip nickte halbherzig.

»Na also«, kommentierte Hauke. »Wenn du unbedingt Aufregung brauchst, fahren wir jetzt zum Wäldchen und schauen uns Trautchens Landstreicher an.«

»Ja, bitte. Die ruft sonst gleich wieder an und fragt, warum noch nichts passiert ist.«

Hauke griff sich die Dienstmütze von der Garderobe. Philip sprang vom Tresen und die beiden verschwanden durch die schwere Glastür, die leise ins Schloss fiel. Peter lächelte. Das würde eine ruhige Woche werden. Philip würde sich bestimmt erweichen lassen, sodass Hauke ein paar Überstunden abbummeln und mehr Zeit mit Freija verbringen konnte. Salvatore Puccini hatte sein Leben freiwillig beendet. Daran änderten auch Philips leise Zweifel nichts.

Den Streifenwagen parkte Hauke auf der Lichtung, wo das kleine Waldstück begann. Er hoffte, dass der Typ sich nicht im morschen Hochsitz einquartiert hatte. Er würde da nicht noch mal hochsteigen. Hauke musste die nächste Woche körperlich fit und unversehrt sein. In der Zeit, in der Freija zu Besuch war, durfte er sich keine Verletzungen oder gar Brüche erlauben, die seinen Bewegungsapparat einschränkten. Hauke musste sich ins Zeug legen, wenn er diese Frau halten wollte, das wusste er sehr genau. Sie war nicht nur sechs Jahre jünger, sondern auch definitiv attraktiver als er. Nicht dass er sich selbst als hässlich empfand. Er besaß ein gesundes Selbstwertgefühl, das ihn befähigte, sich selbst und sein Äußeres realistisch einzuschätzen. Seinem markanten Aussehen verdankte er die zahlreichen Frauenbekanntschaften in der Vergangenheit. Doch er kam so langsam in die Jahre. Auch wenn Fünfzig das neue Vierzig war, seine schlaff werdende Haut schien das nicht sonderlich zu scheren.

»So langsam entpuppt sich das Waldstück als Epizentrum des Verbrechens«, kommentierte Hauke beim Aussteigen.

»Noch ist ja gar nichts passiert«, beschwichtigte sein Chef.

»Trautchen hat einen Riecher für so etwas. Ich sag's dir. Die Frau ist wie ein Feuermelder. In allen Punkten.« Hauke schloss leise die Fahrertür. »Ich kann sie nicht leiden, aber mit ihrem Instinkt könnte sie glatt bei uns anfangen.«

Philip blieb stehen und blickte in das Wäldchen hinein. »Der Zirkus hat am anderen Ende sein Winterquartier aufgeschlagen«, sagte er in einem Ton, der Hauke nicht gefiel.

»Ja und? Was soll das heißen? Konstruierst du jetzt schon Zusammenhänge, wo es keine gibt?«

Sein Chef machte eine vielsagende Geste. »Du weißt, ich glaube nicht an Zufälle.«

»Das heißt aber nicht, dass es sie nicht doch gibt. Du wirst langsam paranoid. Such dir ein Hobby!«

Seine Bemerkung ignorierend, ging Philip voran. Sie betraten die Lichtung und folgten dem schmalen Pfad in Richtung Hochsitz. Nach wenigen Metern kam das klapprige Gestell in Sichtweite. An der Leiter blieben sie stehen.

»Dieses Mal steige ich da nicht hoch. Das kannst du vergessen.«

Philip warf ihm einen spöttischen Blick zu.

»Keine Chance.« Hauke verschränkte die Arme vor der Brust. »Du kannst mich nicht zwingen.«

»Wie lange willst du die Liebeskarte noch spielen? Es wird schon nichts passieren, was deine Liebesfähigkeit einschränkt.«

»Was?«, entfuhr es Hauke. Sein Chef war ein Psycho. Er schien seine Gedanken lesen zu können. »Das ist jetzt eine sehr empfindliche Phase, das weißt du genau. Ich erinnere dich nur an Magdas Buchempfehlungen, zu denen sie dich genötigt hatte. Es hat Monate gedauert, bis du ihr gestanden hast, dass du nicht einen von diesen geistigen Ergüssen gelesen hast.«

»Meine Beziehung zu Magda habe ich streng von der Arbeit getrennt.«

»Ach ja?« Hauke lachte. »Das ist jetzt nicht dein Ernst? Du hast Peter und mich missbraucht, um deine Flamme zurückzugewinnen. Wir mussten aus dem Ferienhaus ein verdammtes Schneeparadies zaubern. Und das nicht nur nach Dienstschluss.«

Philip atmete ein und hob abwehrend die Hände. »Ich habe verstanden.«

Demütig nahm sein Chef die ersten beiden Sprossen. Zufrieden schlug sich Hauke abseits des Pfades in die Büsche, um sich dort umzusehen.

»Hier ist nichts«, meldete Philip von oben.

Während sein Chef sich mühsam vom Hochsitz hangelte, fiel Hauke ein Stück Pappe ins Auge. Etwa zwanzig Meter von ihm entfernt. Eine winzige Ecke ragte unter Zweigen am Boden hervor.

»Komm mal her«, rief er.

Hauke marschierte querfeldein durch das Unterholz auf seinen Fund zu. Mit zusammengekniffenen Augen inspizierte er die Umgebung. Allmählich schälten sich die Umrisse eines Konstrukts aus dicken Ästen und Zweigen aus der Waldkulisse. Hauke stieß einen leisen Pfiff aus. Man musste schon sehr genau hinschauen, um den Unterschlupf zu entdecken. Die Person hatte sich viel Mühe gegeben.

»Hallo? Ist da jemand?«, rief Hauke, als Philip neben ihn trat.

Ein Bellen erklang. Sie warteten einen Augenblick, aber als nichts weiter geschah, gingen sie um die Behausung herum. Auf der anderen Seite fanden sie ein dunkelgrünes Tuch, das mit Blättern beklebt worden war und offenbar den Eingang darstellte. Hauke wiederholte seine Frage. Von drinnen war ein Rascheln zu hören.

»Fehlt nur noch die Klingel«, spottete er leise.

Wortlos zeigte Philip auf die improvisierte Feuerstelle neben ihnen. Alles deutete darauf hin, dass sich die Person hier tatsächlich häuslich eingerichtet hatte. Ein Knacken erklang und der Vorhang wurde zaghaft zur Seite geschoben.

Trautchens Beobachtungsgabe schien bedeutend nachzulassen. Es war kein Mann, sondern eine Frau, die plötzlich vor ihnen stand. Ihre Haare trug sie kurz. Die Jeans war fleckig und ihr blauer Pullover war an einigen Stellen notdürftig geflickt.

»Guten Tag«, sagte Philip, den der Anblick offenbar nicht sonderlich überraschte. Er klang, als sei es völlig normal, in Kophusen im Wald zu wohnen. Er stellte sie beide vor. »Und Sie sind?«

Das Alter der Frau konnte Hauke unmöglich schätzen. Ihr Gesicht war faltig und sah verlebt aus. Sie hätte sechzig Jahre alt sein können oder auch vierzig. Die Frau musste einiges durchgemacht haben. Ihr Blick wanderte vom einen zum anderen.

»Conny«, erwiderte sie.

Die Stimme kam Hauke seltsam bekannt vor. Er wiederholte ihren Namen in Gedanken und musterte sie. Ihre blauen Augen stachen aus dem Gesicht hervor.

»Conny, was tun Sie hier?« Philips Stimme klang freundlich.

»Ich wohne hier.«

Hauke öffnete den Mund, um etwas zu sagen, aber wie so oft, kam sein Chef ihm zuvor.

»Sie wissen vermutlich, dass das nicht erlaubt ist?«

Die Frau nickte. »Aber ich tue doch niemandem etwas.«

»Das glaube ich Ihnen, trotzdem ist das eine Ordnungs-
widrigkeit, die mit einem Bußgeld bestraft werden kann.«

Sie lächelte. Hauke stutzte einen Augenblick. Er grub in seinem Gedächtnis ganz weit hinten. Er kannte diese Frau. Dieses Lächeln … Plötzlich fiel es ihm ein. »Cornelia?«

Ihr Blick veränderte sich. Ihre Augen flackerten.

»Cornelia Kappe? Wir sind zusammen in einer Klasse gewesen, Grundschule Kophusen.«

Conny biss sich auf die Unterlippe. Sie schien zu über-
legen, ob sie sich zu erkennen geben sollte oder besser nicht. Hauke blieb hartnäckig. Natürlich war das Cornelia. Das kleine rothaarige Mädchen, in das er so gnadenlos verknallt gewesen war.

»Das ist verdammt lange her«, sagte er.

Sie nickte schwach.

»Was zum Teufel machst du hier?«

Philip warf ihm einen Seitenblick zu, den Hauke igno-
rierte. Er wollte wissen, was sie in diese Waldbehausung gebracht hatte. Damals hätte er Stein und Bein geschworen, dass er und Conny heiraten würden. Mutter, Vater, Kind hatten sie jedenfalls bis zum Abwinken gespielt.

»Ich bin aus Hamburg weg. Und da habe ich gedacht, ich komme zurück.«

»Du kannst nicht einfach im Wald wohnen. Das ist illegal.«

»Kannst du nicht ein Auge zudrücken? Der alten Zeiten wegen?«

»Frau Kappe, mein Kollege hat recht, Sie können hier nicht bleiben. Jedenfalls nicht auf Dauer.«

»Ich weiß nicht, wo ich sonst hinsoll«, sagte sie kleinlaut und senkte den Blick.

Wie zur Bestätigung tauchte ein kleiner, weißer Hund neben ihrem Bein auf und lugte winselnd hinaus. Hauke konnte das kaum mit ansehen. Seine Sandkastenliebe obdachlos in dieser improvisierten Hütte.

»Wir geben Ihnen ein paar Tage Schonfrist, bis sie eine Unterkunft gefunden haben«, sagte Philip.

Sie nickte hastig. »Danke.« Unter den vom Leben gezeichneten Gesichtszügen blitzte ihr verschmitztes Lächeln auf, das Hauke als Knirps so gemocht hatte.

»Du musst dich aber beeilen. Du bist schon von Trautchen entdeckt und verpetzt worden.«

Sie grinste schwach. »Die gibt es immer noch?«

»Klar. Sie hat Fiete geheiratet und lebt jetzt am Friedhof. Die hat die Augen und Ohren überall. Daran hat sich nix geändert. Die kommt hundertpro wieder und klopft an deine …«, er suchte nach dem richtigen Wort, »deinen Vorhang.«

»Wahrscheinlich war sie es, die sich hier heute Nacht rumgetrieben hat«, sagte sie und lachte zaghaft.

Philip horchte sichtlich auf. Hauke verkniff sich ein Augenrollen. Sein Chef war ein Seismograf, wenn es um Zwischentöne ging. Es war nicht zum Aushalten. Überall witterte der Mann die kleinsten Unstimmigkeiten.

»Was meinen Sie damit?«, erkundigte er sich.

Sie sah zu Boden, als hätte sie ein Geheimnis verraten. Hauke seufzte innerlich. Das würde sein Chef nicht unbeachtet lassen.

»Ach, nichts Bestimmtes«, erwiderte sie, doch Philip ließ erwartungsgemäß nicht locker.

»Aber Sie haben etwas gehört oder gesehen?«

Conny machte eine wegwerfende Handbewegung. »Ich habe Stimmen gehört, nichts weiter. Wahrscheinlich Jugendliche. Wie früher.« Sie warf Hauke einen wissenden Blick zu, der ihn lächelnd erwiderte.

»Haben Sie jemanden erkannt?«

»Nein, nur zwei dunkle Schatten.«

»Wissen Sie, um welche Uhrzeit das war?«, fragte Philip.

»Keine Ahnung. Ich habe rausgeschaut und den Mond bewundert.«

»Zwei Gestalten?«, hakte Philip nach.

Sein Chef hatte sich festgebissen. Allerdings musste Hauke zugeben, dass Conny sich seltsam benahm. Sie wiegelte ab, als würde sie ihnen etwas verheimlichen wollen. Oder hatte sie Angst?

»Es war nichts.«

»Ist alles in Ordnung mit dir?«, fragte Hauke.

Conny schaute zu ihrem Hund und wieder zu ihnen. Sie schien unschlüssig. Hauke unterdrückte ein Schnauben. Die Frau war nicht gut im Lügen.

»Was ist passiert?«, drängte er. »Wurdest du belästigt?«

»Hat Sie jemand bedroht?«, setzte Philip behutsam nach.

»Na ja«, begann sie zögernd. »Susi kam zurück und …« Sie brach ab.

»Und was?«, fragte Hauke.

Conny räusperte sich. »Sie hatte Blut an der Schnauze.«

Philip beugte sich zu dem Tier hinab. Geduldig ließ Susi sich die Nase inspizieren. Philip wandte sich wieder an Conny. »Haben Sie das Blut abgewischt?«

Sie nickte.

»Haben Sie das Papier noch?«

Conny ließ den Vorhang los und verschwand im

Inneren ihrer Behausung. Hauke warf Philip einen besorgten Blick zu.

»Sie hat Angst«, flüsterte Hauke. »Wir sollten sie nicht allein hier lassen.«

Philip nickte zustimmend. Conny schob das Tuch wieder beiseite und kam mit einem Taschentuch zurück, das mit roten Flecken übersät war.

»Hier.«

Hauke verstaute das Papiertaschentuch in einem von diesen kleinen Plastikbeuteln, die er immer bei sich trug. Er betrachtete seine alte Schulliebe. Sie wirkte völlig eingeschüchtert. Auch wenn er nicht glaubte, dass sie ernsthaft in Gefahr war, schien sie sich nicht sicher zu fühlen. Kurz entschlossen zog Hauke sein Mobiltelefon aus der Hosentasche.

»Ich rufe Rosi an. Vielleicht kann sie sie vorübergehend unterbringen«, erklärte er.

»Mach das«, sagte Philip.

»Kommt nicht infrage. Ich gehe nirgendwohin«, protestierte Conny.

Hauke ignorierte das und wählte aus den Kontakten das Restaurant seiner Schwester aus. Nach dem dritten Klingeln nahm seine Mutter Bärbel ab.

»Hauke-Maus, was gibt es? Wollt ihr etwas bestellen?«

»Nein. Wir haben einen Notfall hier. Habt ihr ein Zimmer frei?«

»Was ist passiert?«

»Habt ihr oder habt ihr nicht?«

»Was bist du denn so schroff?«

»Mama, wir haben es eilig.«

»Nur die kleine Kammer ist frei, die noch nicht renoviert ist.«

»Gut, dann betrachte sie als gebucht. Wir kommen gleich vorbei.«

»Willst du mir mal verraten, was los ist?«

»Wenn wir da sind. Bis gleich.« Hauke beendete das Gespräch. Er nickte Conny zu. »Pack deine Sachen, wir nehmen dich mit.«

Connys Augen weiteten sich. »Nein, ich will nicht.«

»Keine Widerrede. Du kommst jetzt mit uns.«

»Zu deiner Schwester?«

»Ja, Rosi und meine Mutter haben ein kleines Zimmer für dich, in dem du erst mal unterkommen kannst.«

»Und Susi?«

»Die kann mitkommen, aber die soll sich vor Rosis Katzen in Acht nehmen. Mit Hilde ist nicht zu spaßen.«

Während die beiden Beamten warteten, bis Conny im Inneren widerwillig ihre Habseligkeiten zusammengesucht hatte, erinnerte sich Hauke an ihre Eltern, die vor zwei Jahren bei einem Autounfall ums Leben gekommen waren. Sie waren auf der Landstraße von Elskop nach Siethwende unterwegs gewesen, als jemand aus der Querstraße aus Richtung Grönland geschossen kam. Der Mann in seinem Sportwagen hatte die rote Ampel überfahren. Die Eltern starben noch am Unfallort. Conny war zu dem Zeitpunkt schon längst aus Kophusen abgehauen. Nach dem Abi hatte sie ihre Sachen gepackt und war bisher nicht wieder aufgetaucht. Quasi über Nacht war sie verschwunden und hatte nur einen kurzen Brief für ihre Eltern hinterlassen. Philips Vorgänger Alfred hatte sich der Sache damals angenommen und sämtliche Freunde von ihr befragt. Unter anderem auch ihn. Aber sie blieb verschwunden. Nach dem Tod der Eltern hatte sich Connys Bruder Christian um alle Formalitäten gekümmert und das Elternhaus verkauft. Hauke hatte keine Ahnung, welche Umstände Conny zum Abtauchen bewogen und schließlich in die Obdachlosigkeit geführt hatten. Augenscheinlich hatte es keinen Grund gegeben, aber bekanntlich konnte man den Menschen nur vor die Stirn gucken. Was dahinter ablief, konnte man nie mit Sicherheit sagen. Das wusste er aus Erfahrung. Offenbar hatte sein Grundschulschwarm kein Glück gehabt. Das Leben war eben eine Scheiß-Achterbahnfahrt.

4

Rosi stand draußen im Biergarten und rauchte eine ihrer Prince Denmark ohne Filter. Hauke verzog das Gesicht. Er hatte seiner Schwester schon so oft gesagt, dass sie endlich damit aufhören oder zumindest eine leichtere Sorte wählen sollte, aber seine Ermahnungen schienen bei ihr genau das Gegenteil zu bewirken. Ihm war klar, dass er nicht gerade der kompetenteste Ratgeber in Sachen Rauchen-Aufgeben war, aber er hatte es über die Jahre wenigstens immer wieder versucht.

»Cornelia Kappe, ich kann es gar nicht glauben!« Als würde sie ihn ärgern wollen, zog sie genüsslich an ihrem Glimmstängel.

Ihre Mutter Bärbel hatte sich bei ihrer Ankunft auf Conny gestürzt und sie nach oben in das winzige Zimmer begleitet, das ihnen momentan noch als Abstellkammer diente.

»Was die Bezahlung anbelangt«, sagte Hauke, »das geht auf mich.«

»Mach dir keine Gedanken. Wir können es gerade eh nicht vermieten.«

»Und was ist mit Susi?«

»Da drücke ich mal ein Auge zu.«

Hauke nickte. Seine Schwester hatte ein Herz aus Gold. Dazu einen untrüglichen Sinn fürs Geschäft. Eine ausgesprochen seltene Kombination. Der Biergarten war noch nicht abgebaut. Bei den milden Temperaturen nutzten die

Gäste das Angebot der Terrasse ausgiebig. Für die Uhrzeit war bereits eine Menge Betrieb. Zu den Gästen, die in der Pension übernachteten, kamen inzwischen immer mehr Leute, um *Bei Rosi* zu frühstücken.

Seine Schwester nahm einen letzten Zug und drückte die Zigarette in einem der Aschenbecher aus. Hauke folgte seiner Schwester nach drinnen, wo Philip sich am Tresen niedergelassen hatte.

»Was macht die Namenssuche?«, erkundigte sich Philip.

»Es läuft richtig gut. Seit der Kampagne haben wir viele neue Follower gewonnen«, erwiderte Rosi.

»Follower?«, fragte Hauke und blickte missbilligend auf die Pappaufsteller, die überall auf den Tischen verteilt standen. »Zahlende Gäste wären mir an eurer Stelle lieber!«

»Wir können uns nicht beschweren. Der Laden brummt.«

»Wie funktioniert das genau?«, erkundigte sich sein Chef.

Rosi nahm eines der Werbeschildchen vom Tresen. »Du scannst den QR-Code mit deinem Smartphone. Der führt zu unserer Landingpage, auf der die Leute Vorschläge einreichen können, über die am Ende abgestimmt wird. Die Person, deren Namen gewinnt, bekommt lebenslang freies Essen.«

»Hoffentlich treibt euch das nicht in den Ruin«, kommentierte Hauke.

»Keine Sorge, das können wir uns gerade noch leisten.« Rosi lächelte. »Die Leute sind begeistert von der Aktion.«

Hauke sah, wie Philip sein nagelneues Smartphone aus der Tasche zog und seine Foto-App öffnete. Es war sein erstes. Endlich hatte sein Chef sich erweichen lassen und war im einundzwanzigsten Jahrhundert angekommen.

Die alte Nokia-Möhre hatte er zwar nicht weggeschmissen, aber immerhin aus seinem Leben verbannt. Unbeholfen versuchte Philip, den QR-Code zu scannen. Hauke konnte das kaum mit ansehen. Aber sein Chef würde schon noch dahinterkommen. Wenn nicht, würde Magda ihm sicherlich behilflich sein. Er jedenfalls nicht.

»Ist wenigstens ein vernünftiger Vorschlag dabei?«, fragte Hauke.

»Es hat geklappt«, rief Philip stolz und sah sich die Landingpage auf seinem Bildschirm an.

Rosi lachte und stellte den Pappaufsteller zurück. »Am besten gefällt mir bisher *Kaschemme*. Das passt in Jaspers Tradition.«

Hauke schmunzelte. »Den finde ich gut.«

Zu Jaspers Zeiten war die Kneipe wirklich eine Kaschemme gewesen. Verraucht und abgeranzt. Erst seit Rosis Übernahme hatte sich das geändert.

In dem Moment erhob sich Hilde von ihrem Lieblingsplatz auf der modernen Eckbank am Fenster. Die grauweiß-braun gemusterte Katze streckte ihren Buckel in die Höhe und setzte sich. Ihre grün leuchtenden Augen fixierten Hauke. Er und seine Kollegen hatten die Katze mitsamt ihrem dreiköpfigen Wurf in der *Dücker Mühle* gefunden, einer ehemaligen Kneipe ganz in der Nähe, in der früher der Partybär gesteppt hatte. Heute würde sie gut und gern als Lost Place durchgehen. Rosi hatte ein weiteres Mal ihr goldenes Herz bewiesen und die vier Findlinge bei sich aufgenommen. Seitdem erfreuten sie sich bei den meisten Gästen großer Beliebtheit. Natürlich vermarktete Rosi die Katzen gründlich in den sozialen Medien. Sie hatte echt den Dreh raus. Hauke war mächtig stolz auf sie. Und auf seine Mutter, die einen großen Anteil am Erfolg der

Gastwirtschaft hatte. Der Ausbau der Pension war ihre Idee gewesen.

»Wie ist Conny auf der Straße gelandet?«, wechselte Rosi das Thema.

»Keinen Schimmer, das rauszufinden überlasse ich euch«, antwortete Hauke.

Sie nickte. »Philip, kann ich dir einen Espresso anbieten?«

Er sah vom Display auf. »Ich dachte schon, du fragst nie.«

»Und du, Bruderherz, einen Filterkaffee?«

»Ja, solange ihr noch normale Menschen wie mich bedient.«

Rosi schüttelte den Kopf und verdrehte die Augen. Sie goss ihm einen Becher aus der gläsernen Kanne ein, die auf der Warmhalteplatte stand. Rosi reichte ihm die Tasse und drehte sich zu der hochglanzpolierten Siebträgermaschine, die am hinteren Ende des Tresens thronte.

»Kommt Freija am Wochenende?«

»Ja, schon am Donnerstag und sie bleibt die ganze Woche.« Hauke konnte nichts dagegen tun. Es war ihm peinlich, aber jedes Mal, wenn er an Freija denken musste, schoben sich automatisch seine Mundwinkel auseinander.

»Na, ich hoffe, es ist zur Abwechslung mal was Ernstes.«

»Davon kannst du ausgehen. Die Frau lass ich nie wieder los.« Hauke nahm einen großen Schluck Kaffee.

»Ist das eine Drohung?«, fragte Rosi und grinste.

»Wenn es sein muss.«

»Das hast du bei Hilke auch gesagt«, setzte sie nach, während die Mühle die Kaffeebohnen schredderte.

Haukes Ex-Frau hatte ihn verlassen und war nach Hamburg zurückgezogen. Es hatte ihn aus den Socken gehauen. Jahrelang hatte er seitdem namenlose Affären gehabt, bis auf drei Ausnahmen, die allerdings kein gutes Ende genommen hatten. Aber mit Freija war das anders.

»Was hätte ich denn deiner Meinung nach tun sollen? Sie knebeln und im Keller einsperren?«, rief er über den Lärm der Maschine hinweg.

Die Mühle verstummte. Rosi füllte den Siebträger. »Ich sage nur, dass sie nicht ganz deine Kragenweite ist.«

»Na, vielen Dank auch. Wer so eine Familie hat, braucht keine Feinde mehr. Zum Glück ist Freija da anderer Meinung.«

»Lass ihn, Rosi. Genießen wir seinen umgänglichen Gemütszustand so lange, wie es dauert«, mischte sich Philip ein, der sich von seinem Smartphone gelöst hatte.

»Danke. Wenigstens einer, der mich zu schätzen weiß.«

Der ohrenbetäubende Lärm der Kaffeemaschine erklang. Hauke hasste das Monstrum. Er verstand nicht, was die Leute an diesem Kaffeefurz in den Puppentassen fanden. Sie waren ja schließlich nicht in Mailand oder Rom. Aber Philip und Magda schworen auf das Zeug. Für sie kam der gute alte Filterkaffee nicht in die Tasse. Aber gut, jedem Tierchen sein Pläsierchen, dachte er und staunte über sich selbst. Was die Liebe doch aus einem machte. Ließ er seinen Mitmenschen gegenüber tatsächlich Milde walten?

Als der Lärm verstummte, kam Bärbel hinzu und gesellte sich zu Rosi hinter den Tresen. Seine Mutter war ausgesprochen fit für ihre achtundsiebzig Jahre. Ihre grauen Haare trug sie neuerdings kurz. Hauke musste zugeben, dass sie ziemlich gut aussah.

»Die Arme«, sagte sie. »Das Mädchen hat kein richtiges Zuhause.«

»Das Mädchen ist Anfang fünfzig, Mama«, entgegnete Hauke.

»Na und. Für eine Mutter bleibt sie immer ein Kind.«

»Du bist aber nicht ihre Mutter.«

»Du verstehst das nicht, du hast keine Kinder.«

»Hat sie dir gegenüber etwas geäußert?«, fragte Philip und nippte an seiner Puppentasse.

»Nee, sie spricht nicht viel. Ich habe ihr gesagt, dass sie erst einmal bei uns bleiben kann. Wir päppeln das Mädchen wieder auf. Oder, Rosi-Häschen?«

»Mama!«, ermahnte Rosi ihre Mutter und warf Hauke einen ungläubigen Blick zu. »Nicht hier vor den Gästen. Wie oft muss ich dir das noch sagen!«

»Kinder, stellt euch doch nicht so an. Seid froh, dass wir uns alle noch haben. Conny hat niemanden mehr, der ihr einen Spitznamen geben könnte.«

»Einen Vorteil muss die Sache ja haben«, sagte Hauke. Auch wenn seine Mutter recht hatte, das erlaubte ihr noch lange nicht, Rosi und ihn in aller Öffentlichkeit lächerlich zu machen. Hauke war Polizist, eine Respektsperson. Und nicht Hauke-Maus.

»Kommst du?«, fragte Philip und leerte sein Tässchen. Wie man daraus zwei Schlucke machen konnte, war Hauke ein Rätsel.

Er trank seinen Becher aus und setzte die Dienstmütze auf. »Ach ja, reserviert ihr einen Tisch für uns? Sechs Personen für Samstag. Gegen sieben.«

Die Augen seiner Mutter leuchteten auf. »Kommt Freija?«

Hauke nickte grinsend.

»Ach, Hauke-Maus. Ich freue mich ja so für dich. Versau es nicht! So eine kriegst du so schnell nicht wieder. Und du wirst auch nicht jünger.«

»Vielen Dank, Mama! Und du hältst dich zurück, ja? Ich will nicht, dass du sie vergraulst.«

»Vergraulen! Ich? Ich werde sie mit offenen Armen empfangen.«

»Genau davor habe ich am meisten Angst.« Er sah zu Rosi. Sie grinsten.

Bärbel bemerkte ihren konspirativen Blick. »Ihr seid doof! Ich gebe mir so viel Mühe.«

Hauke beugte sich über den Tresen und drückte seiner Mutter einen Kuss auf die Wange. »Mach einfach ein bisschen weniger. Und hör endlich auf, mich Hauke-Maus zu nennen.«

Bärbel lächelte versöhnt. »Du magst das. Das weiß ich doch.«

Hauke schwieg. Sie würde nie damit aufhören. Hoffentlich würde sie Freija mit ihrer unnachahmlichen Art nicht verschrecken. Die beiden hatten sich bisher nur einmal kurz gesehen. Früher oder später würden sie sich näher kennenlernen müssen. Er konnte es nicht länger hinauszögern. Ihre Hochzeit würde zu spät sein.

Auf der Station zog Goldberg sich in sein Büro zurück. Er brauchte Zeit zum Nachdenken und das konnte er am besten allein. Sein Blick ruhte auf Brunos Bericht, der vor ihm auf dem Schreibtisch lag. Irgendetwas stimmte da nicht, dachte er wieder. Goldberg nahm den Hörer ab und rief in der Kieler Rechtsmedizin an.

Sein langjähriger Freund, mit dem er gemeinsam die Polizeischule in Berlin absolviert hatte, begrüßte ihn.

»Na, die Nummer kenne ich doch.«

Goldberg musste lächeln. Sie kannten sich seit fast vierzig Jahren. Ihre beruflichen Wege hatten sich zwar nach der Polizeischule getrennt, doch ihrer Freundschaft hatte es keinen Abbruch getan. Der war erst später nach Goldbergs Trennung von seiner langjährigen Lebenspartnerin Judith gekommen. Erst als Bruno die Stelle in Kiel angenommen hatte, hatten sie sich wieder angenähert.

»Lässt dir mein Bericht keine Ruhe?«, fragte Bruno lachend.

»Wir kennen uns zu lange«, antwortete Goldberg.

»Andere würde das freuen. Also, was stört dich?«

»Die Schmauchspuren an der Hand. Sind das nicht zu wenig?«

»Ich kann ja schlecht welche dazudichten.«

»Aber es müssten mehr sein, wenn er sich selbst erschossen hat, oder nicht?«

»Es wäre denkbar, dass es am Kissen vor seinem Gesicht gelegen hat. Aber die Kollegen zweifeln im Gegensatz zu dir meine Ergebnisse nicht an. Das Kissen ist im Wohnwagen geblieben.«

»Es gibt vermutlich keine weitere Untersuchung?«

»Die Staatsanwaltschaft hat zwar eine Obduktion angeordnet, aber bisher habe ich keinen Protest gegen meinen Bericht vernommen. Also nein.«

»Was denkst du?«

Bruno machte eine kurze Pause, bevor er ansetzte. »Ich verstehe deine Bedenken. Aber bis auf die wenigen Partikel an seiner Hand gibt es nichts, das auf Mord hindeuten könnte. Wenn die Kollegen keine Ermittlung einleiten, kann ich mit der Todesursache guten Gewissens leben.«

»Wie hoch ist deiner Meinung nach die Wahrscheinlichkeit?«

»Ohne weitere Analysen neunundneunzig Prozent für Suizid.«

»Danke für deine Einschätzung. Wir haben heute ein Taschentuch mit Blutspuren gefunden. Es ist bereits auf dem Weg zu dir.«

»Wie schön, ich habe nichts weiter zu tun als meine Kompetenzen zu unterschreiten und eure wunderlichen Beweismittel auszuwerten.«

»Das weiß ich. Deshalb habe ich es dir schicken lassen.«

»Immer gern. Du weißt ja, Kophusen ist mir richtig ans Herz gewachsen.«

Nachdem sie das Gespräch beendet hatten, blieb Goldberg sitzen und schaute auf die Lorbeerbüsche vor dem Fenster. Die Polizeistation war in einem kleinen Einfamilienhaus untergebracht. Hier entsprach nichts den modernen Anforderungen anderer Dienststellen. Er überlegte kurz, den Itzehoer Kollegen Weidenbach zu kontaktieren und ihm von seinen Zweifeln zu berichten, aber er ließ es bleiben. Er mochte den Ermittler nicht besonders. Außerdem wollte er keine schlafenden Hunde wecken. Niklas Weidenbach ging seine Karriere über alles und er hatte gleich bei ihrer ersten Begegnung Lunte gerochen, dass Goldbergs Versetzung von Berlin nach Kophusen vor neun Jahren nicht ganz freiwillig gewesen war. Über sein Misstrauen Goldberg gegenüber hatte er sich seinerzeit mit Hauke austauschen wollen, der ihn zum Glück hatte abblitzen lassen. Mit seinem Verdacht lag Weidenbach nicht falsch. Goldberg hatte die Befürchtung, der Kollege würde Nachforschungen anstellen, sobald Goldberg ihm auch nur den kleinsten Anlass dazu geben würde. Also hielt er sich lieber bedeckt, bis die Sache in Berlin endlich geregelt war. Der Aufenthalt in seiner Heimatstadt stand kurz bevor. Offiziell würde er seiner Mutter einen Besuch abstatten. Magda würde ihn nicht begleiten. Das anstehende Weihnachtsgeschäft war für die Buchhandlung überlebenswichtig. Sein ehemaliger Freund Axel Giering wusste nichts von seinem Glück. Aber diese Sache musste endlich aus der Welt geschafft werden. Und Goldberg hatte bereits einen Plan.

Seine Gedanken wanderten zurück zu Salvatore. Peter hatte wie immer ausführlich recherchiert. Großvater Riccardo Puccini hatte den Zirkus gegründet. Er war als junger Mann nach Deutschland gekommen und seine damalige Frau, die in den Familienbetrieb einstieg, geheiratet. Schon als Kind hatte Riccardo von einer Karriere als Artist geträumt und seinen Traum verwirklicht. So war es auf der Internetseite der Puccinis zu lesen. Die Glanzzeiten waren allerdings längst vorüber. Das sah man dem Zirkus an. Es könnte ein Grund für Salvatores Suizid gewesen sein, wenn es denn einer war. Weidenbach hatte keine Spurensicherung angefordert. Er schien seine Statistik nicht unnötig mit einem weiteren möglichen Mordfall belasten zu wollen.

Es klopfte. Die Tür öffnete sich und Peter lugte durch den Spalt.

»Philip, ich glaube, ich habe da etwas.«

Goldberg folgte seinem Kollegen zu dessen Schreibtisch.

»Unsere Spürnase hat den Inhalt von Salvatores altem Testament organisiert«, kommentierte Hauke, der ihm gegenübersaß.

»Hier.« Peter reichte ihm ein Blatt Papier. »Sie haben es mir auf die Schnelle vorgelesen.«

Goldberg überflog den Text in Peters Handschrift. »Sieh mal einer an. Das hat nicht viel mit dem Inhalt des neuen Testaments zu tun.«

»Dieses hier hat Salvatore vor fünf Jahren gemacht und beim Amtsgericht in Bad Bramstedt hinterlegt. Seine

Schwester wohnt dort. Giulia. Sie war nie Teil des Zirkus, aber die Puccinis nutzen ihre Anschrift als Meldeadresse.«

»Guido sollte die Geschäftsleitung übernehmen«, murmelte Goldberg, während er den Rest des Schriftstückes las. »Im Gegensatz zu dem Letzten Willen, den wir bei ihm gefunden haben. Demnach geht alles an beide Söhne. Zu gleichen Teilen.«

»Peter, sag ihm bitte, dass er sich das aus dem Kopf schlagen soll«, flehte Hauke.

»Nein, ich bin auf Philips Seite. Ich finde das auch reichlich merkwürdig«, konterte Peter.

»O nein. Jetzt du nicht auch noch!«

»Denkst du, es könnte doch Mord gewesen sein?«, fragte Peter und schob sich einen Haferkeks in den Mund.

Goldberg hievte sich auf den Besuchertresen. Seine langen Beine baumelten in der Luft.

»Nun sag schon.« Peter schaute seinen Chef erwartungsvoll an.

»Ich habe gerade mit Bruno telefoniert.«

Hauke stieß ein Schnauben aus. »Na, Mahlzeit.«

»Nicht so voreilig, Hauke. Es gibt eine einprozentige Chance, dass Salvatore keinen Suizid begangen hat.«

»Ein Prozent? Dein Ernst? Gibt es das nicht immer?«, fragte Hauke.

»Die Hand, mit der unser Zirkusclown geschossen hat, weist nur wenige Schmauchspuren auf. Die Menge der Partikel, die Bruno gefunden hat, ist ungewöhnlich niedrig, dafür, dass er selbst abgedrückt haben soll.«

»Schmauchspuren«, wiederholte Peter leise und biss von einem neuen Keks ab. »Das ist interessant.«

»Ich habe keine Zeit für einen Mord. Freija kommt.

Außerdem ist das nicht unsere Angelegenheit. Drück das Weidenbach auf, der ist schließlich zuständig.«

»Der Kollege hat nicht vor, Ermittlungen aufzunehmen, also müssen wir das tun. Vorerst fliegen wir unter seinem Radar, bevor wir nicht wenigstens ein handfestes Indiz haben«, sagte Goldberg. »Bruno geht davon aus, dass die Partikel am Kissen hängen, nur, dafür wird es keine Untersuchung geben.«

»Es ist mir egal, wenn euch euer Privatleben zu langweilig ist. Ich brauche meine Energie und Konzentration für meine Freundin.«

Goldberg ignorierte seine Einwände. »Es muss einen Grund gegeben haben, warum Salvatore das Testament geändert hat. Möglicherweise war der Selbstmord nicht ganz freiwillig.«

»Ihr Schmalspurermittler! Der Zirkus geht an beide Söhne. Das ist nur gerecht. Wer sollte also ein Interesse an Salvatores Tod gehabt haben?«, verteidigte Hauke seinen Unmut.

»Stimmt. Aber Rocco, der Jüngere von beiden, war in dem Testament vor fünf Jahren nicht bedacht worden«, erwiderte Goldberg.

»Jetzt glaubst du, Rocco hat seinen Vater gezwungen, ihn im Testament zu berücksichtigen und sich danach zu erschießen? Warum? Um einen heruntergekommenen Zirkus zu erben, der wahrscheinlich mehr kostet, als er einbringt? Das ist doch totaler Schwachsinn«, ereiferte sich Hauke.

Aus Haukes Mund klang es tatsächlich unglaubwürdig, das musste Goldberg zugeben. Aber irgendetwas stimmte da nicht. Der Zirkus brachte sicher nicht viel ein. Das war kein Grund, jemanden umzubringen. Außerdem hätte

Rocco dann das Testament gleich auf sich allein umschreiben lassen. Oder nicht?

»Erinnerst du dich an Salvatores Testament, das wir vorgefunden haben?«, fragte Goldberg an Hauke gewandt, der widerwillig nickte. »Die Handschrift war zittrig, so als wäre er aufgeregt gewesen.«

Hauke schloss die Augen und stöhnte laut. »Der Mann hat sich kurz danach erschossen! In so einer Situation darf man schon mal nervös werden.«

»Vielleicht hat jemand nachgeholfen oder Salvatore wurde dazu gedrängt. In jedem Fall werden wir die gesamte Familie unauffällig durchleuchten. Ich will alles über den Circus Puccini erfahren«, sagte Philip mit Blick auf Peter, der eifrig nickte. »Außerdem will ich wissen, wen Conny nur einen Abend später im Wald gesehen haben könnte.«

»Das können alle möglichen Leute gewesen sein. Vielleicht waren das unschuldige Kophusener Bürger mit Schlafproblemen oder ein Liebespaar, das da einen Thrill gesucht hat. Weiß der Teufel«, sagte Hauke.

»Peter, ruf die Jagdgemeinschaft an, ob die etwas damit zu tun haben.«

Peter nickte.

»Vielleicht waren es auch bloß zwei Teenager, die sich zum Saufen oder zum Kiffen getroffen haben«, meinte Hauke.

»Und wie erklärst du dir dann das Blut?«, fragte Goldberg.

Hauke stöhnte. »Wer weiß, wo der Hund seine Nase hineingesteckt hat. Da liegen sicher lauter tote Tiere rum. Das ist ein Wald.«

»Philip hat recht. Es wäre durchaus möglich, dass das irgendwie zusammenhängt.«

»Was sollen wir bitte machen? Von Tür zu Tür laufen und fragen, wer sich nachts zu einem Schäferstündchen im Waldstück getroffen hat?«

»Du denkst aber auch immer nur an das eine«, kommentierte Peter.

Hauke grinste breit, während Peter die Augen verdrehte. Goldberg sprang vom Tresen.

»Wenn es nötig sein sollte, klingeln wir an jeder Haustür in einem Umkreis von fünf Kilometern.«

Haukes Grinsen gefror. Offenbar würde sich Goldberg doch der Liebe in den Weg stellen müssen.

5

Anders als bei ihrem ersten Besuch entschieden sie sich, den Haupteingang aufs Gelände zu nehmen. Auf einem der Lkw-Anhänger war die Metallkulisse montiert, die die Besucher in bunten Farben willkommen hieß. Neben dem wilden Tiger, der ihnen von dem Stahlschild entgegenzuspringen schien, strahlten zwei riesige Clownsgesichter auf sie herab. Mittig führten vier Metallstufen am verwaisten Kassenhäuschen vorbei. Der Weg zum Zirkuszelt war mit einem verblassten roten Teppich belegt. Zu beiden Seiten standen goldfarbene Metallpoller Spalier, die mit roten Kordeln verbunden waren. Der Kommissar hob das rechte Bein und schwang sich über die Absperrung. Das Knie knackte. Hauke hatte es offenbar auch gehört und lachte.

»Das lass mal nicht Magda hören.«

Goldberg ignorierte die anzügliche Bemerkung und lief am Zelt vorbei direkt auf die Unterstände zu, in denen die Tiere untergebracht waren. Er entdeckte den Pick-up des Kophusener Tierarztes Jan Holthusen. Der riesige Ziegenbock thronte auf einem kleinen Holzhaus in der Größe einer Hundehütte. Vor ihm zwei Artgenossinnen, die bewundernd zu ihm aufblickten. Meckernd kündigte er den Besuch der beiden Beamten an. Im Gehege nebenan fraßen ein paar Ponys von dem frischen Heu, dessen Geruch sich mit den Ausdünstungen ihrer Exkremente mischte.

Abgetrennt von den Ponys erblickte Goldberg zwei Esel. Holthusen hockte neben dem einen und schien seinen Hinterlauf zu untersuchen. Als der Tierarzt sie bemerkte, begrüßte er sie lediglich mit einem Nicken. Er brauchte offenbar seine ganze Konzentration für seinen Patienten. Zwischen den Vierbeinern konnte Goldberg noch ein weiteres menschliches Beinpaar ausmachen. Die Person hatte sich aber hinter den Esel geduckt, sodass sie nicht zu erkennen war.

Hauke trat ans Gatter und streichelte die Mähne eines weißen Ponys. »Heißen die auch Schimmel?«, fragte er an Holthusen gerichtet.

»Das ist Bianco«, erwiderte derjenige, der sich hinter dem Esel befand.

Der Kopf des Mannes lugte jetzt unter dem Bauch des Esels hervor. Sein Gesicht zeigte ein verschmitztes Grinsen, das Goldberg nur zu gut kannte.

»Alfred?«, entfuhr es Hauke.

Goldberg bückte sich, um einen Blick auf seinen Vorgänger als Dienststellenleiter zu erhaschen.

»Richtig gehört.« Alfred Wilke erhob sich zu voller Größe.

»Was zum Teufel machst du hier?«, fragte Hauke.

»Ich kümmere mich um die Tiere. Heute darf ich mich sogar als tierärztlicher Assistent verdingen«, sagte Alfred stolz und hob seine Hände, die in dunkelblauen Gummihandschuhen steckten.

Holthusen quittierte seine Bemerkung mit einem Nicken. Normalerweise war der Tierarzt nicht so wortkarg.

»Wie kommst du denn dazu?«, fragte Hauke, der sich wieder der Mähne von Bianco widmete.

»Es war Karins Idee, aber es macht richtig Spaß.«

Goldberg sah, wie Holthusen vom Hinterlauf des Esels abließ. »Apropos, gibst du mir die Spritze?«

Seine Hände steckten ebenso in dunkelblauen Handschuhen. Alfred reichte ihm das Spritzbesteck.

»Und die kleine Flasche links.« Holthusen zeigte auf das betreffende Medikament in seiner Arzttasche.

»Was ist mit dem Esel?«, fragte Goldberg.

»Darf ich vorstellen? Das ist Giuseppe.« Jetzt erklang das markante Lachen des Tierarztes. Das Wackeln seines ausladenden Bauches konnte Goldberg nur erahnen. Holthusen war zur Hälfte von dem Esel verdeckt. »Er hat sich verletzt. Ich habe keine Ahnung, wie er sich die Wunde am Hinterlauf zugezogen hat«, sagte Holthusen und zeigte auf den Verband oberhalb des Hufs, den er gerade angelegt hatte. »Ich gebe ihm ein entzündungshemmendes Schmerzmittel, und dann hoffen wir, dass es besser wird.«

»Wie schlimm ist es?«, wollte Goldberg wissen.

»Ein ordentlicher Kratzer«, erklärte der Tierarzt. »Aber er wird es schon überleben.« Holthusen lachte.

»Der Knabe hatte Glück. Normalerweise komme ich erst nachmittags«, ergänzte Alfred und kraulte sanft den Kopf des verletzten Esels.

»Wie ist das passiert?«, erkundigte sich der Kommissar.

»Ich habe keinen blassen Schimmer, wie er das hingekriegt hat.« Holthusen zog die Spritze auf und verabreichte sie dem Esel, der es sich erstaunlich ruhig gefallen ließ.

»Braver Bursche.«

Der andere Esel näherte sich und streckte Giuseppe den Kopf entgegen.

»Das ist Karacho. Die beiden sind unzertrennlich«, erklärte Alfred.

Wie zum Beweis knabberte Karacho an Giuseppes Ohr.

»So, das war's erst mal. Danke, Alfred.« Holthusen entledigte sich der Handschuhe und stopfte sie in einen Beutel.

»Du scheinst hier ja schwer beschäftigt zu sein«, sagte Hauke, der, noch immer Bianco kraulend, alles verfolgt hatte.

Alfred nickte. Er sah glücklich aus. Goldbergs Vorgänger hatte seit seiner Pensionierung mit Depressionen zu kämpfen. Seine Frau Karin versuchte alles, um eine sinnvolle Beschäftigung für ihn zu finden. Offenbar war es ihr dieses Mal geglückt.

»Seid ihr wegen Salvatore hier?«, fragte Alfred leise, sich über den Rücken des Esels beugend.

Goldberg nickte und ertappte sich bei dem Gedanken, dass Alfreds Aushilfsjob ihnen zum Vorteil gereichen könnte. Nach seinem unglücklichen Einfall im letzten Jahr würde er sicher etwas sensibler vorgehen und sich unauffällig ein bisschen umsehen.

»Ich komme morgen zum Verbandswechsel. Ruf an, falls es Komplikationen gibt«, sagte Holthusen und zog den Reißverschluss seiner Arzttasche zu. »Ich erstatte Guido kurz Bericht. Der Esel wird die nächsten Tage auf keinen Fall auftreten können.« Der Tierarzt verabschiedete sich und ging Richtung Wohnwagen davon.

Goldberg sah ihm nach. Alfred unterbrach seine Gedanken.

»Ist hier etwas faul?«, wollte er wissen.

»Könnte sein«, erwiderte Goldberg leise.

Hauke ließ von Bianco ab. »Meine beiden Schlaubergerkollegen glauben, dass Salvatores Tod vielleicht doch nicht so ganz freiwillig war.« Das Pony war mit dem abrupten Ende der unerwarteten Streicheleinheiten offenbar nicht einverstanden. Es stieß seinem Wohltäter den Kopf in die Seite.

Hauke geriet kurz ins Schwanken und musste lachen. »Du bist aber hartnäckig.«

Wie zur Bestätigung schnaubte Bianco.

Alfreds Augen weiteten sich. Er hatte seinen Beruf nie ganz ablegen können. Einmal Polizist, immer Polizist. Alfred beugte sich verschwörerisch zu Goldberg.

»Wie gut, dass ich hier bin. Ich halte für euch Augen und Ohren offen«, flüsterte er.

»Besser nicht«, erwiderte Hauke. »Ich will nicht, dass du wieder so ein Desaster anrichtest wie das letzte Mal.«

»Ich gebe zu, ich bin da etwas übers Ziel hinausgeschossen, aber das passiert mir nicht noch mal. Versprochen.«

»Meinetwegen«, sagte Goldberg und warf Hauke, der erneut protestieren wollte, einen warnenden Blick zu. »Aber unauffällig. Ich will keinen Ärger.«

Alfred hielt sich zwei Finger an die Stirn und salutierte. »Verstanden. Also, was habt ihr bisher?«

»Gar nichts«, erwiderte Hauke hastig. »Mit den beiden geht nur die Fantasie durch.«

Alfred ignorierte seinen ehemaligen Mitarbeiter und sah erwartungsvoll zu Goldberg.

»Es sind ungewöhnlich wenig Schmauchspuren an seiner Hand«, sagte Goldberg.

»Glaubst du, jemand anderes hat abgedrückt?«

»Es klingt sehr unwahrscheinlich, aber mein Bauchgefühl sagt mir, dass hier etwas nicht stimmt.«

»Mit dir stimmt etwas nicht«, warf Hauke ein.

»Kanntest du Salvatore?« Goldberg ignorierte den ponykraulenden Kollegen.

»Ja. Er war ein Raubein, aber im Grunde seines Herzens
ein guter Kerl. Ein bisschen wie dieses Exemplar hier.«
Alfred deutete auf Hauke und grinste.

»Sehr witzig!«, kommentierte Hauke. »Wie hältst du das
bloß mit dem aus?«, fragte er Bianco. Das Pony schüttelte
den Kopf und ließ wieder ein Schnauben erklingen. »Sehe
ich genauso, Kumpel.«

»Ist dir etwas aufgefallen, das seinen Selbstmord erklären würde?«, fragte Goldberg, der sich nicht ablenken
ließ.

»Irgendwie ging es ihm nicht gut. Sein Knie machte ihm
zu schaffen. Er schien traurig zu sein. Jedenfalls bis kurz
vor seinem Tod. Am Sonntag war er nämlich auffallend
guter Laune.«

»Weißt du warum?«

»Nein, aber es schien alle zu überraschen. Fast sah es so
aus, als hätte er sich frisch verliebt. Auch so ähnlich wie
der da.« Alfred nickte in Richtung Hauke, dessen Mundwinkel sich augenblicklich zu einem Lächeln auseinander-
schoben.

»Mann, dich hat es echt erwischt.« Alfred schüttelte den
Kopf.

Goldbergs Kollege grinste noch breiter und schwieg
vielsagend.

»Wie war das Verhältnis zu seinen Söhnen?«, fragte
Goldberg unbeirrt.

»Nicht ungewöhnlich. Hin und wieder wurde es schon
mal laut. Kein Wunder. Wenn man so dicht aufeinander-
hockt.«

»Kein Streit über die Zukunft des Zirkus?«

»Nein, jedenfalls habe ich nichts davon mitbekommen.«
Goldberg musste unwillkürlich an die Geschichte von

Kain und Abel denken. Er schüttelte den Gedanken ab. Das hier war keine Geschichte biblischen Ausmaßes. Zumindest noch nicht.

6

Die Beamten stapften über den Acker. Hauke hatte kein gutes Gefühl dabei, Alfred als verdeckten Ermittler einzusetzen. Nach dem Fiasko, das er das letzte Mal angerichtet hatte, wollte er seinen ehemaligen Chef am liebsten ein für alle Mal aus ihren Ermittlungen raushalten. Auch wenn es ursprünglich seine Idee gewesen war, Alfred als Informant in die damalige Elbresidenz einzuschleusen. Beinahe wäre das übel ins Auge gegangen. Aber das hier war nicht seine Entscheidung. Philip war offenbar weniger nachtragend.

Vor dem Wohnwagen des toten Direktors blieben sie stehen. Philip klopfte, doch niemand öffnete. Als sie sich gerade zum Gehen wandten, kam ein junger Mann in engen Jeans auf sie zu. In der Hand trug er eine hellbraune Ledertasche, aus der Messergriffe ragten.

»Kann ich helfen?«, rief er.

Die Beamten warteten, bis er sie erreicht hatte, und stellten sich vor. Rocco Puccini war ein Muskelpaket. Garantiert stemmte er Gewichte. Vielleicht sollte Hauke auch damit anfangen. Mit einer jüngeren Frau an seiner Seite durfte er sich nicht gehen lassen. Außerdem würden ihm ein paar wohldefinierte Oberarme sicher gut stehen. Er nahm sich vor, noch heute Abend ein passendes Studio im Netz zu suchen.

»Was wollen Sie?«, fragte Rocco, dessen beeindruckende

75

Oberarme die Ärmel seines weißen T-Shirts auf eine Belastungsprobe stellten.

Philip erklärte ihm, dass ihre Fragen reine Routine seien.

Rocco schien nicht überzeugt, aber er war klug genug, Philips Beschwichtigung nicht zu hinterfragen. Er wusste sowohl von dem neuen als auch von dem alten Testament. Es sei kein Geheimnis gewesen, dass sein Vater vor fünf Jahren beabsichtigt hatte, seinem Bruder die Leitung des Zirkus zu übertragen.

»Er ist der Ältere von uns beiden. Das war bei den Puccinis schon immer so.«

»Verstehe. Können Sie sich den plötzlichen Sinneswandel ihres Vaters erklären?«, fragte Philip.

»Nein. Guido und ich haben darüber gesprochen. Wir beide waren ziemlich überrascht.«

»Was ist Ihre Aufgabe hier?«, fragte Philip und deutete auf seine Requisiten.

Rocco lächelte stolz. »Ich bin Messerwerfer und habe eine Nummer gemeinsam mit meiner Mutter und meiner Frau Paola. Außerdem mache ich Stuhlakrobatik«, erklärte er. »Kommen Sie in die Vorstellung, ich hinterlege Freikarten für Sie.«

»Das ist sehr freundlich, aber das könnte man falsch verstehen. Außerdem hat meine Freundin schon welche gekauft.«

»Perfetto!«

»Und was macht Ihr Bruder?«

»Guido ist der Feuerschlucker und übernimmt die Clownsnummer von unserem Vater.«

»Haben Sie von Guiseppes Verletzung gehört?«

»Ja, der Doc war gerade bei uns. Das ist ein Jammer,

er ist der Höhepunkt der Clownsnummer. Und er ist der Liebling meines Vaters.« Sein Blick glitt zu Boden.

Hauke hörte nur mit halbem Ohr zu. Der Besuch hier war in seinen Augen pure Zeitverschwendung. Er war in Gedanken ganz woanders. Philips Freundin Magda hatte auch für Freija und ihn Karten besorgt. Er hoffte nur, dass Freija Zirkus nicht kindisch fand. Noch hatte er ihr nichts davon erzählt. Es sollte eine Überraschung werden. Im Frühjahr planten sie einen gemeinsamen Urlaub in Dänemark. Sie wollte ihm ihre Heimat zeigen. Zum Abschluss wollten sie ein paar Tage in Kopenhagen verbringen.

»Hauke?« Philips Stimme riss ihn aus den Gedanken.

»Was?«

»Kommst du?«

Rocco war bereits vorgegangen. Philip und er folgten ihm ins Zirkuszelt.

»Da ist sie.« Rocco deutete in die Manege, wo eine Frau in einem altmodischen Westernkostüm an einer großen Holzscheibe festgebunden war. Daneben stand eine deutlich jüngere Frau. Ihr praller Babybauch steckte in einer grauen Jogginghose, die sie bis zum Brustansatz hochgezogen hatte.

»Mama, kommst du mal?«, rief Rocco.

Hauke schätzte sie auf Anfang siebzig. Die jüngere Frau löste die Fesseln an den Hand- und Fußgelenken. Roccos Mutter richtete sich auf und zündete sich eine Zigarette an. Hauke musste an seine Notfallschachtel zu Hause denken, die er nun schon seit sieben Monaten nicht angerührt hatte. Freija rauchte nicht, und für Hauke war es ein willkommener Anlass, dieses Laster endgültig abzulegen.

»Das ist übrigens meine Frau Paola«, sagte er mit einem

Strahlen in den Augen und winkte der Jüngeren zu, die den Gruß lächelnd erwiderte.

»Sie erwarten Nachwuchs?«, fragte Philip.

»Ja, unser Erstes.« Der Stolz des werdenden Vaters war nicht zu übersehen.

Saskia Puccini zog an ihrer Zigarette und kam auf sie zu. Ihre Bewegungen waren geschmeidig. Sie nahm den Cowboyhut ab und begrüßte sie.

»Die Polizei?«, fragte sie mit Blick auf Haukes Uniform. »Was ist passiert?«

»Wir haben nur ein paar Routinefragen zum Tod Ihres Mannes«, entgegnete Philip. »Mein Beileid.«

Sie nickte.

»Wie ich sehe, gehen die Proben weiter?«

»Wir haben zwei Vorstellungen heute.« Es klang, als würde sie die Frage nicht verstehen.

»Sie gönnen sich keine Pause?«

»Das wäre nicht in Salvatores Sinne. Die Show geht weiter. Das war schon immer so.«

Ihr schroffer Tonfall gefiel Hauke nicht. Aber er musste zugeben, dass sie ziemlich lässig aussah. Auch wenn man ihr die Rolle der jungen Westernlady nicht mehr abnahm. In dem Aufzug gehörte sie eher hinter den Tresen eines Saloons.

»Verstehe«, sagte Philip ungerührt.

Hauke bewunderte seinen Chef für sein Pokerface. Die Frau hätte ebenso gut aus einem Raumschiff steigen können, er würde sich nichts anmerken lassen.

»War Ihr Mann krank oder gab es Probleme, die den Selbstmord erklären würden?«

Saskias Gesichtsausdruck blieb hart. Wenn sie um ihren Mann trauerte, dann tat sie das im Verborgenen. »Wir sind ein kleiner Zirkus. Natürlich haben wir Probleme. Die Zeiten haben sich geändert. Früher wurden wir begeistert empfangen, doch heute haben die Kinder anderes zu tun. Wenn es nicht die Handys sind, ist es der Fußballverein oder sonst etwas. Die Konkurrenz ist größer geworden.«

»Könnte es, abgesehen vom finanziellen Druck einen weiteren Grund für seinen Selbstmord gegeben haben?«

»Er war nicht mehr der Jüngste. Salvi hat schon länger verkündet, kürzertreten zu wollen. Sein Knie machte nicht mehr mit.«

»Überraschte Sie der Suizid Ihres Mannes?«

Sie sah ihn verständnislos an.

»Hat er darüber gesprochen oder es mal erwähnt? War er lebensmüde oder depressiv?«

Bei dem Wort lebensmüde verkniff Hauke sich eine Bemerkung. Schweigend blickte er auf Roccos Tasche, aus der die Messer ragten.

»Dafür ist bei uns keine Zeit. Wir sind eine Zirkusfamilie. Wir lassen die anderen nicht im Stich.«

»Also passte es nicht zu Ihrem Mann?«

»Worauf wollen Sie hinaus? Warum stellen Sie solche Fragen?«

Sie tat Hauke leid. Es war sicher schwer, in diesen Zeiten einen Zirkus über Wasser zu halten. Vielleicht hatte Salvatore es einfach sattgehabt.

»Verzeihen Sie meine Taktlosigkeit, Frau Puccini. Wir müssen sichergehen, dass es wirklich Selbstmord war.«

Rocco wechselte einen kurzen Blick mit seiner Mutter.

»Was soll das heißen?«, fragte er.

»Es ist reine Routine. Nichts, was Sie beunruhigen müsste.«

Der misstrauische Ausdruck stand ihnen beiden ins

Gesicht geschrieben. Philip versuchte, die Wogen zu glätten.

»Wir freuen uns schon auf die Vorstellung am Samstag.«

Saskia Puccini lächelte mechanisch. Rocco schaltete sofort um.

»Wir uns auch. Schön, Sie zu Gast zu haben. Sie entschuldigen uns, wir müssen proben.«

Philip nickte und Mutter und Sohn verloren keine Zeit mehr.

Hauke sah ihnen nach, wie sie in die Manege zurückkehrten. Paola legte routiniert die Fesseln um die Gelenke ihrer Schwiegermutter und schnallte sie auf der Zielscheibe fest, während Rocco das Messerbündel aus seiner Tasche zog. Paola verpasste dem Holzrad einen kräftigen Stoß. Mit einem lauten Knarzen setzte es sich in Bewegung.

»Lebensmüde sind die alle, wenn du mich fragst«, murmelte Hauke.

Nach mehreren Anschüben nahm die Holzscheibe Fahrt auf. An Saskias Stelle hätte Hauke sich sofort übergeben. Roccos Mutter dagegen lächelte. Der Körper ihres Sohnes spannte sich. Hauke hielt die Luft an. Rocco hob die linke Hand und warf das erste Messer. Hauke schloss instinktiv die Augen und wandte den Kopf ab. Er hörte, wie das Metall in das Holz einschlug. Zögerlich öffnete er ein Auge. Das Messer war knapp über ihrem Kopf eingedrungen. Bevor Hauke wegsehen konnte, landete das zweite direkt neben ihrer linken Hand. Das dritte traf sein Ziel unter ihrem rechten Daumen. Hauke war beeindruckt. Er konnte sich kaum vorstellen, seine eigene Mutter in ein Westernkostüm zu stecken, sie auf ein rundes, sich drehendes Brett zu schnallen und mit Rosis Küchenmessern zu bewerfen. Bärbel würde das nicht überleben, zumindest nicht mit allen fünf Fingern. Aber das Thema »Hauke-Maus« wäre damit ein für alle Mal vom Tisch.

»Können wir gehen?« Sein Chef tippte ihm sanft auf die Schulter. »Ich möchte noch mit Carla und Guido sprechen.«

Draußen trafen sie auf Guido. Er führte sie zum Wohnwagen. Im Vorzelt saß Carla auf einem zerschlissenen Sessel. Beatrice schlängelte sich um ihren Hals.

Hauke schauderte es. »Die gibt es wohl nur im Doppelpack. Geht sie mit dem Vieh auch ins Bett?«, raunte er seinem Chef zu und verkniff sich ein Schnauben.

Philip enthielt sich eines Kommentars. Doch Hauke bemerkte, dass auch er gebührenden Abstand wahrte.

»Entschuldigen Sie die Störung. Ich habe noch eine Frage an Sie beide bezüglich des Testaments Ihres Vaters und Schwiegervaters.«

Philip machte eine Pause. Das tat er oft, um Befragte zu einer unbedachten Äußerung zu verleiten. Bei den beiden ging seine Rechnung jedoch nicht auf. Guido wartete schweigend, während der Blick seiner Frau auf ihrer geschlängelten Freundin ruhte.

»Sie haben beide von dem älteren Testament Ihres Vaters gewusst«, begann sein Chef. »Wie erklären Sie sich seinen plötzlichen Sinneswandel?«

Carla hob den Kopf und sah ihn an. Hauke konnte ihren Blick nicht deuten. Ihre Hand streichelte unablässig diesen giftgrünen lebenden Schal um ihren Hals.

»Ich nehme an, er wollte Rocco eine Chance geben. Wissen Sie, mein Schwager ist nicht die hellste Kerze …«

»Carla, bitte!« Guidos Einwurf kam überraschend.

»Was ist? Es stimmt doch.« Ihre Stimme hatte sich erhoben.

»Gab es Streit zwischen Ihnen beiden?« Philips Blick wanderte zu Guido, der rasch den Kopf schüttelte.

Carla lächelte. »Wir sind eine Familie, hier gibt es fast täglich Streit. Mein Schwiegervater war ein Despot.«

»Carla, er ist tot«, ermahnte sie ihr Mann.

»Na und? Habe ich nicht recht?«

Guido seufzte und nickte schließlich. Das Verhältnis zu ihrem Schwiegervater schien nicht gerade das beste zu sein.

»Mein Vater konnte sehr streng sein. Rocco hatte als Kind einen schweren Unfall. Unser Vater hatte ihn auf eines seiner Ponys gesetzt, doch Rocco stürzte und hat lange gebraucht, um gesund zu werden. Vater hat ihm vorgeworfen, zu schwach für das Zirkusleben zu sein. Aber ich glaube, insgeheim gab mein Vater sich selbst die Schuld an dem Unfall und hat sich das nie verziehen. Mit dem geänderten Testament hat er es vielleicht wiedergutmachen wollen.«

»Warum hat Ihr Vater Suizid begangen?«, fragte Philip.

»Er war über 80 Jahre alt«, begann Guido. »Mein Vater hatte in den letzten Monaten immer größere Probleme mit seiner Dressurnummer. Er duldete keine Unzulänglichkeiten, nicht bei anderen und schon gar nicht bei sich selbst.«

»Er wollte einfach zum richtigen Zeitpunkt aufhören«, ergänzte seine Frau ungerührt.

Für Carla schien es völlig normal zu sein, dass man sein Leben beendete, sobald man seinen Beruf nicht mehr ausüben konnte. Hauke fand es ziemlich abgebrüht. Der Tod ihres Schwiegervaters ließ sie erstaunlich kalt. Ihm kamen

Zweifel am Zusammenhalt der Familie. Aber wer sagte, dass es Liebe war, die sie zusammenschweißte. Es konnte genauso gut Hass sein. Manchmal lagen die beiden Emotionen verdammt nah beieinander.

»Ich danke Ihnen. Viel Erfolg bei den Vorstellungen.«

»Ich hoffe, Sie werden uns beehren?«, sagte Guido und ging sofort wieder zur Tagesordnung über. Darin standen sich die Brüder in nichts nach: Die Show musste weitergehen.

»In der Tat, wir kommen am Samstag.«

Beatrice streckte den Oberkörper und schien ihre Beschwörerin anzusehen. Carla küsste das Tier auf den Kopf. Hauke schüttelte sich innerlich. Katzen, Hunde - okay, aber Schlangen? Angewidert verließ Hauke mit Philip das Vorzelt.

Es hatte angefangen zu regnen. Er zog sich die Dienstmütze ins Gesicht und sie marschierten eilig zum Wagen. Hauke war heilfroh, dass der Zirkus keine weiteren Wildtiere beherbergte. Er hatte kein Verlangen danach, eines Morgens einen entlaufenen Tiger in seinem Garten sitzen zu sehen.

7

»Also, wenn du mich fragst, haben die sie nicht mehr alle«, sagte Hauke, während sie in den Dienstwagen stiegen. »Dass sich der Alte das Leben genommen hat, scheint ja niemanden von denen zu stören.«

»Wenn es nach dir ginge, hätte die halbe Welt nicht mehr alle Tassen im Schrank.«

»Ja, das stimmt. Gebe ich zu, aber diese Zirkusleute schlagen sie alle. *Die Show geht weiter* – wenn ich das schon höre! Sagt die Frau desjenigen, der sich gerade eine Kugel in den Kopf gejagt hat!«

Goldberg schloss die Beifahrertür und gurtete sich an. Er verstand, was Hauke meinte. Die Puccinis lebten nach ihren eigenen Regeln, und der Zirkus stand immer an erster Stelle, egal, was passierte. Und sicher immer am Abgrund des finanziellen Ruins. Er würde Peter bitten, die Finanzen des Zirkus zu überprüfen.

Goldberg war zwar kein großer Fan von gesellschaftlichen Normen, aber ein Leben im Wohnwagen, immer unterwegs und ständig mit seiner Familie zusammen, das wäre nichts für ihn. Abgesehen davon, dass er bis auf seine Mutter keine Familie mehr besaß. Auch wenn es etwas sehr Ursprüngliches an sich hatte, Goldberg brauchte ein gewisses Maß an Freiheit. Die Puccinis lebten von der Hand in den Mund, ähnlich wie früher, als die Menschen noch als Jäger und Sammler in Familienverbünden lebten.

Sie waren voneinander abhängig. Solange der Zirkus existierte, hatte die Gemeinschaft Bestand. Ohne das Zelt und die Tiere würden sie verloren gehen. Die Vorstellung hatte etwas Trauriges an sich. Oder war dieses erzwungene Band nicht genau das, was der heutigen Gesellschaft zunehmend abhandenkam? Immer mehr Familien brachen auseinander, die Globalisierung machte die Welt zwar kleiner, aber die Gräben zum nächsten Nachbarn immer tiefer. Goldberg musste an seine Mutter denken. Noch war sie gesund und kam allein zurecht. Aber wie lange würde das noch so gehen? Er beneidete Hauke um seine Familienbande. Auch wenn sie sich nicht immer einig waren, standen sie füreinander ein.

»Denkst du wirklich, dass bei dem Alten nachgeholfen wurde?«, unterbrach Hauke seine Überlegungen, während er den Motor startete.

Hauke setzte rückwärts über das holprige Feld zurück. Goldberg sah einen Jungen, der einen Wohnwagen putzte. Vermutlich war es Marcello, der Sohn von Guido und Carla. Er musste zehn oder zwölf Jahre alt sein. Jedes Mitglied hatte seine Aufgaben zu erfüllen. Ob es ihm gefiel oder nicht.

»Wahrscheinlich nicht. Und trotzdem werde ich dieses ungute Gefühl nicht los.«

»Hast du eine Wünschelrute, die bei Verbrechen ausschlägt?«

»Nein, aber ich habe einen funktionierenden Verstand. Und der sagt mir, dass hier irgendetwas faul ist. Ausgerechnet jetzt soll sich der Lieblingsesel von Salvatore verletzt haben, sodass er nicht mehr in der Vorstellung auftreten kann?«

»Du denkst, jemand sabotiert den Zirkus?«

»Könnte doch sein.«

Sie erreichten die Landstraße und passierten kurz darauf das Kophusener Ortsschild.

»Wann hat Bruno die Ergebnisse der Blutprobe von Susis Schnauze?«, fragte Hauke.

»Spätestens morgen«, erwiderte Goldberg.

»Wie ich dich kenne, glaubst du an einen Zusammenhang.«

»Du etwa nicht?«

Hauke brummte irgendetwas. Er verstand seinen Kollegen. So kurz vor Freijas Ankunft passte ihm eine zeitintensive Ermittlung nicht in den Kram, aber darauf konnte Goldberg keine Rücksicht nehmen.

»Nur weil deine Freundin zu Besuch kommt, bedeutet das nicht, dass wir unseren Job nicht gewissenhaft erledigen.«

»Und nur weil der Zirkus nebenan kampiert, heißt das noch lange nicht, dass das Blut mit Salvatores freiwilligem Ableben zu tun hat.«

Goldberg hob die Augenbraue.

»Du kannst einen echt nerven mit deinem Scheiß-Bauchgefühl und deinem ›Zufälle gibt es nicht‹-Gelaber.«

»Ich weiß.«

Hauke parkte den Streifenwagen in der Auffahrt neben der Station, als Paul Youngs Stimme aus seiner Hosentasche erklang. Haukes schlechte Laune war im Nu verflogen. Grinsend zog er sein privates Smartphone hervor. Goldberg erhaschte einen flüchtigen Blick auf das Display. Wenn er die Anruferin nicht längst anhand der Melodie identifiziert hätte, hätte ihm spätestens das Wort im Display Aufschluss gegeben. *Schmuckstück* konnte nur eines bedeuten.

»Kann ich vielleicht ein bisschen Privatsphäre haben?«, fragte Hauke und nickte in Richtung Beifahrertür.

Goldberg gehorchte und stieg aus.

»Hey, wie geht es dir?«, hörte er seinen Kollegen ins Telefon säuseln, bevor er diskret die Autotür schloss. Goldberg sah durch die Windschutzscheibe. Hauke wedelte mit der Hand und versuchte, ihn in das Innere der Station zu scheuchen, bevor er sich breit grinsend seiner Gesprächspartnerin widmete.

Peter knabberte an einem Haferkeks. Er war gerade dabei, die Taler in eine kleine Glasschüssel auf seinem Schreibtisch zu füllen.

»Wo ist Hauke?«, erkundigte er sich.

Goldberg trällerte den Refrain von *Love Is in the Air*.

Peter grinste. »Irgendwie niedlich, oder?«

»Waren wir auch so?«

»Ich glaube schon. Hoffentlich verpatzt er es nicht. Wird Zeit, dass er endlich mal die Richtige findet«, erwiderte er und knüllte die Kekstüte zusammen. »Die Dinger sollte es in Mehrweggläsern geben. Dieser ganze Verpackungswahnsinn.« Peter warf die ungeliebte Kunststofftüte in den Mülleimer unter seinem Schreibtisch, der für den Gelben Sack vorgesehen war.

»Geht es mit deinen Recherchen voran?«, fragte der Kommissar und schloss die Tür hinter sich.

Peter machte eine vielsagende Pause und schob sich einen weiteren Keks in den Mund, bevor er sein Dossier aufschlug. »Es ist schwierig, etwas über den Zirkus herauszufinden«, antwortete er kauend. »Ein paar Zeitungen haben über ihn berichtet, aber nichts von Belang. Ich habe mit Salvatores Schwester telefoniert.«

»Giulia?«

»Ja. Sie ist verheiratet und hat drei Kinder. Im Gegensatz zum Rest der Familie hat sie sich gegen das Zirkusleben entschieden, weil sie als Kind einen Unfall am Trapez hatte. Aber sie macht die Buchhaltung für den Betrieb.«

»Schon der zweite«, sagte Goldberg mehr zu sich als zu seinem Kollegen. Doch Peter hatte die Bemerkung nicht überhört. Neugierig hob er den Kopf.

»Was meinst du damit? Der zweite?«

»Unfall.« Goldberg berichtete ihm von Roccos Sturz von einem Pony.

Peter nickte bedächtig und machte sich eine Notiz, bevor er lächelnd aufblickte. »Ich habe noch etwas herausgefunden. Salvatore hat eine Risiko-Lebensversicherung abgeschlossen.«

Jetzt wurde es interessant. Goldberg hob die Augenbrauen und schwang sich auf den ockerfarbenen Besuchertresen.

»Ja, du hast ganz richtig gehört. Im Falle seines Todes zahlt die einhunderttausend Euro.«

»An wen?«

»Das wusste Giulia nicht. Die Police hat Salvatore bei sich verwahrt. Aber ich versuche, die Versicherung zu kontaktieren.«

»Zahlt sie auch bei Suizid?«

»Ja, da gibt es nur einen zeitlichen Abstand. Der Vertragsabschluss muss älter als drei Jahre sein. Und es sind laut Giulia fünf. Er soll die Versicherung zum gleichen Zeitpunkt abgeschlossen haben, zu dem er auch sein erstes Testament gemacht hat.«

»Das könnte ein Grund für seinen Suizid gewesen sein. Er wollte seine Familie versorgt wissen. Vielleicht hat er sich geopfert?«

»Das ist sogar ziemlich wahrscheinlich. Dem Zirkus geht es jedenfalls mies. Damit hat die Schwester nicht hinterm Berg gehalten. Na ja, dass man damit heutzutage keine Reichtümer anhäuft, ist wohl klar.«

Goldberg überlegte einen Augenblick. »Keiner von ihnen hat die Versicherungspolice erwähnt.«

»Das würde ich an deren Stelle auch nicht tun. Warum auch. Oder sie haben es gar nicht gewusst.«

»Was ist Giulias Einschätzung? Traut sie ihrem Bruder einen Selbstmord zu?«

»Ja, das kann sie sich durchaus vorstellen. Sie beschrieb ihn als sehr rigoros. Von der Waffe wusste sie auch und hat die Aussage der anderen bestätigt.«

Die Glastür schwang auf und Hauke trat laut summend ein.

»Na, Romeo, schon fertig?«, fragte Goldberg.

Goldberg und Peter wechselten einen kurzen Blick und grinsten spöttisch.

»Ihr seid ja bloß neidisch.«

»Solange deine ständigen Frauengeschichten aufhören, ist mir alles recht«, sagte Peter.

»Davon bin ich endgültig geheilt.«

Das Telefon klingelte. Hauke war schneller als Peter und nahm den Hörer ab. Das Gespräch dauerte nicht lange. Wenige Minuten später saßen die beiden Beamten wieder im Streifenwagen.

Der Schwarzwasser war ein breiter Entwässerungsgraben, der an Kophusen vorbeilief. Die Elbmarsch war durchzogen von solchen Gräben. Schon beim Vorbeifahren stachen Hauke die grünen Schlieren auf dem Wasser ins Auge.

»Was für eine Scheiße ist das denn bitte?«

»Ein Hoffnungsschimmer am regnerischen Horizont«, erwiderte Philip, während sie an der Buskehre ausstiegen.

»Ha, ha. Im Ernst, warum ist die Brühe grün? Das ist ja ekelhaft. Wenn da mal nicht jemand seine giftigen Abwasser entsorgt hat.«

»Keine voreiligen Schlüsse.«

»Das sagt der Richtige. Wer wittert denn hier immer gleich ein Verbrechen?«

Der Schwarzwasser war ungefähr zehn Meter breit. Wie tief es nach unten ging, wusste Hauke nicht, und er hatte auch keine Lust, das herauszufinden. Er blieb breitbeinig stehen und verschränkte demonstrativ die Arme vor der Brust. Philip seufzte. Sein Chef hatte die wenig subtile Botschaft offenbar verstanden und ging zum Auto zurück. Sie mussten eine Probe nehmen, aber Hauke würde dieses verseuchte Wasser sicher nicht anfassen. Da musste sich sein Chef ausnahmsweise einmal selbst drum kümmern. Hauke hatte keine Lust, sich am Ende noch eine Infektion einzufangen und die nächsten Tage im Bett oder schlimmer noch im Krankenhaus verbringen zu müssen. Keine zehn Pferde würden ihn näher an diese giftgrüne Brühe bringen. Solange nicht klar war, was den Fluss eingefärbt hatte, würde er kein Risiko eingehen. Wer wusste schon, ab das Zeug nicht irgendwelche Dämpfe absonderte. Wenn Freija ihn besuchen kam, musste er in Topform sein.

Bewaffnet mit Handschuhen und einem Plastikbehälter kehrte Philip zum Ufer zurück und kraxelte ungelenk die Böschung hinunter. In aller Seelenruhe schaute Hauke zu, wie Philip den rechten Arm ausstreckte und den Becher vorsichtig ins Wasser tauchte.

»Du solltest mal ein bisschen Sport treiben«, empfahl Hauke, der es kaum mit ansehen konnte.

Philip verdrehte die Augen. Als er wieder sicheren Boden unter den Füßen hatte, schraubte er den Deckel zu. Dann steckte er die Probe in einem Plastikbeutel.

»Im Ernst. Das sieht schlimm aus. Du bewegst dich wie ein alter Mann.«

»Vorsicht. Ich bin immer noch dein Vorgesetzter.«

»Ich sage dir das als Freund, nicht als Polizist.«

Philip ignorierte seinen gut gemeinten Rat. »Ich bitte Peter, beim Abwasser-Zweckverband nachzufragen, vielleicht wissen die etwas davon.« Er zückte sein Smartphone und rief auf der Station an.

»Und jetzt?«, fragte Hauke, nachdem Philip das Telefonat beendet hatte.

»Wir bringen die Probe zur Wasser- und Bodenschutzbehörde nach Itzehoe.«

»Meinetwegen, aber das Ding kommt in den Kofferraum. Ich will mich nicht mit wer weiß was kontaminieren.«

»Glaubst du ernsthaft, dass das deine Manneskraft beeinflusst?«

Hauke hob abwehrend die Hände. »Ich gehe kein Risiko ein.«

Kopfschüttelnd ging Philip zum Kofferraum und verstaute ihren Fund. Hauke blickte den Schwarzwasser hinauf. Oder hinab, er konnte sich das einfach nicht merken. Er vermutete, dass dieses Zeug in Glückstadt in den Fluss gelangt war. Oder jemand hatte es von der Wiese aus reingekippt. Illegale Müllentsorgung war ein zunehmendes Problem in Kophusen. Nicht nur Sperrmüll oder Bauschutt wurden einfach in die Walachei gekippt. Hauke hatte keine Ahnung, was mit denen nicht stimmte, die so etwas taten. Die Welt wurde in seinen Augen immer verrückter. Vielmehr die Leute. Die Welt konnte ja nichts dafür.

»Wart ihr je ein Paar?«, riss Philip ihn unvermittelt aus seinen Gedanken.

»Was? Wer?«

»Conny und du.«

»Nee. Ob du es glaubst oder nicht, in Sachen Liebe war ich ein Spätzünder.«

»Das kann ich mir tatsächlich nur schwer vorstellen.«

»Manche erblühen eben sehr spät, aber dafür umso kräftiger.«

»Was glaubst du, warum sie auf der Straße gelandet ist?«, fragte Philip beim Einsteigen.

Das hatte sich Hauke auch schon gefragt, konnte sich aber keinen Reim darauf machen. »Ich habe keine Ahnung«, erwiderte er und startete den Motor.

»Gab es Probleme in der Familie?«

»Nicht mehr als bei anderen auch. Ich war oft bei ihnen zu Besuch. Warum interessiert dich das?«

»Weil ich Anteil am Schicksal meiner Mitmenschen nehme.«

»Und warum wirklich?«

»Nichts weiter.«

»Das kannst du deiner Großmutter erzählen. Du heckst doch schon wieder irgendwelche wilden Theorien aus.«

»Ich frage mich nur, warum sie ausgerechnet jetzt nach Kophusen zurückgekehrt ist.«

»Frag meine Mutter, die wird es sicher aus ihr rausquetschen.« Hauke wendete den Wagen in der Buskehre.

Bärbel Thomsen war aus Husum nach Kophusen

zurückgekehrt und spontan in Rosis Geschäft mit eingestiegen. Während seine Schwester die Küche übernommen hatte, kümmerte sie sich um die Gäste. Sie war das Aushängeschild und ganz nebenbei spielte sie noch den Seelenklempner von halb Kophusen. Er wollte gar nicht wissen, wie viele Menschen zu ihr an den Tresen kamen und ihr ihr Herz ausschütteten. Für ihn wäre das nichts. Und spätestens jetzt, wo er mit Freija zusammen war, hatte er den Gedanken, in den Familienbetrieb einzusteigen ad acta gelegt. Er würde mit Freija in den Sonnenuntergang reiten. Und wenn sie es wollte, dann auch nach Dänemark. Er bog auf die Straße ab und fuhr Richtung Autobahn.

»Du glaubst doch nicht ernsthaft, dass Conny etwas mit dem Zirkus zu tun hat?«

»Findest du es nicht sonderbar?«

»Nein!« Damit war für ihn das Thema erledigt.

Der Teller mit den Keksen war bereits halb leer. Während der betagte Drucker geräuschvoll mehrere Seiten ausspuckte, las Peter den Artikel, den eine Reporterin über den Circus Puccini geschrieben hatte. Ihr wohlwollendes Porträt endete mit der Schilderung einer magischen Vorstellung, die die Kinderaugen zum Leuchten gebracht hatte. Peter freute sich darauf, sich am Samstag selbst davon überzeugen zu können. Er konnte sich nicht daran erinnern, wann er zum letzten Mal in einem Zirkus gewesen war. Er biss von seinem Keks ab und klickte auf das Druckersymbol. Dann las er den letzten Absatz erneut: *»Die Verletzung an seinem Bein schien wie weggeblasen zu sein. Salvatore Puccini ist ein Profi durch und durch.«*

Schon wieder eine Verletzung, dachte Peter. Dafür, dass es alles professionelle Artisten waren, schien ihm die Unfallrate ziemlich hoch. Andererseits lebten Zirkusleute nun mal gefährlicher als andere. Schließlich trainierten sie jeden Tag und ihre akrobatischen Einlagen waren nicht mit einem Bürojob zu vergleichen. Peter blickte auf das Datum. Der Artikel war am 23. Juli erschienen. Vor ungefähr zwei Monaten. Der Zirkus hatte in einer Kleinstadt im Kreis Pinneberg gastiert.

Peter griff zum Telefon und wählte die Nummer der Lokalredaktion. Er musste an seinen Neffen Max denken. Seit seinem unrühmlichen Auftritt beim *Kophusener Jedermann* hatten sie nicht mehr miteinander gesprochen, und das würde sich auch nicht ändern, solange Max sich nicht bei ihm entschuldigte. Doch das würde wohl erst passieren, wenn er sich entschied, diesem Schundblatt den Rücken zu kehren. Mit Journalismus hatte seine Arbeit dort nichts zu tun. Da war ihm der Redakteur des *Kophusener Boten* lieber. Zwar nahm der auch kein Blatt vor den Mund, aber er schrieb wenigstens über die Sache und verzichtete auf menschenverachtende Kommentare und reißerische Überschriften.

»Behn.«

»Hallo, Torben, Peter hier.«

»Wo hat es dieses Mal geknallt?«

»Nee, kein Autounfall. Ich wollte wissen, ob du Kontakte zu den Kollegen vom *Norddeutschen Kurier* hast?«

»Klar.«

»Weißt du, wer unter dem Kürzel NW schreibt?«

Torben nannte eine freie Mitarbeiterin. Er kannte sie nicht persönlich, gab ihm aber die Nummer des verantwortlichen Redakteurs der Konkurrenz.

»Gibt es etwas Neues über den toten Zirkusdirektor?«

Peter verneinte und versicherte ihm, dass die Rechtsmedizin seinen Tod als Selbstmord eingestuft hatte, und sie beendeten das Gespräch. Es dauerte keine zehn Minuten, da hatte er die Verfasserin des Artikels am Telefon. Nachdem Peter ihr von Salvatores Selbstmord berichtet hatte, erzählte sie ihm von dem Besuch beim Circus Puccini.

»Mir fiel das Hinken auf, und ich habe ihn gefragt, ob er so überhaupt auftreten könne«, berichtete sie.

»Wissen Sie, wie er sich die Verletzung zugezogen hatte?«

»Er sagte, er sei gestürzt.« Die Frau am anderen Ende der Leitung machte eine kurze Pause. »Aber ich habe ihm das nicht abgenommen.«

»Warum nicht?«

»Es war der Blick, den er seiner Frau zuwarf, als er es erzählte.«

Die Reporterin las zwischen den Zeilen, dachte Peter. Für den Beruf sicher nicht ganz unwichtig.

»Konnten Sie die Verletzung sehen?«

»Nein. Allerdings lugte der Verband am Knöchel unter seiner Hose hervor. Er war blutig. Die Verletzung musste ziemlich frisch gewesen sein.«

»Was für einen Eindruck machte die Familie auf Sie?«

»Die Stimmung war angespannt. Sie haben versucht, das zu überspielen.«

»Ist Ihnen sonst noch etwas aufgefallen?«

Sie schien einen Augenblick zu überlegen. »Seine Frau, ich weiß nicht mehr, wie sie hieß …«

»Saskia.«

»Ja, genau. Ich hatte den Eindruck, dass sie die eigentliche Chefin des Ganzen war. Ihr Mann wirkte angeschlagen. Möglicherweise war es nur die Verletzung, aber er kam mir kraftlos und ausgebrannt vor.«

Das würde seinen Suizid erklären, dachte Peter.

»Jedenfalls war seine Frau ziemlich resolut. Daran erinnere ich mich noch sehr deutlich.«

Peter notierte sich ihre Beobachtung. Schließlich bedankte er sich bei ihr und legte auf.

Die Verletzung ließ ihm keine Ruhe. Peter nahm den Hörer erneut zur Hand und wählte Brunos Nummer.

»Peter, was kann ich für dich tun?«, begrüßte ihn der Rechtsmediziner.

»Ich weiß, du hast die Obduktion bereits abgeschlossen, aber könntest du dir die Beine von unserem Toten noch einmal etwas genauer ansehen?«

»Von außen gab es nichts Auffälliges.«

»Keine Narbe oder Verletzungen?«

»Was ist los, Peter?«

»Ich habe gerade mit einer Reporterin gesprochen, die ihn im Juli interviewt hat. Sie erwähnte eine Verletzung, die er am Bein gehabt haben soll.«

»Ich wollte den Leichnam eigentlich freigeben, aber da du sicher keine Ruhe geben wirst, werde ich ein Röntgenbild machen. Welche Seite?«

»Keine Ahnung. Am besten, du machst Aufnahmen von beiden.«

»Sonst noch Wünsche?«

Peter hörte das Lächeln. »Bei der Gelegenheit könntest du dir auch seine Knie ansehen.«

»Der Mann scheint von großem Interesse für euch zu sein.«

»Du kennst ja Philip, wenn der sich einmal festgebissen hat, dann will er es ganz genau wissen.«

»Ich sage dem leitenden Ermittler wohl besser nichts von deinem Anruf.«

»Ja, lieber nicht. Du weißt ja, Kollege Weidenbach schätzt Einmischungen nicht besonders.«

»Dafür mischt ihr euch ausgesprochen oft ein.«

»Stimmt. Aber zu unserer Verteidigung, wir hatten bisher auch immer recht.«

»Wenn ihr euch in diesem Fall mal nicht irrt.«

8

Peter schlug die Augen auf. Der Wecker auf dem Nachttisch fiepte laut. Er schaltete ihn aus und sah zur Seite. Der Platz neben ihm war leer. Er gähnte und streckte sich. Greta war Frühaufsteherin. Meistens bereitete sie das Frühstück zu. Nicht, dass er das von ihr erwartete. Sie tat es gern. Nach dem Tod ihres Mannes Eduard hatte sie sich einsam gefühlt. Seit Peters Einzug bei ihr genoss sie es, sich um ihn zu kümmern. Er hatte sich anfangs schwergetan. Das Gefühl, seine verstorbene Frau Marion zu verraten, hatte ihn gequält. Es hatte gedauert, bis er sich selbst die Erlaubnis erteilt hatte, wieder glücklich zu sein.

Der Duft nach frisch gebrühtem Kaffee lockte ihn aus den Federn.

Die beiden waren nun schon seit fast zwei Jahren ein Paar und verbrachten die meiste Zeit bei ihr. Sein eigenes Haus, in dem er zusammen mit Marion gelebt hatte, schien überflüssig zu werden. Doch er brachte es nicht fertig, es zu verkaufen. Es war Marions ganzer Stolz gewesen. Seit ihrem Tod hatte er sich viel Mühe gegeben, alles in Schuss zu halten und den Garten nicht verwahrlosen zu lassen. Ihre Krebserkrankung hatte sie aus dem Leben gerissen. Die ersten Jahre ohne sie waren hart gewesen. Hauke und seine Schwester hatten ihn aufgefangen und ihm Gesellschaft geleistet, wenn er es zu Hause nicht allein ausgehalten hatte.

Greta war es ganz ähnlich ergangen. Sie und Eduard hatten sich sehr nahegestanden. Peter hatte mit der Zeit die Vorteile des Alleinlebens zu schätzen gelernt. Für Greta dagegen wog der Verlust ihres Mannes schwer und sie hatte ihre Fühler nach einem geeigneten Partner ausgestreckt. Ihre Wahl war auf ihn gefallen, den verwitweten Nachbarn. Er hatte sich mit Händen und Füßen dagegen gesträubt. Doch das Schicksal hatte anderes im Sinn gehabt … Peter musste an ihren ersten Kuss auf dem Sofa denken und lächelte.

»Peter?« Ihre Stimme drang zu ihm ins Obergeschoss. »Frühstück ist fertig.«

»Ich komme.«

Er erhob sich von der Bettkante und wollte nach seinem Morgenmantel greifen, doch er hing nicht wie gewohnt über dem Stuhl. Er sah sich um. Peter ging zum Kleiderschrank, ein altes Erbstück von Gretas Mutter, und zog die Türen auf. Manchmal hängte Greta ihn in den Schrank. Fehlanzeige. Unter dem Dach war es warm, sodass er nur mit einem weißen Unterhemd und einer Boxershorts bekleidet schlief. So wollte er sich nicht an den liebevoll gedeckten Frühstückstisch setzen. Ohne lange zu überlegen, griff er nach Gretas rotem Seidenmorgenmantel. Die üppigen Federn am Kragen kitzelten in seinem Gesicht. Peter grinste. Er würde sich heute Morgen einen kleinen Scherz erlauben. In Gedanken hörte er bereits Gretas Lachen. In einer gespielt-dramatischen Geste pustete er die Federn aus seinem Gesicht und zog den Gürtel stramm. Divenhaft stolzierte er aus dem Zimmer.

Das Haus stammte, wie sein eigenes, aus den Sechzigern. Die Zimmer waren klein. Der Treppe hatten sie einen frischen Anstrich verpasst und die Trittstufen erneuert.

Der helle Bast kratzte unter seinen Füßen. Peter gefiel die sanfte Massage. Die Stufen endeten vor der Haustür, die sperrangelweit offen stand. Greta holte wohl gerade die Zeitung. Es war kurz nach sechs. Er betrat die Küche und überlegte, wo er sich möglichst effektvoll drapieren sollte. Lasziv lehnte er sich an die Arbeitsplatte und wartete.

Als sie nach einigen Minuten immer noch nicht aufgetaucht war, schaute er aus dem breiten Fenster, das in den Garten hinausging. Der Rasen musste gemäht werden, bevor es endgültig Herbst wurde, dachte er. Er wollte sich gerade wieder in Pose werfen, als ihm aus dem Augenwinkel etwas Merkwürdiges in der Voliere auffiel. Die farbenprächtigen Wellensittiche waren Gretas Leidenschaft und genau genommen der Grund, warum sie beide zusammengekommen waren. Normalerweise tummelten sie sich laut tschilpend auf den Stangen. Doch irgendetwas war anders als sonst. Nichts rührte sich.

Peter beugte sich vor. Sein Blick suchte den gesamten Käfig ab, der rechts von der Terrasse stand. Das Innere glich einem dieser Wimmelbilder, die er früher mit seinem Neffen Max angeschaut hatte. Er stockte. Ein strahlendes Grün stach ihm ins Auge. Vor Schreck hielt er den Atem an. Seine Gedanken rasten, während sein Blick dem langen, schlanken Körper folgte, der sich zur Hälfte um eine der oberen Stangen gewunden hatte. Die andere Hälfte hing elegant hinab, die Augen starr auf das bunte, vielfältige und vor Schreck erstarrte Nahrungsangebot gerichtet.

»Scheiße!«, entfuhr es ihm.

Peter war kein Freund von Gretas Hobby, aber er konnte nicht tatenlos zusehen, wie sich die Schlange an den unschuldigen Wellensittichen vergehen würde. Wie zum Teufel war sie reingekommen? Die Voliere bestand aus Holz und einem engmaschigem Drahtgeflecht. Der kleine Anbau daneben verfügte über eine Schleuse. Sie achteten peinlich genau darauf, beide Türen geschlossen zu halten. Hastig rannte er durch die offene Haustür. Der Gürtel des Morgenmantels löste sich und der Seidenstoff flatterte hinter ihm her. Die Federn flogen ihm ins Gesicht. Die Zeitung in der Hand, kam Greta ihm auf dem Plattenweg entgegen.

»Was hast du denn da an?«, fragte sie und lachte.

Dasselbe hätte er sie fragen können. Greta hatte seinen alten braunen Frotteebademantel übergeworfen. Doch es blieb keine Zeit für Erklärungen. »Nimm mein Handy und ruf Fred Kramer an. Die Nummer ist gespeichert«, befahl er. »In der Voliere ist eine Schlange.«

»Was?« Ihr Gesichtsausdruck änderte sich schlagartig.

»Beeil dich. Der Mann ist ein Schlangenexperte«, rief er und eilte zur Rückseite des Hauses.

Als er vor der Voliere stand, hing die Schlange immer noch reglos herab. Er konnte es nicht fassen. Er suchte nach einem Loch in dem Drahtgeflecht, als sein Blick auf die Metallklappe ficl. Natürlich. Dadurch musste sie gekommen sein. Die Klappe diente zur Fütterung und war auf Höhe der Futternäpfe angebracht worden, sodass sie für Katzen nicht erreichbar war. Für die Wellensittiche war das Metall zu schwer, aber den Python hatte es offenbar nicht aufhalten können.

Gretas Gesicht erschien am Küchenfenster. Mit der linken Hand öffnete sie es. In der anderen hielt sie bereits sein Smartphone am Ohr.

»Sei um Himmels willen vorsichtig!«

»Gibt mir den großen Kochlöffel aus der Schublade.«

Geistesgegenwärtig drehte sich Greta um und griff nach der Salatgabel. »Hier.«

Peter eilte zum Fenster und stellte sich auf die Zehenspitzen. Wie sollte er die Schlange von den Vögeln weglocken? Peter hatte keine Ahnung von Reptilien. Langsam schob er die Salatgabel durch die engmaschigen Gitterstäbe. Das würde nicht funktionieren.

Greta hatte Kramer offenbar erreicht. Er hörte, wie sie ihm die absurde Situation beschrieb. Fred hatte er vor ein paar Monaten bei einem Polizeieinsatz kennengelernt. Sie hatten spontan Nummern ausgetauscht.

»Mein Mann versucht, sie in Schach zu halten«, sagte Greta.

Bei den Worten »mein Mann« wurde ihm warm ums Herz, doch jetzt war nicht der richtige Zeitpunkt für romantische Anwandlungen. Die Schlange drehte plötzlich den Kopf und starrte ihn an. Peter lief es eiskalt den Rücken hinunter. Ihre silberfarbenen Augen fixierten ihn. Er kam sich lächerlich vor, in Gretas roten Seidenmorgenmantel gehüllt, bewaffnet mit einem sündhaft teuren Salatbesteck aus feinstem Olivenholz, das sie auf einem Weihnachtsmarkt erstanden hatten. Die Schlange wirkte unbeeindruckt. Die Zunge des Tieres schnellte aus dem Maul. Peter zuckte zusammen und pustete sich die Federn aus dem Gesicht.

»Er kommt sofort«, rief Greta.

»Gut, und jetzt ruf Philip an. Er soll Carla Puccini herbestellen und die Feuerwehr alarmieren.«

Abgesehen von der zischelnden Zunge rührte sich das Tier nicht. Peter überlegte, was er tun konnte, um den Eindringling von seinem verlockenden Frühstück fernzuhalten, ohne selbst in Bedrängnis zu geraten oder sie entwischen zu lassen. Nicht auszudenken, wenn das Tier ganz Kophusen in Panik versetzte. In seiner Verzweiflung schlug er mit der Gabel gegen die Holzbalken der Voliere. Die Schlange schreckte auf. Die Vögel flatterten panisch auf die andere Seite. Peter schlug erneut zu. Nicht zu heftig, aber laut genug, um die Schlange zu stören. Offenbar gefiel ihr das nicht. Sie glitt elegant vom Ast. Von so viel Beweglichkeit konnte er nur träumen. Egal, wie oft er seinen Yogi Sohanraj besuchen würde, seine Wirbelsäule war ihm immer im Weg.

»Peter, pass auf.« Greta hatte ihn während des kurzen Telefonats nicht aus den Augen gelassen.

»Ich muss sie irgendwie einfangen.«

»Warte.«

Peter fixierte die Schlange, die sich um den nächsten Ast wand. Die Vögel setzten sich wieder in Bewegung und flatterten aufgeregt kreischend umher. Am Fenster erschien Greta mit einem Sieb in der Hand.

»Hier. Kannst du das über sie stülpen?«

Wortlos nahm Peter das zweite Küchenutensil entgegen. Als er sich wieder zur Voliere drehte, hatte die Schlange die Metallklappe erreicht. Scheiße! Bevor *er* die Klappe erreichte, hatte der Python bereits seinen Kopf durch die Futterluke gestreckt und schlängelte auf ihn zu. Peter beugte den Oberkörper vor. Mit dem Sieb würde er das fast zwei Meter lange Tier niemals einfangen können. Die Schlange tat ihm sicher nicht den Gefallen, sich auf der Terrasse einzurollen und reglos liegen zu bleiben. Unbe eindruckt von Peters Küchenutensilien wich das Tier aus und steuerte auf eine Hortensie zu.

»Na toll!«, stöhnte Peter und verfolgte, wie die Schwanzspitze blitzschnell unter den Blättern verschwand.

»Hauptsache, dir ist nichts passiert«, rief Greta vom Fenster aus.

Dem konnte Peter sich nicht anschließen. Wenn sie die Schlange nicht schnell einfingen, wäre in Kophusen die Hölle los … Er hörte schon die Telefone auf der Wache, die ohne Unterlass klingelten …

»Dieses verdammte Mistvieh«, rief Hauke verärgert, als Philip ihn mit seinem Privatwagen zu Hause abgeholt hatte. »Ich habe es gewusst, es bringt nur Ärger ein.«

»Nun beruhige dich«, versuchte Goldberg seinen Kollegen zu besänftigen.

»Jetzt können wir die nächsten Tage damit verbringen, eine Scheiß-Schlange zu suchen. Meinen Urlaub kann ich knicken.«

»Welchen Urlaub, Hauke?«

Sein Kollege schnaubte. »Das dauert Tage! Die kann überall sein. Die wartet nicht brav darauf, dass sie eingefangen wird.«

»Carla Puccini ist auf dem Weg. Mit etwas Glück hört das Tier auf sie.«

»Das ist kein Hund. Das ist ein Python. Wie ist der überhaupt ausgebüxt?«

»Das kann sich Frau Puccini nicht erklären. Als sie heute Morgen aufgestanden ist, stand der Deckel des Terrariums offen.«

»Die hat doch einen Hackenschuss.«

»Sie war sehr aufgeregt«, sagte Goldberg und ließ im Geiste das Telefonat Revue passieren, das er vor wenigen Minuten mit ihr geführt hatte. Jegliche Selbstsicherheit war verschwunden gewesen. Sie hatte geschworen, dass sie das Terrarium am Abend sorgfältig verschlossen hatte. Diese Schlange schien ihr Augapfel zu sein. Aber wie sollte Beatrice ohne fremde Hilfe aus dem Wohnwagen gekommen sein? Jemand musste ihr in der Nacht den Weg nach draußen ermöglicht haben. Aber wer hätte Interesse daran, einem Python die Freiheit zu schenken?

Goldberg bog in die Straße ein, in der Greta wohnte.

»Ich bin nicht scharf drauf, durch Gretas Garten zu pirschen und eine fette Würgeschlange zu suchen, die sich jederzeit vom Baum fallen lassen kann und sich um meinen Hals wickelt.«

»Es bleibt uns nichts anderes übrig. Wir müssen das Tier so schnell wie möglich einfangen.«

»Sehe ich aus wie ein verdammter Schlangenflüsterer?«

Der Kommissar ignorierte die ohnehin rhetorisch gemeinte Frage und parkte auf Höhe eines alten Hollandrades, das offenbar achtlos am Gartenzaun abgestellt worden war. Unter der Stange des Herrenfahrrades war eine kleine Werbetafel angeschraubt, auf dem der Schriftzug des Zirkus und die beiden Clownsgesichter prangten. Als Goldberg die Pforte zu Gretas Haus aufschob, hörte er Carla Puccinis Stimme, die unablässig nach ihrem exotischen Haustier rief.

»Vielleicht sollte sie es mit einer Flöte probieren«, ätzte Hauke.

»Reiß dich zusammen«, mahnte Goldberg und ging an den Büschen vorbei hinters Haus, wo die Wellensittiche lautstark krakeelten.

Peter zog seinen Kopf gerade aus einer großen Hortensie und drehte sich zu ihnen um. Seltsamerweise hatte er sich in einen roten Morgenmantel aus glänzender Seide gehüllt. Die Federn am Kragen umspielten seinen Hals.

Greta hingegen trug einen dunkelbraunen Frotteebademantel, der aussah, als stammte er aus den Achtzigerjahren. Im Gegensatz zu Hauke enthielt sich Goldberg jeglichen Kommentars.

»Wie seht ihr denn aus? Törnen euch solche Rollenspiele an?«

Peter sah kurz an sich herunter. »Das erkläre ich euch später. Helft lieber suchen.«

In den Händen hielt ihr Kollege ein Küchensieb und eine Salatgabel. Goldberg ahnte, was er damit vorgehabt hatte. Offenbar ohne Erfolg.

»Seien Sie vorsichtig«, sagte ein Mann, der gerade um die Hausecke kam.

»Das ist Fred, ich habe euch von ihm erzählt.«

»Der Schlangentyp?«, fragte Hauke.

»Freut mich auch, euch kennenzulernen«, erwiderte Kramer und ließ den Blick durch die Krone eines Birnbaums wandern. Seine Ausrüstung bestand aus einer Zange mit Schlaufe, doch von Beatrice gab es noch keine Spur, sosehr Carla auch nach ihr rief.

Hauke verdrückte sich in den hinteren Teil des Gartens, offenbar in der Hoffnung, dass er dort sicher war. Goldberg begann damit, den Boden abzusuchen, während sich die anderen um die Bäume kümmerten.

Wenig später rückte Kophusens Wehrführer Manfred mit zwei Kolleginnen der Freiwilligen Feuerwehr an. Je schneller dieses Reptil eingefangen war, desto besser. Mit wenigen Worten beschrieb Carla den Ausreißer und die Feuerwehrleute strömten aus.

Nach einer knappen halben Stunde entdeckte eine der beiden Feuerwehrfrauen Beatrice im Ast des Kugelahorns. Erfreulicherweise hatte sie sich einen Baum ausgesucht, der ihre sonst so perfekte Tarnung nutzlos machte. Zwischen den sich schon gelb färbenden Blättern stach ihre grüne Schlangenhaut deutlich hervor.

»Alle bleiben, wo sie sind. Keine hektischen Bewegungen. Wir wollen sie nicht aufschrecken«, sagte Fred und pirschte über den Rasen zum Kugelahorn.

Bis auf Carla blieben alle wie angewurzelt stehen.

»Lassen Sie mich das machen. Mir vertraut sie.« Carla hatte den Baum erreicht und schaute nach oben. »Beatrice, du hast mir einen riesigen Schrecken eingejagt. Komm herunter.«

Es war mucksmäuschenstill. Alle sahen gebannt auf Carlas Arm, der zwischen den Blättern verschwand.

»Mein Schatz, ich bringe dich nach Hause.« Ihre Stimme klang liebevoll, als spräche sie mit ihrem Kind.

Der tragenden Rolle, die der Kugelahorn in diesem absurden Szenario spielte, war er sich nicht bewusst. Die Feuerwehrfrau war in Zeitlupentempo in die Hocke gegangen.

»Sie bewegt sich«, flüsterte Fred.

»Na komm, mein Engel. Ich habe dir schon eine Maus aus der Tiefkühltruhe rausgelegt. Eine besonders fette.«

Goldbergs Gesichtszüge blieben starr. Er wagte kaum zu atmen. Die Vorstellung einer tiefgefrorenen Maus würde ihn nicht hinter dem Ofen vorlocken, aber Geschmäcker waren bekanntlich verschieden. Beatrice schien das Angebot zu gefallen. Ihr Kopf tauchte unterhalb der Blätterkrone auf und nahm Carlas ausgestreckte Hand nach kurzem Zögern an.

»So ist es gut, mein Engel.«

Ob Beatrice tatsächlich begriff, welch vermeintlicher Leckerbissen auf sie wartete oder ob es Carlas vertraute

Stimme war, würden sie wohl nie erfahren. Beatrice wand sich um Carlas muskulösen Arm und nahm ihren angestammten Platz um ihren Hals ein. Der ganze Suchtrupp atmete kollektiv und geräuschvoll aus. Das Glück, ihren Liebling wiederzuhaben, stand Carla ins Gesicht geschrieben. Behutsam streichelte sie die Schlange und gab ihr einen Kuss.

Fred schien sich nicht ganz sicher zu sein, ob er Carla für ihre Fähigkeiten bewundern oder für ihre Leichtsinnigkeit tadeln sollte.

»Ich gehe davon aus, dass Sie eine geeignete Behausung für das Tier haben, um es artgerecht zu halten?«, fragte er.

Carla nickte.

»Passen Sie in Zukunft besser auf. Das ist kein Haustier, sondern ein Wildtier«, setzte er streng nach.

»Das werde ich. Danke.« Carla schien sich den Dank abringen zu müssen.

Er nickte unwillig. »Peter, ich verabschiede mich jetzt.«

»Vielen Dank, dass du so schnell gekommen bist.«

»Keine Ursache.«

Auch den drei Feuerwehrleuten war die Erleichterung über den glimpflichen Ausgang anzusehen. Gemeinsam rückten sie ab.

»Wie konnte das passieren?«, schnauzte Hauke Carla Puccini an, die nur mit den Achseln zuckte.

»Bevor du gleich explodierst, möchte jemand einen Kaffee?«, fragte Peter.

Hauke nickte besänftigt. »Bei der Gelegenheit solltest du dich gleich umziehen.«

Peter lachte.

Goldberg trank keinen Filterkaffee und lehnte das

Angebot dankend ab. »Ich fahre Frau Puccini zum Zirkus zurück«, sagte er.

»Ich habe mein Rad hier«, entgegnete sie.

Goldberg hob eine Augenbraue. »Ich lasse Sie sicher nicht mit der Schlange um den Hals durch Kophusen radeln.« Er wandte sich Peter zu. »Wir treffen uns später auf der Station.«

Hauke sah auf seine Armbanduhr. »Okay, bis gleich. Und Sie passen in Zukunft besser auf, verstanden?«

Carla nickte und wie zum Beweis hielt sie ihre Hand schützend über das Tier.

9

Goldberg bat sie, auf dem Rücksitz Platz zu nehmen. Er wollte das Tier zwar nur ungern im Rücken haben, aber der Abstand zum Beifahrersitz wäre noch kleiner gewesen. Während der Fahrt zum Zirkus beantwortete sie seine Fragen.

Beatrice verbrachte die Nächte in ihrem Terrarium. Carla war sich hundertprozentig sicher, dass sie den Deckel am Abend geschlossen hatte. Doch als sie am Morgen gegen sechs Uhr aufgestanden war, war Beatrice weg gewesen. Die Tür zum Wohnwagen schloss das Ehepaar nie ab, sodass im Prinzip jede Person infrage kam. Jede, die sich traute, einen knapp zwei Meter langen Python aus seinem Terrarium zu heben. Das dürften nicht viele sein.

Nach wenigen Minuten erreichten sie das Feld. Goldberg fuhr langsam am Haupteingang vorbei. Sein Blick fiel auf einen jungen Mann, der auf dem Gehweg an der Landstraße stand. In den Händen hielt er ein selbst gemaltes Schild mit der Aufschrift: »Keine Wildtiere im Zirkus!«

»Wer ist das?«, fragte Goldberg.

»Ein Tierschützer. Der war gestern früh schon da«, erklärte sie. »Die tauchen immer wieder mal auf. Sie glauben, dass wir unsere Tiere quälen und nicht artgerecht halten.«

»Kennen Sie ihn?«

Carla schüttelte den Kopf. »Die sehen alle gleich aus.«

Goldberg bezweifelte ihre Aussage, ließ sie jedoch unkommentiert. »Haben Sie mit ihm gesprochen?«

»Warum sollte ich. Das sind Fanatiker. Wir haben keine Wildtiere, das können wir uns gar nicht leisten.«

»Außer Beatrice.«

»Schlangen werden auch in Privathaushalten in Terrarien gehalten. Das ist nicht verboten.«

Das mochte ja sein, dachte Goldberg, aber artgerecht war das sicher nicht. In diesen vergleichsweise winzigen Terrarien gefangen zu sein stellte er sich nicht gerade tierfreundlich vor. Goldberg wusste, dass die Haltung von Wildtieren umstritten war. Tierschützer forderten eine Meldepflicht für sämtliche Schlangen. Es kam tatsächlich häufiger vor, dass Reptilien aus ihren Terrarien ausbüxten oder auch von überforderten Besitzern ausgesetzt wurden. In Berlin hatte es einige solcher Fälle gegeben.

Goldberg parkte den Wagen neben Carlas und Guidos Caravan. Mit einem Ausdruck der Erleichterung öffnete Guido ihnen die Tür zum Wohnwagen. In der Spüle sah Goldberg die weiße Maus liegen, die Carla Beatrice versprochen hatte. Er wandte den Blick ab und folgte Carla in den Schlafraum, wo das Terrarium untergebracht war. Der Deckel stand offen. Goldberg schätzte die Länge von Beatrices Zuhause auf zwei Meter. Der Boden schien aus Lehm zu bestehen. Überall lagen Rindenstücke, Korkröhren und Blumentöpfe. Neben einigen Pflanzen schienen die dicken Äste viele Klettermöglichkeiten zu bieten. Bereitwillig glitt das Tier in seinen Glaskäfig zurück. Nichts deutete auf Einbruch hin. Kurz überlegte er, die Spurensicherung zu benachrichtigen, doch er entschied sich dagegen. Falls sich tatsächlich jemand nachts hereingeschlichen haben sollte, war die Wahrscheinlichkeit, registrierte Fingerabdrücke zu finden, gleich null. Und am Ende konnte der Kommissar sich nicht sicher sein, ob Carla den Deckel nicht doch aus Versehen offen gelassen hatte. Außerdem war niemand zu Schaden gekommen. Jedenfalls noch nicht.

»Könnte Ihr Sohn den Deckel des Terrariums geöffnet haben?«, fragte Goldberg, nachdem sie in die Küche zurückgekehrt waren.

»Marcello?«, fragte Guido ungläubig.

Der Kommissar nickte. »Wo schläft er?«

»Ihm gehört der grüne Wohnwagen gleich neben uns«, erklärte Guido und deutete aus dem Fenster. »Er teilt die Begeisterung für Schlangen nicht mit seiner Mutter.«

»Ich würde gerne mit ihm sprechen«, sagte Goldberg.

Die Eltern tauschten einen kurzen Blick. Guido nickte. »Er ist bestimmt bei den Tieren. Ich bringe Sie hin.«

Carla griff nach der Maus und Goldberg beeilte sich, den Wohnwagen zu verlassen. Gemeinsam mit Guido trat er aus dem Vorzelt. Der Mann an der Straße hatte sich nicht vom Fleck bewegt. Der Kommissar verlangsamte seine Schritte. Guido folgte seinem Blick.

»Der war gestern schon da«, erklärte er.

»Kennen Sie ihn?«

»Nein. Die tauchen immer wieder mal auf. Das kennen wir schon. Wir vermeiden den Kontakt.«

»Sie haben nicht mit ihm gesprochen?«

»Doch, ich habe ihn gestern gebeten, das Grundstück zu verlassen. Daraufhin hat er sich auf den Gehsteig verzogen. Er steht seit sechs Uhr da.«

»So früh schon?«

»In den Stoßzeiten ist hier viel Verkehr. Er will auf sein Anliegen aufmerksam machen, hat er gesagt.«

»Ich würde gerne mit dem Mann reden, bevor ich zu Marcello gehe.«

»Meinetwegen. Ich sage meinem Sohn, dass sie gleich zu ihm kommen.«

Ihre Wege trennten sich. Goldberg steuerte den Haupteingang an. Als der Aktivist ihn bemerkte, straffte er sich.

»Ich bin nur eine Person. Mein Protest fällt also nicht unter das Versammlungsrecht. Außerdem ist der Gehweg kein Privatgrundstück«, kam der Mann jeder Frage zuvor.

Goldberg schätzte ihn auf Mitte dreißig. Er trug einen braunen Parka über der Jeans und machte auf den Kommissar einen eher harmlosen Eindruck.

»Woher wissen Sie, dass ich nicht zum Zirkus gehöre?«

»Sie sehen nicht so aus. Sind Sie Polizist?«

Goldberg nickte und zog seinen Dienstausweis hervor. Der Mann warf einen prüfenden Blick darauf.

»Was machen Sie hier?«, fragte der Kommissar freundlich.

»Ich protestiere gegen die Ausbeutung von Tieren.«

»Wie ist Ihr Name?«

»Ich muss Ihre Fragen nicht beantworten.«

»Was möchten Sie bewirken?«

»Ich will auf die Zustände in Zirkussen aufmerksam machen. Das Leid der Tiere. Sie werden nicht artgerecht zur Schau gestellt.«

»Der Circus Puccini hält keine Wildtiere. Es liegen keinerlei Verstöße gegen das Tierschutzgesetz vor. Erst gestern war der Tierarzt hier.«

»Keine Wildtiere? Und was ist mit dem Python? Die Frau stellt ihn wie eine Puppe zur Schau. Das ist entwürdigend.«

Goldberg musste dem Mann zustimmen. Er hatte es

ebenso befremdlich gefunden, aber er hatte nicht den Eindruck, dass Beatrice die Zeit um Carlas Schultern als Quälerei empfand. Andererseits, was wusste er schon von den Bedürfnissen von Schlangen.

»Würden Sie ihn gern aus seinem Gefängnis befreien?«

»Was? Nein, das wäre illegal. Mein Protest ist friedlich.«

»Gehören Sie einer Organisation an?«

»Wir sind gerade dabei, einen Verein zu gründen. Aber ich werde für Samstag eine Demonstration anmelden. Wir erwarten Tierschützer aus ganz Schleswig-Holstein.«

»Dann sehen wir uns.« Goldberg nickte und wandte sich zum Gehen. Ihn beschlich eine unheilvolle Ahnung. Unter Umständen würde ihr privater Zirkusbesuch doch in einem Einsatz enden. Obwohl er sich nicht vorstellen konnte, dass ein kleiner familiengeführter Zirkus eine Großdemonstration in Kophusen auslösen würde. Es blieb ihm nichts anderes übrig, als abzuwarten.

Auf dem Weg zu Marcello überlegte Goldberg, ob der Tierschützer die Grenzen des Gesetzes entgegen seiner Aussage überschritten und Beatrice die Freiheit geschenkt hatte. Allerdings traute er das dem jungen Mann nicht zu. Aber womöglich gab es radikalere Mitstreiter als ihn.

Marcello stand zwischen den beiden Eseln. Giuseppe genoss sichtlich die Kinderhände, die sich in seinen langen Ohren vergraben hatten. Eigentlich gab es keinen zwingenden Grund, mit Marcello zu sprechen, doch Goldberg hatte die Erfahrung gemacht, dass Kinder oft mehr mitkriegten, als es den Erwachsenen lieb war. Mit etwas Glück und Fingerspitzengefühl gelang es ihm vielleicht, irgendetwas von Marcello zu erfahren.

»Marcello?«

Der Junge sah auf. »Sind Sie der Kommissar?«

Sein Vater hatte ihn offenbar vorgewarnt. Goldberg lächelte.

»Ja, der bin ich. Das gefällt Giuseppe.«

Marcello ließ nicht von dem Tier ab. »Ja, Esel mögen es, wenn man sie im Ohrinneren krault.«

»Wie geht es ihm?«

»Besser. Aber er muss sich noch schonen.«

»Hast du eine Ahnung, wie er sich verletzt haben könnte?«

Marcello schüttelte den Kopf.

»Du bist früh auf.«

»Das bin ich immer. Die Tiere haben Hunger.«

»Ich habe gehört, du trittst als Clown auf.« Goldberg lehnte am Gatter und versuchte, beiläufig zu klingen.

Der Junge nickte.

»Macht dir das Spaß?«

Marcello nickte wieder. Seine dunkelbraunen Augen streiften ihn argwöhnisch. Goldberg war sich nicht sicher, ob das Misstrauen seinem Naturell entsprang oder sein Vater ihm beigebracht hatte, immer auf der Hut zu sein.

»Was wird aus der Ponynummer, jetzt wo dein Großvater nicht mehr da ist?«

Über das Gesicht des Jungen huschte ein Lächeln. Dann wurde er wieder ernst. »Ich werde sie übernehmen. Mein Opa hat mir alles beigebracht.«

»Magst du mir die Tiere vorstellen?«

»Ja, klar.« Marcello zog seine Hände aus den Ohren, was Giuseppe nicht besonders zu gefallen schien. Er iahte laut.

»Er kann nicht genug kriegen«, erklärte Marcello und wischte sich die Hände an seiner schmutzigen Jeans ab. Unter dem lautstarken Protest des Esels begaben sie sich zum nächsten Gehege.

Obwohl Goldberg Respekt vor den Vierbeinern hatte, musste er den Jungen ablenken, wenn er etwas aus ihm herauskriegen wollte. In seinen Augen waren das keine echten Ponys. Sie waren fast so groß wie ausgewachsene Pferde. Marcello schlüpfte durch einen Spalt im Gatter und lief zum größten Tier.

»Das ist Bianco«, sprudelte es aus ihm raus. »Er ist der Boss. Wenn er einem vertraut, tun es die anderen auch.«

Marcello strich über den Kopf des weißen Tieres. Ein Schnauben erklang und Goldberg musste unweigerlich an Hauke denken. Der Junge liebte Tiere, das war nicht zu übersehen. Außerdem schien er vor Stolz zu platzen, die Nachfolge seines Großvaters antreten zu dürfen. Nacheinander stellte er die kleine Herde vor. Es waren insgesamt fünf Ponys, alle in Farbe und Größe unterschiedlich. Das kleinste war ein Zwergpony namens Charly.

»Du kennst dich gut aus«, lobte Goldberg. »Dein Opa hat dir viel beigebracht.«

»Er war der Beste.«

»Das glaube ich gern.«

»Kommen Sie, Charly beißt nicht.«

Der Junge besaß ein Gespür für Menschen. Er hatte Goldbergs Unwohlsein bemerkt. Das Zwergpony reichte ihm gerade mal bis zur Hüfte. Charly stand abseits der restlichen Tiere in einem abgegrenzten Bereich. Marcello führte das Tier ans Gatter, sodass Goldberg es streicheln konnte. Seine Finger glitten über die weiche Mähne. Der Kopf bewegte sich abrupt und Goldberg zog schnell seine Hand weg.

»Keine Angst, er mag Sie.« Wie zur Bestätigung wieherte das Tier. Marcello musste lachen. »Sehen Sie.«

»Du bist ein Ponyflüsterer.«

Stolz streichelte Marcello Charlys Kopf. Der Junge war ein Zirkuskind durch und durch. Wenn der kleine Familienbetrieb die nächsten Jahrzehnte überstehen würde, wäre Marcello ein würdiger Zirkusdirektor.

»Man muss ihnen mit Respekt begegnen.«

»Hat dir das dein Großvater beigebracht?«

»Ja.«

»Es tut mir leid, was mit ihm geschehen ist. Sicher fehlt er dir.«

Marcello nickte traurig. Sein Blick ruhte auf Charly. »Er war der Beste«, sagte er noch einmal.

»Kannst du dir vorstellen, warum er es getan hat?«

»Er war traurig.«

»Weshalb?«

»Er hat gesagt, dass sich alles verändert. Dass die Kinder sich verändern. Irgendwann kommt niemand mehr, um Charly zu sehen.«

Goldberg spürte den Kloß in seinem Hals und schluckte ihn hinunter. »Glaubst du das auch?«

»Es werden immer weniger. In der Schule reden die Jungs nur über Computerspiele. Wenn ich vom Zirkus erzähle, fragen sie als Erstes, ob wir Löwen und Tiger haben.« Er schüttelte den Kopf. »Als ob wir uns das leisten könnten.«

»Du willst den Zirkus mal übernehmen, oder?«

»Ja. Wenn es ihn dann noch gibt.«

»Du meinst, weil immer weniger Kinder in die Vorstellungen kommen?«

»Auch. Onkel Rocco hat vorgeschlagen, alles zu verkaufen.«

»Das würde er doch nicht übers Herz bringen. Was wird dann aus den Tieren?«

»Sie würden mitverkauft werden. Aber das lasse ich nicht zu.« Marcello traten Tränen in die Augen. Seine Finger verkrampften sich in Charlys Mähne. »Ich gebe sie nicht her!«

»Gibt es denn jemanden, der den Zirkus kaufen will?«

»Ja, Beppo. Mein Opa hat ihm gesagt, er soll sich zum Teufel scheren.«

»Wer ist Beppo?«

»Aurelius. Ein Zirkus. Die haben schon andere wie uns gekauft. Die wollen am liebsten alle übernehmen, um weniger Konkurrenz zu haben.«

»Dein Vater wird das nicht zulassen.«

»Niemals. Er ist jetzt das Oberhaupt der Familie. Er wird sie nicht weggeben.« Marcello vergrub seinen Kopf in der Mähne des Zwergponys.

Goldberg hatte nicht mit einem so emotionalen Ausbruch gerechnet. Er hatte lediglich vorgehabt, etwas über Salvatores Motive oder innerfamiliäre Streitigkeiten zu erfahren. Der Junge tat ihm leid. Falls er sich tatsächlich von den Tieren trennen musste, würde es ihm das Herz brechen.

»Hey«, flüsterte Goldberg sanft. »Ich glaube, Bianco will etwas zu fressen.«

Marcello hob den Kopf und wischte sich die Tränen aus dem Gesicht. Das Leitpony war an das Gatter herangetreten und stieß den Kopf gegen die Schulter des Jungen. Marcello lachte und streichelte Bianco. Tiere waren eben doch die besseren Menschen, dachte Goldberg.

»Er respektiert dich.«

»Bianco ist mein bester Freund.«

»Das beruht offensichtlich auf Gegenseitigkeit. Darauf kannst du sehr stolz sein.« Umso schlimmer wäre es, wenn man die beiden trennen würde, dachte er.

»Wollen Sie ihn füttern?«

Von wollen konnte keine Rede sein. Aber er brachte es nicht übers Herz, die gereichte Karotte auszuschlagen.

»Er tut nichts«, versicherte Marcello.

Goldberg hoffte, dass Bianco das auch wusste.

»Legen Sie sie auf die flache Hand.«

Der Kommissar folgte den Anweisungen des Jungen und spürte die feuchten Lippen des Tieres auf seiner Handfläche. Biancos Haare kitzelten. Genüsslich malmend sah er ihn aus seinen großen, dunklen Augen an. Bevor Goldberg es sich anders überlegen konnte, lag bereits die nächste Karotte auf seiner Hand.

10

Hauke stand im Türrahmen der Pantryküche. Als sein Chef durch die Glastür trat, schlug ihm ein strenger Geruch entgegen. Er rümpfte die Nase. »Du stinkst«, kommentierte er und musterte seinen Chef. »Warst du im Schweinestall?«

»Es waren Esel und Ponys«, stellte Goldberg richtig, »das war der Preis für eine sehr interessante Unterhaltung mit Marcello Puccini.«

»Guidos Sohn?«, fragte Peter, der sich im Zuge seiner Recherchen mit den Familienverhältnissen vertraut gemacht hatte.

»Er hat etwas von einem konkurrierenden Zirkus erzählt. Der Inhaber heißt Beppo Aurelius. Wenn das stimmt, was der Junge sagt, gibt es ein Kaufangebot, das Rocco, im Gegensatz zu Guido, gerne annehmen würde. Salvatore hatte es bereits ausgeschlagen.«

»Ach, nee«, kommentierte Peter gedehnt. »Wie passend, dass Rocco jetzt auch im Testament steht.«

Philip hob vielsagend die Augenbrauen.

»Jetzt hört aber mal mit diesem Quatsch auf!«, unterbrach Hauke ihre mordsüchtigen Theorien.

»Aber es wäre ein astreines Motiv«, konterte Peter.

Hauke stöhnte laut. Seine gute Laune war verflogen. Er zweifelte nicht daran, dass Salvatores Tod freiwillig gewesen war. Aber sein Chef besaß eine feine Nase für zwischenmenschliche Beziehungen und deren Fallstricke, das gab Hauke nur ungern zu.

»Hat Friedrich angerufen?«, erkundigte sich Philip auf dem Weg zur Toilette, um sich die Hände zu waschen.

»Nee, wieso sollte er?«, fragte Peter erstaunt.

»Ein Aktivist stand vor dem Zirkus und hat behauptet, dass er für Samstag eine Demonstration plant.« Philips Antwort wurde von Wasserrauschen begleitet.

»Hast du einen Namen?«

»Den wollte er mir nicht nennen.«

»Ich rufe Friedrich nachher mal an. Gehört der Mann zu einer Tierschutzorganisation?«

»Nein, sieht nicht so aus«, gab Philip zu.

Peter rutschte tiefer in den Stuhl vor seinem Monitor. »Mal sehen, ob ich so etwas herausfinde.«

Der Mann war ein Ass in Sachen Recherche. Auch wenn es in Haukes Augen nichts zu recherchieren gab.

»Ich hoffe, du hast den armen Jungen mit deiner Fragerei nicht verschreckt«, erkundigte sich Hauke.

»Keine Sorge«, erwiderte Philip. »Im Gegensatz zu dir, war ich sehr einfühlsam. Mir machen die Unfälle der Tiere Sorgen. Erst Guiseppe und jetzt Beatrice. Wer hat die Schlange befreit? Die Tür zum Wohnwagen ist nicht verschlossen.«

Hauke hatte nicht die Muße, sich darum zu kümmern, was in dem hübschen Köpfchen seines Chefs vor sich ging. Er hatte jetzt eine ernst zu nehmende Partnerschaft und die erforderte Zeit und Engagement. Wenn er sich nicht genug Mühe gab, wäre es im Handumdrehen vorbei mit Freija.

»Aber wer sollte den Python freilassen und riskieren, dass er sich durch Kophusen schlängelt? Vielleicht hat ihn jemand bei uns ausgesetzt?«, mutmaßte Peter.

»Und warum?«, fragte Hauke.

Peter zuckte mit den Schultern.

»Vom Zirkus zu Gretas Haus sind es rund drei Kilometer. Wie schnell ist so eine Schlange? Selbst wenn sie bereits spätabends rausgelassen worden ist, schafft so ein Tier das?«, warf Philip ein.

»Ich könnte Fred fragen«, schlug Peter vor.

»Ja, mach das. Übrigens hat der Abwasser-Zweckverband angerufen«, sagte Philip. »Der Farbstoff im Schwarzwasser ist Uranin. Zum Glück ungefährlich. Er wird zum Aufspüren von Leckagen in Rohrleitungen genutzt.«

Hauke nickte zufrieden. »Wenigstens eine Sorge weniger.«

»Schaut mal, hier ist der Circus Aurelius, von dem Marcello gesprochen hat«, kam es hinter Peters Bildschirm hervor. »Die haben eine tolle Internetseite. Richtig professionell im Gegensatz zu den Puccinis.«

Hauke lehnte sich in seinem Schreibtischstuhl zurück und sah den beiden zu.

Philip warf einen Blick über Peters Schulter. »Wo sind die ansässig?«

»Laut Impressum in der Samtgemeinde Rodenberg. Das ist bei Hannover.«

»Gibt es Tourneedaten?«

»Ja, warte, hier stehen Termine.«

»Klick die mal an.«

Hauke schüttelte amüsiert den Kopf. Falls sich jemals etwas an ihrer beruflichen Situation verändern sollte, würde er die beiden vermissen. Peter war sein bester Freund. Sie waren in Kophusen aufgewachsen. Wenn er es genau nahm, waren Philip und Peter seine engsten Vertrauten. Falls er in diesem Leben noch einmal heiraten würde, wären die beiden seine Trauzeugen.

»Die gastieren gerade in Itzehoe«, weckte Peter ihn aus seinen Gedanken. »Das ist doch kein Zufall, Philip!«

»Da fragst du genau den Richtigen«, mischte sich Hauke ein.

»Sollen wir denen einen Besuch abstatten?« Peter blickte zu Philip auf, der noch immer hinter ihm stand.

Ihr Chef schüttelte den Kopf. »Ich will Weidenbach nicht unnötig verärgern.«

»Was ist los?«, fragte Peter. »Hast du Angst vor ihm? Bei den Kremper Kollegen bist du nicht so vorsichtig.«

»Wir müssen ja nicht immer mit dem Kopf durch die Wand.«

»Die gastieren noch bis nächste Woche. Wenn wir mit ihnen über ihr Kaufangebot sprechen wollen, müssten wir uns beeilen«, gab Peter zu bedenken.

Hauke sah, wie es im Kopf seines Kollegen arbeitete. Peter war in den Beobachtungsmodus gewechselt. Die nächsten Tage würde er nicht aufhören, seine schlimmsten Befürchtungen mit ihm zu teilen. Hauke seufzte leise. Das hatte ihm gerade noch gefehlt.

»Was ist, wenn hinter dieser ganzen Geschichte noch viel mehr steckt?«, fragte Peter auch schon.

»Was meinst du denn damit?«, erkundigte sich Hauke.

Peter berichtete ihnen von seinem Gespräch, das er gestern mit einer Lokalreporterin geführt hatte.

»Ist es möglich, dass Salvatore das Angebot seines Konkurrenten abgelehnt hat und sich die Kollegen, na ja, sagen wir: etwas deutlicher ausgedrückt haben?«

»Jetzt drehst du völlig durch. Das ist doch nicht die Mafia. Das sind Familien, die um ihre Existenz kämpfen.« In dem Moment, in dem Hauke seinen Gedanken laut aussprach, wurde ihm klar, dass das nicht gerade zur

Entkräftung von Peters These beitrug. »Ich meine, das sind keine Schlägertypen, die mal eben einem Gegenspieler das Bein brechen, um ihn zu überzeugen.«

»Wenn ich mir Familie Aurelius hier so ansehe, dann machen die nicht gerade den Eindruck, als wären die zimperlich«, entgegnete Peter.

Hauke stand auf. Das interessierte ihn jetzt doch. Auf dem Foto sah Beppo Aurelius tatsächlich wie ein Türsteher aus. Breit und muskulös. Aber das musste noch lange nicht bedeuten, dass der Mann gewalttätig war. Das Leben im Zirkus war sicher hart, man musste sich durchbeißen, und das hinterließ nun mal Spuren.

»Seit wann gehst du nach dem Äußeren? Du bist doch sonst so ein Gegner von Vorurteilen.«

»Ja, das stimmt. Aber Salvatores Verletzung kommt mir komisch vor.«

»Warum? Der Mann war alt und ein Artist. Er war sicher nicht der Erste, der sich bei seinen Nummern eine Verletzung zugezogen hat.«

»Aber ausgerechnet jetzt? So kurz vor seinem Tod?«

»Vielleicht war die Verletzung der Grund für seine nachlassende Kraft«, meinte Philip. »Marcello hat erzählt, dass sein Großvater in letzter Zeit traurig war.«

»Ich denke, du bist für Mord? Traurigkeit spricht wohl eher für Suizid«, entgegnete Hauke irritiert.

»Ich will nur alle Eventualitäten berücksichtigen. Wir brauchen einen konkreten Beweis, dass Salvatores Tod kein Suizid war.«

»Seit wann kümmerst du dich um konkrete Beweise? Sonst reicht dir doch auch dein ominöses Bauchgefühl«, sagte Hauke.

»Ich will keinen Ärger.«

»Ärger ist dein zweiter Vorname«, wandte Hauke ein.

Philip zog sich mit einer gehobenen Augenbraue aus der Affäre und schwang sich auf den Tresen. Hauke und Peter wechselten einen kurzen Blick. Philip verheimlichte ihnen etwas, so viel war klar. Aber im Gegensatz zu Peter konnte Hauke damit leben. Er hatte wichtigere Dinge zu tun, als seinem Chef nachzuspionieren.

»Was ist los?«, fragte Peter und fixierte Philip. »Warum bist du plötzlich so vorsichtig?«

»Darf ich nicht klüger werden?«

»Du verschweigst uns doch etwas.« Peter ließ nicht locker.

Philip öffnete den Mund und wollte gerade zu einer Antwort ansetzen, als das Telefon sie rüde unterbrach.

»So schnell kommst du aus der Nummer nicht raus«, sagte Peter drohend, während er einen Blick auf das Display warf. Dann nahm er den Hörer ab. »Bruno, hast du etwas für mich?«

Hauke setzte sich zurück in seinen Stuhl und warf Philip einen verstohlenen Blick über den Rand seines Kaffeebechers zu. Mit halbem Ohr hörte er Brunos Stimme aus dem Hörer. Er verstand kein Wort, aber das war nicht weiter wichtig. Peter würde es ihnen ohnehin gleich brühwarm berichten. Es dauerte nicht lange, und das Gespräch war beendet.

»Ratet mal, was Bruno mir gerade erzählt hat?« Erwartungsvoll sah er in die Runde und legte eine seiner unsäglichen Pausen ein, als warte er auf einen Tusch.

»Mach es nicht so spannend. Spuck es aus«, kommentierte Hauke.

»Es geht um Connys Taschentuch, das wir ihm gestern per Kurier geschickt haben.«

»Was ist mit dem Ding?«, fragte Hauke ungeduldig.

»Es ist tatsächlich Blut. Allerdings nicht von einem Menschen, sondern von einem Tier.«

»Das ist ja eine Wahnsinnserkenntnis, Peter«, entfuhr es Hauke. »Ein Hund findet ein totes Tier im Wald. Wir sollten sofort die Spurensicherung einschalten und natürlich die Kripo.«

»Um genau zu sein, sind es zwei verschiedene.«

»Auch das noch! Massenmord!«

»Das ist noch nicht alles«, kündigte Peter an.

Hauke seufzte lautstark.

»Bruno hat sich die Röntgenbilder von Salvatores Beinen angesehen. Sein rechtes Knie ist völlig hinüber. Arthrose. Aus ärztlicher Sicht hätte er schon längst ein künstliches Gelenk bekommen müssen. Außerdem hat er tatsächlich eine Fraktur erlitten. Bruno sagt, es könnte sich um einen Wadenbruch gehandelt haben.«

»Und?«, fragte Hauke unbeeindruckt.

»So eine Verletzung ist selten.«

»Er könnte einfach von einem seiner Ponys gefallen sein.«

»Oder jemand hat ihn absichtlich verletzt.«

Hauke schüttelte den Kopf. »Du spinnst. Deine Fantasie geht mit dir durch. Du kannst doch nicht ernsthaft glauben, dass dieser Aurelio ihm einen Knochenbrecher vorbeigeschickt hat, damit er ihm den Zirkus verkauft? Ich mache mir langsam Sorgen um dich: Du wirst paranoid!«

»Erstens heißt der Mann Aurelius. Und zweitens, warum nicht?«

»Erstens, weil wir hier nicht bei der sizilianischen Cosa Nostra sind, sondern in Kophusen. Zweitens scheint der Circus Puccini nicht gerade eine Goldgrube zu sein, und drittens haben die weder wertvolle Tiere noch eine hochtrabende Ausstattung. Wegen dem alten Lappen von Zelt bricht man keine Beine.«

»Wegen *des* Lappens«, korrigierte Peter.

»Hör auf, mich zu belehren. Das kann ich auf den Tod nicht leiden.«

»Dann lerne es doch einfach.«

»Ich will es aber nicht lernen. Es ist nämlich scheißegal.«

»Nein, ist es eben nicht. Freija beherrscht den Genitiv sicher besser als du.«

»Schluss jetzt!«, ging Philip dazwischen. »Ihr beruhigt euch sofort, alle beide. Wir haben heute Morgen einen aufregenden Einsatz gehabt, aber das ist noch lange kein Grund, aufeinander loszugehen.«

Hauke atmete tief ein und unterdrückte ein geräuschvolles Schnauben. Philip hatte recht. Die ausgebüxte Schlange hatte sie Nerven gekostet. Nachdem Philip mit der Puccini im Schlepptau abgedampft war, hatten sie einen Schnaps gebraucht, um den Schock zu überwinden. Schließlich hatte man nicht alle Tage eine gefährliche Würgeschlange in seinem Garten zu bezwingen.

»Tut mir leid. Meine Nerven sind wohl etwas angespannt«, sagte Peter.

»Mir auch«, erwiderte Hauke. »Aber ich kann mir trotzdem nicht vorstellen, dass einem völlig harmlosen Zirkusdirektor ein Besuch von einer Schlägerbande abgestattet worden ist.«

»Ich sehe das so wie Hauke«, sagte Philip. »Es gibt augenscheinlich keinen plausiblen Grund, warum Aurelius Gewalt anwenden sollte, um den Zirkus von Puccini übernehmen zu können. Der einzige Grund, warum jemand Salvatore Gewalt antun würde, ist die Lebensversicherung.«

»Aber traust du einem von denen zu, den eigenen Vater oder Ehemann umzubringen?«, wandte Peter ein.

»Das fragst du nicht ernsthaft, oder?« Hauke warf Peter einen amüsierten Blick zu. »Was würdest du tun, wenn du mit deiner Schwester Elke, ihrem Mann Uwe und deinem Traumneffen Max auf engstem Raum zusammenleben müsstest? In einem winzigen Wohnwagen, für den Rest deines Lebens. Immer am finanziellen Abgrund. Tagein, tagaus. Jahr um …«

»Hör auf!«, flehte Peter. »Ich habe es verstanden. Das will ich mir gar nicht vorstellen.«

Hauke nickte mitfühlend. Ihm schauderte bei dem Gedanken, mit seiner Mutter und seiner Schwester in einem Wohnwagen hausen zu müssen. Kophusen war mitunter schon zu klein für sie alle.

»Sonst noch etwas?«, kam es ungerührt vom Tresen. Philip interessierte sich für familiäre Zwänge nicht. Er war Einzelkind.

»Nee, nix.«

Sie schwiegen einen Augenblick. In Philips Kopf schien es zu rumoren. Ohne Indizien hatten sie keinen Fall. Da konnte sein Bauchgefühl noch so stark sein. Sein Chef lag dieses Mal einfach falsch. Rein statistisch gesehen war das durchaus angebracht. Schließlich konnte der Mann ja nicht immer recht haben. Sein Irrtum kam genau zum richtigen Zeitpunkt. Sie würden den Selbstmord zu den Akten legen. Klappe zu, Salvatore tot. Die Schmauchspuren fielen nicht ins Gewicht. Genauso wenig wie der Wadenbruch und Beatrices Ausflug.

»Vielleicht hat der gute Mann sich einfach nur geopfert«,

sagte Hauke, um den wilden Spekulationen ein für alle Mal
ein Ende zu setzen. »Mit dem Ableben wird die Lebensversicherung fällig, und das rettet die Familie vor dem Ruin.«

»Und das neue Testament?«, fragte Peter.

Hauke zuckte mit den Schultern. »Einhunderttausend
ist ein hübsches Sümmchen, damit lässt sich eine Weile
weitermachen. Oder sie verkaufen den ganzen Rotz am
Ende doch.«

»Die verkaufen den Zirkus nicht«, widersprach Peter
und tippte mit dem Zeigefinger gegen seine Stirn. »Das
ist keine x-beliebige Firma, das ist ihr Zuhause. Das wäre
ja so, als wenn man Kophusen an Elmshorn verkaufen
würde.«

»Wie kommst du denn auf so eine idiotische Idee?«

»Siehst du, das würde dir auch nicht gefallen, und so ist
es mit dem Zirkus.«

Hauke öffnete seinen Mund, um etwas zu entgegnen,
aber Philip kam ihm zuvor.

»Niemand verkauft Kophusen an irgendjemanden.«
Sein Chef sprang vom Tresen. »Hauke, wir fahren zu deiner Schwester.«

»Warum?«

»Ich will noch einmal mit deiner alten Schulfreundin
sprechen.«

11

Susi strich an der langen Leine durch das Unterholz. Goldberg hatte Conny gebeten, mit ihnen zu ihrem Unterschlupf zu fahren, um die Umgebung zu durchforsten. Auf der kurzen Fahrt hatte er versucht, mehr von ihr über die Nacht, in der sie die Personen gesehen hatte, zu erfahren, aber es war zwecklos.

An ihrer Höhle angekommen, schien alles unverändert. Das Tuch flatterte im auffrischenden Wind. Goldberg schob es beiseite und blickte auf die Isomatte am Boden, die sie nicht mitgenommen hatte, und fragte sich, was Conny nach Kophusen zurückgeführt haben mochte. Und warum ausgerechnet jetzt? Weshalb hatte sie sich einen Unterschlupf im Wald gesucht, in nächster Nähe zu den Puccinis? Sein Bauchgefühl sagte ihm, dass sie einen triftigen Grund dafür hatte.

»Wie sind Sie eigentlich in die Obdachlosigkeit gerutscht?«, fragte er beiläufig, während er den Vorhang schloss.

»Ich bin direkt nach dem Abi abgehauen«, sagte sie. »Ich habe es sattgehabt. Ständig haben meine Eltern an mir herumgenörgelt.« Ihr Lachen klang bitter.

»Was?« Hauke drehte sich abrupt zu ihr. »Du hast dich doch so gut mit deinen Eltern verstanden.«

»Nach außen hin. Sie waren sehr darauf bedacht, den

Schein zu wahren. Ich habe es ihnen nie recht machen können.«

Ihre Stimme war eine Oktave höher geworden. Susi schien über ihren Tonfall überrascht. Die Hündin blickte hinauf zu ihrem Frauchen. Conny räusperte sich.

»Nur mit meinem Bruder habe ich Kontakt gehalten. In den Augen meiner Eltern war ich zu faul, zu frech und zu wenig Mädchen. Ich habe versucht, das zu ignorieren, aber irgendwann habe ich rebelliert.«

»Deswegen der Mofa-Führerschein, obwohl du das Ding selbst nicht leiden konntest?«, wollte Hauke wissen.

Sie nickte. »Sie haben das stinkende Knatterteil gehasst.« Conny konnte sich ein Grinsen nicht verkneifen.

»Und deine Vorliebe für Latzhosen?«

»Zu jungenhaft.«

»Dein plötzlicher Bürstenhaarschnitt?«

Sie lachte. »Ja, das hat sie richtig geärgert.«

»Warum hast du nie darüber gesprochen?«

»Es war mir peinlich. Alle schienen so perfekte Familien zu haben.«

»Dein Ernst? Was war denn bitte bei Familie Thomsen perfekt? Eltern geschieden, alleinerziehende, durchgeknallte Mutter mit zwei Kindern.«

»Auf der anderen Seite des Zauns ist das Gras immer grüner. Gerade als Teenager«, antwortete sie.

»Sie haben die ganze Zeit auf der Straße verbracht?«, fragte Goldberg.

»Nein, erst kam ich bei einer Freundin unter. Habe eine Lehre angefangen. Als Floristin. Aber ich hielt nicht lange durch. Dann habe ich mich an der Uni eingeschrieben, aber bin nur selten hingegangen. Ich schätze, alles Weitere entspricht den gängigen Klischees. Falsche Clique, Drogen, große Liebe, und bums, saß ich in der Mönckebergstraße. Ich habe versucht, wieder klar zu werden. Bin zwischenzeitlich aus der Stadt abgehauen, aber es hat nie lange gedauert. Bis vor einem Jahr und zweiundsechzig Tagen. Seitdem bin ich clean.«

»Was ist passiert?«

»Ich habe die Kurve gekriegt.«

»Und warum sind Sie nach Kophusen zurückgekehrt?«, erkundigte sich Goldberg.

Ihre Augen huschten zu ihm, dann zu Hauke. Sie versuchte ein Lächeln, das ihr allerdings nicht gelang. Goldberg ließ sie nicht aus den Augen.

»Ich habe gedacht, ich könnte neu anfangen.«

»Aber warum ausgerechnet hier?«, wiederholte Goldberg. »Wo Sie doch nicht schnell genug wegkonnten?«

»Es ist meine Heimat«, erwiderte sie.

Goldberg glaubte ihr kein Wort. Warum sollte sie mit Anfang fünfzig an einen Ort zurückkehren, den sie als Jugendliche gehasst hatte? Ein Ort, an dem sie ihre, wie sie behauptete, glücklose Kindheit verlebt hatte? Das ergab keinen Sinn. Es musste einen anderen Grund für ihre plötzliche Rückkehr geben, davon war Goldberg überzeugt.

»Aber dein Bruder hat das Haus eurer Eltern verkauft«, wandte Hauke ein. »Du musst doch geerbt haben. Wenigstens deinen Pflichtteil. Warum haust du dann in einer selbst gebauten Höhle im Wald?«

Hauke hatte recht. Warum hauste sie hier? Wieso war sie nicht in ein Hotel gegangen oder hatte sich eine Wohnung besorgt? Wollte sie ihre Ankunft in Kophusen geheim halten?

»Ich wollte es allein schaffen, ohne ihr verfluchtes Geld.«

Es entstand eine Pause. Goldberg hätte den kruden Gedankengang akzeptiert, ihre Willensstärke bewundert, wenn ihr restlicher Körper nicht eine gänzlich andere Sprache gesprochen hätte. Sie hatte die Arme vor der Brust verschränkt. Ihre Finger hielten Susis Leine umklammert. Was hatte sie mit dem Geld gemacht? Verschenkt? Auf die Bank gebracht? Wer lebte lieber in einem Wald, als sich vom Erbe der Eltern nicht wenigstens eine Wohnung zu mieten? Es musste mehr dahinterstecken.

»Können Sie uns die Stelle zeigen, wo Sie die beiden Personen haben weglaufen sehen?«

Conny nickte und setzte sich in Bewegung. Hauke hatte es die Sprache verschlagen. Das passierte nicht oft. Goldberg klopfte ihm aufmunternd auf die Schulter.

»Komm, du kannst später darüber nachdenken.«

Sie folgten Conny durch das Dickicht. Susi schien intuitiv zu wissen, was man von ihr erwartete. Es sah aus, als weise sie ihnen den Weg. Das Waldstück war nicht sonderlich groß und umgeben von Feldern. Das Zirkuszelt der Puccinis war nur etwa dreißig Meter entfernt.

»Die beiden müssen ungefähr hier gestanden haben, als ich sie entdeckte«, sagte Conny und blieb stehen. Susis Kopf guckte wie zur Bestätigung aus dem Unterholz. »Die Eiche hier schimmerte im Mond.«

Der Baum war der höchste von allen. Ein stattlicher Vertreter, an den man sich gut erinnern konnte. Goldberg blickte zurück zu ihrer Behausung. Selbst bei Tageslicht war sie nicht auszumachen. Wen hatte Conny gesehen? Hatte Susi sie mit ihrem Kläffen aufgeschreckt?

»Und Sie haben sie nicht erkennen können?«

»Die Nacht war bewölkt und der Mond war immer wieder von Wolken bedeckt.«

»Haben Sie ihre Stimmen gehört?«

»Es war nur ein Flüstern.«

»Konnten Sie ihre Kleidung sehen?«

»Nein, dafür war es zu dunkel.«

»Hatten die beiden Taschenlampen dabei?«

»Nein, das wäre mir aufgefallen.«

Susi schnupperte am Boden. Conny ging in die Knie und streichelte die Hündin. »Warum wollen Sie das alles wissen? Was ist denn passiert?«

»Sie haben sicher Ihre Nachbarn bemerkt«, sagte Goldberg und deutete in Richtung Zelt.

Conny nickte.

»Der Zirkusdirektor ist tot.«

Ihre Augen weiteten sich. »Tot?«

Goldberg nickte. »Er hat sich erschossen.«

»Wann?«

»Sonntagabend. Haben Sie einen Schuss gehört?«

Sie schüttelte heftig den Kopf. »Nein.«

»Susi hat nicht angeschlagen?«

»Das wüsste ich.«

»Wo waren Sie in der Zeit zwischen fünf und sechs Uhr abends?« Aus dem Augenwinkel sah er Haukes irritierten Blick, doch er ignorierte ihn.

Sie überlegte kurz. »Ich war bei Kalle und habe Hundefutter gekauft. Wieso wollen Sie das wissen?«

»Das ist alles reine Routine«, mischte sich Hauke ein.

Goldberg verkniff sich eine Bemerkung. Es rührte ihn, wie Hauke sich schützend vor seine Jugendliebe stellte. Doch falls sie etwas verheimlichte, würde er das herausfinden.

Conny blickte Goldberg misstrauisch an. Die Frage, die ihr auf der Zunge zu liegen schien, stellte sie nicht. Stattdessen schwieg sie.

»Kennen Sie die Puccinis?«, fragte er.

»Nein. Wieso sollte ich?«

Goldberg entschied, sie für den Moment vom Haken zu lassen. »Hauke, ich schlage vor, du bringst Conny zurück in die Pension. Ich bleibe hier und schaue mich noch ein wenig um.«

»Nein, schon gut. Susi braucht Bewegung. Es ist ja nicht weit.«

Goldberg überlegte, ob er sie allein ziehen lassen sollte, aber er konnte es ihr nicht verbieten. Selbst wenn Hauke sie in die Pension zurückbringen würde, sie konnten sie nicht überwachen. Sobald Conny Kophusen verlassen wollte, würde sie das tun. Es gab nichts, womit er das verhindern könnte. Auch wenn sein Gefühl ihm sagte, dass es eine Verbindung zwischen ihr und dem Zirkus gab. Unsichtbare Fäden, die Conny mit den Puccinis verband.

Die Polizisten schauten ihr nach, bis sie das Feld erreicht hatte und in Richtung Hauptstraße davonstapfte.

»Was sollte das denn?«, fragte Hauke. »Du hast sie wie eine Kriminelle behandelt.«

»Dein Beschützerinstinkt ehrt dich, Hauke, aber sie lügt.«

»Woher willst du das wissen?«

»Weil sie eine schlechte Lügnerin ist.«

»Du siehst Gespenster.«

»Hilf mir lieber suchen.«

»Und wonach? Nach toten Wildtieren?«

»Zum Beispiel.«

»Was soll das? Du hast eine lebhafte Fantasie. Du solltest Schriftsteller werden. Das wären sicher Bestseller.«

»Ich will wissen, wer die beiden Personen waren, die deine Freundin gesehen haben will.«

»Sie ist nicht meine Freundin.«

»Findest du es nicht seltsam?«

»Was?«

»Dass sie lügt.«

»Woher …«

»Wenn du das nicht erkennst, solltest vielleicht du überlegen, deinen Beruf zu wechseln«, unterbrach Goldberg seinen Kollegen.

Hauke schnaubte leise. »Ist ja gut. Aber was sollte sie denn Schlimmes verheimlichen?«

»Das müssen wir herausfinden.«

Schritt für Schritt suchten die beiden Beamten den Waldboden ab. Goldberg inspizierte den Stamm der Eiche. Mühsam bückte er sich. Den Sommer hatte er wieder ungenutzt verstreichen lassen. Die Zehnerkarte des Kremper Freibads wies noch acht offene Besuche auf. Er schob sein schlechtes Gewissen beiseite und konzentrierte sich auf den Boden. Zwischen den unzähligen Kleeblättern konnte er nichts entdecken, das seine Aufmerksamkeit erregte. Einige Äste lagen vom letzten Sturm herum. Eine Pappel hatte es ordentlich erwischt.

»Und, hast du die Leichen aufgestöbert?«, fragte Hauke hinter ihm.

Goldberg ignorierte Haukes ironische Bemerkung. Das Blut an Susis Schnauze stammte von einem Tier. Falls es verendet war und es niemand weggeschafft hatte, musste es hier immer noch liegen.

»Da!«, rief Hauke plötzlich und hielt in der Bewegung inne. »Ich habe deine beiden Mordopfer.«

Goldberg machte kehrt und trat vorsichtig zu seinem Kollegen. Sie hatten Glück, dass das meiste Laub noch an den Bäumen hing. Hauke ging in die Hocke, um sich seinen Fund genauer anzusehen.

»Das sieht mir nach einer natürlichen Todesursache aus. Du kannst die Ermittlungen einstellen.« Hauke spreizte den Klee auseinander.

Goldberg blickte auf zwei tote Krähen. Aus einer nicht definierbaren Wunde war Blut ausgetreten. In diesem Waldstück waren tote Vögel nichts Ungewöhnliches. Eine Krähenkolonie hatte sich seit Längerem in den Bäumen häuslich eingerichtet. Sie wurde von Jahr zu Jahr größer. Trautchen hatte sich bereits mehrfach über den Lärm beschwert. Er stieß einen enttäuschten Seufzer aus.

»Tut mir ja leid«, sagte Hauke.

»Wir müssen das Blut mit dem vom Taschentuch abgleichen«, sagte Goldberg und reichte Hauke auffordernd einen Plastikbeutel.

»Na toll! Jetzt muss ich auch noch tote Krähen einsammeln. Und warum überhaupt immer ich?«, maulte Hauke.

»Immer du? Wer hat denn die Wasserproben nehmen müssen? Schon vergessen?«

»Du hast ja schließlich ein Faible für Wasserstraßen aller Art. Wundert mich, dass du nicht im Schwarzwasser baden gegangen bist.«

»Wie lange willst du noch auf meinem Bad in der Krückau herumreiten?«

»So lange, wie es mir Spaß macht.« Hauke grinste.

Goldberg konzentrierte sich auf die Krähen. Von vielen wurden die Vögel regelrecht gehasst. Und obwohl sie gemäß der EU-Vogelschutzrichtlinie geschützt waren, behandelten sie einige wie Freiwild. Goldberg jedoch mochte sie. Sie waren äußerst kluge Tiere, außerdem kümmerten sie sich um die Beseitigung von Aas. Ohne sie würden die Landstraßen anders aussehen.

»Damit wäre die Herkunft des Blutes wohl geklärt«, sagte Hauke und zog sich Handschuhe über, um die beiden toten Vögel einzutüten.

»Ja, aber damit sind noch immer nicht die Fragen beantwortet, wer sich nachts in diesem Waldstück herumtreibt und warum Cornelia lügt.«

»Vielleicht ist sie rückfällig geworden und hat sich das alles nur eingebildet.«

»Und deshalb lügt sie?«

»Wäre dir das nicht peinlich, wenn du im Drogenrausch Leute siehst, die es nicht gibt?«

»Sie wirkt nicht, als wäre sie rückfällig geworden.«

Hauke hielt den Beutel mit den Krähen vor sich. »Und jetzt?«

»Wir statten ihnen einen kurzen Besuch ab«, beschloss Goldberg und blickte durch eine Lücke in den Ästen direkt auf das rot-weiß gestreifte Zelt.

»Schon wieder? Du warst doch heute früh erst dort.«

»Manche Dinge dulden keinen Aufschub.«

12

Auf der Polizeistation war es still. Nur das Klappern der Tastatur war zu hören. Peter schob sich einen Haferkeks in den Mund und blickte auf die Ergebnisse der Suchmaschine *Ecosia*. Inzwischen hatte er mit seinen Internet-Recherchen schon Hunderte von Bäumen gepflanzt.

Viel war über den Circus Puccini allerdings nicht herauszukriegen. Der Internet-Auftritt war dürftig. Sowohl grafisch als auch inhaltlich. Sie legten keinen Wert auf digitale Präsenz. Abgesehen von ein paar verpixelten Fotos, die jemand während der Vorstellung gemacht hatte, versprühten die Seiten nur wenig Charme, geschweige denn Magie. Peter war mit Anfang sechzig nicht gerade ein Digital Native, aber er schätzte das Internet und seine schier unbegrenzten Möglichkeiten. Es wunderte ihn, dass die Puccinis dieses Potenzial nicht erkannten. Nacheinander gab er die Namen einzeln in die Suchmaschine ein. Ohne nennenswerte Ergebnisse.

Beim Circus Aurelius sah es völlig anders aus. Nicht nur die Mitglieder der Zirkusfamilie wurden in Text und Bild vorgestellt, auch die Tiere hatten eigene Porträts bekommen. Wie die Puccinis hatten sie Pferde, Ziegen und andere Nutztiere in ihrer Menagerie. Keine Wildtiere. Peter war froh darüber. Er hatte es schon als Kind als Tierquälerei empfunden, Löwen und Elefanten in winzige Käfige einzusperren, während sie in freier Wildbahn viele Kilometer zurücklegen konnten. Zum Glück hatte sich inzwischen einiges getan. Peter war auch kein großer Fan von Zoos. Natürlich gab es da erhebliche Unterschiede, doch er fand den Gedanken, Tiere einzusperren, nur damit man sie am anderen Ende der Welt begaffen konnte, schauderhaft.

Neugierig überflog er die Seiten. Man gewann einen guten Einblick in den Alltag des Zirkuslebens. Es gab Bilder aus der Manege und auch jede Menge Fotos von hinter den Kulissen. Die lachenden Gesichter der Zirkusleute wirkten ansteckend. Peter war sich darüber im Klaren, dass auch das eine Inszenierung war, aber sie war gut gemacht. Peter musste zugeben, dass er Lust bekam, sich eine Vorstellung anzuschauen. Beppo war das Oberhaupt der Familie und gleichzeitig der Direktor. Ähnlich wie bei den Puccinis war die ganze Familie in das Unternehmen involviert. Im Impressum war eine Adresse in Rodenberg angegeben. Er war kurz versucht, die Nummer anzurufen, doch er ließ es bleiben. Ihm fiel kein glaubwürdiger Vorwand ein. Er konnte ja schlecht fragen, ob sie vorhatten, den Circus Puccini zu kaufen. Aber gegen einen Besuch der Vorstellung sprach nichts. Vorsorglich fotografierte er die Termine mit seinem privaten Smartphone ab.

Beatrices Gastspiel in Gretas Garten hatten Greta und er wohlbehalten überstanden. Zum Glück war keinem ihrer gefiederten Schützlinge etwas passiert. Das hätte auch anders ausgehen können. Lächelnd erinnerte Peter sich an das Verschwinden zweier Sittiche, das Greta und ihn mehr oder weniger zusammengebracht hatte.

Er ging in die Pantry und holte sich eine Tasse Kaffee. Zurück am Schreibtisch, klickte er sich weiter durch die Suchergebnisse. Auf der dritten Seite stutzte er. *Zirkus schluckt Kollegen*, lautete die Überschrift einer lokalen Zeitung. Peter öffnete den Beitrag. Die ersten Zeilen waren zu lesen, der Rest verschwand jedoch hinter einer Bezahlschranke. Er speicherte die Seite ab und kehrte zur Liste mit den Suchergebnissen zurück. Ein weiterer Artikel war frei zugänglich, der sich ebenfalls mit dem Thema auseinandersetzte. Offenbar hatte Circus Aurelius gleich zwei von seinen Konkurrenten gekauft. Innerhalb von drei Jahren. Beide Zirkusse hatten vorher Insolvenz angemeldet. Einer kam aus dem Kreis Lüneburg und der andere war in Schleswig-Holstein beheimatet. Die Tiere hatten bei Beppo ein neues Zuhause gefunden, ebenso drei Artisten. Peter war erstaunt. Aurelius war nicht vergleichbar mit den großen überregionalen Zirkussen, die allgemein bekannt waren. Woher nahm ein vergleichsweise kleiner Zirkus das Geld, um Konkurrenten zu kaufen? Oder hatte er sie zum Spottpreis erworben? Aber was versprach er sich davon?

Ein Besuch würde sich lohnen, dachte Peter, sobald Philip sich dazu durchringen konnte. Er respektierte die Vorsicht seines Chefs, auch wenn Peter glaubte, dass er ihnen etwas verheimlichte. Er benahm sich anders als sonst. Gerade so, als hätte er Angst vor Weidenbach. Irgendetwas schien im Busch zu sein. Doch dafür hatte er momentan keine Zeit. Cornelia Kappe stand noch auf seiner To-do-Liste. Im Netz war nichts über sie zu finden. Also öffnete er die polizeiinterne Datenbank und gab ihren Namen ein. Als er die zahlreichen Einträge sah, stieß er einen überraschten Laut aus. Peter nahm sich einen Keks vom Teller und vertiefte sich in die digitalen Notizen. Conny war alles andere als ein unbeschriebenes Blatt.

Paola, Roccos schwangere Frau, machte sich mit einem Schraubendreher an der Maschine für das Slush-Eis zu schaffen, als Philip und Hauke das Zirkuszelt mit dem Verkaufsstand betraten. Als Hauke neben Philip das Zelt betrat, hob Paola den Kopf. Unter dem karierten Westernrock trug sie wieder die graue Jogginghose. Über die weiße Bluse hatte sie eine dunkle Strickjacke gezogen. Hauke bewunderte diese Zirkusleute. Eben noch schraubten sie an einer defekten Maschine herum, um sich nur wenige Minuten später der Jogginghose und der Strickjacke zu entledigen und ins Scheinwerferlicht der Manege zu treten. Jederzeit bereit. Und das, obwohl sich erst vor wenigen Tagen ihr Familienoberhaupt erschossen hatte.

»Wir sind uns noch nicht vorgestellt worden. Mein Name ist Goldberg. Philip Goldberg, und das ist mein Kollege Hauke Thomsen.«

»Wir haben uns gestern während der Probe gesehen«, sagte Paola freundlich.

»Ja, das ist richtig. Mein Beileid zu Ihrem Verlust.«

Sein Chef konnte ein Chamäleon sein. Er wechselte zwar nicht seine Hautfarbe, aber sein Gesichtsausdruck und sein Tonfall variierten je nach Bedarf.

»Danke. Es ist so schade, dass unser Kind nun ohne Großvater aufwachsen muss.« Die Frau strich sich über den Babybauch und lächelte traurig. Ihre dunklen Haare waren zu einem Zopf geflochten. In Paolas braunen Augen hätte Hauke sich verlieren können, wenn seine Gedanken an Freija ihn nicht wie ein Anker vom Meer der Untreue ferngehalten hätten.

»Was kann ich für Sie tun?«, fragte sie und widmete sich wieder der festsitzenden Schraube am Eisautomaten. Sie schien das Werkzeug nicht zum ersten Mal zu benutzen.

Ihre Handgriffe wirkten routiniert. Entweder war die Maschine öfter kaputt oder die Frau hatte es einfach drauf.

Hauke konnte sich gerade noch beherrschen, den Kavalier zu spielen und selbst Hand anzulegen.

»Angeblich soll sich in der Nacht zu Dienstag jemand hier herumgetrieben haben. Haben Sie davon etwas mitbekommen?«, fragte Philip.

»Niemand, der hier nicht hergehört. Außer dem Tierschützer, der seit gestern hier steht.«

»Was ist mit Ihnen? Waren Sie mal drüben im Wäldchen?«

Sie sah überrascht auf. »Für Waldspaziergänge bleibt leider keine Zeit.«

»Eine Zeugin hat in der Nacht zu Dienstag zwei Personen dort gesehen.«

»Eine Zeugin?«

Goldberg nickte.

»Von uns war das sicher niemand.«

»Was ist mit Beatrices Verschwinden? Jemand muss sie freigelassen haben.«

Sie lachte und beugte sich verschwörerisch über den Tresen. »Carla ist manchmal etwas vergesslich. Es ist nicht das erste Mal, dass das passiert ist«, flüsterte sie.

»Ach, das hat sie uns gar nicht erzählt.«

Paola zuckte nur mit den Achseln.

»Dann ist das also alles Alltag bei Ihnen?«

»Wie meinen Sie das?«

»Der tragische Tod Ihres Schwiegervaters, Giuseppes Verletzung, Beatrices Ausflug.«

»Dieser Zirkus ist schlimmer wie ein Sack Flöhe. Jeder Tag ist wie eine Wundertüte. Das ist unser Leben.«

Musste es nicht *als* heißen? Verfluchter Peter!

»Oder gibt es jemanden, der dem Zirkus schaden will?«
Sie lachte. »Wer sollte das wollen?«

Endlich mal jemand, der es laut aussprach! Hauke
mochte sie. Diese ganze Ermittlung war völlig absurd.

»Es gibt niemanden, der etwas gegen Ihre Familie haben
könnte?«

»Nein.« Sie lächelte. »Außer diesem Alfred, der jetzt bei
den Tieren aushilft. Manchmal habe ich das Gefühl, dass
er sich ein bisschen zu sehr für unsere Angelegenheiten
interessiert. Vielleicht befragen Sie ihn.«

Hauke zuckte innerlich zusammen. Das würde definitiv Alfreds letzter Einsatz als verdeckter Ermittler sein.
Er warf Philip einen kurzen Blick zu, doch der ignorierte
ihn. Nichts schien seinen Chef aus der Fassung bringen
zu können.

»Falls Ihnen doch etwas einfallen sollte.« Philip reichte
ihr seine Visitenkarte, die sie in die Tasche ihrer Jogginghose schob.

»Wissen Sie schon, wann der Leichnam meines
Schwiegervaters freigegeben wird?«, fragte sie mit trauri-
gem Blick. »Wir würden ihn gern beisetzen lassen.«

»Es kann nur noch wenige Tage dauern«, erwiderte Philip und wechselte das Thema. »Darf ich fragen, wann es
bei Ihnen so weit ist?«

Ein strahlendes Lächeln wischte den traurigen Ausdruck beiseite. »Stichtag ist der 10. Oktober.«

»Dann wird es wohl das erste Zirkuskind, das in Kophusen geboren wird«, sagte Philip.

Sie schüttelte lachend den Kopf. »Nein, wir gehen
sicherheitshalber ins Krankenhaus nach Itzehoe.«

»Das würde ich an Ihrer Stelle auch tun«, pflichtete
Hauke ihr bei.

»Wir müssen Alfred auf die Finger klopfen«, sagte Hauke leise, als sie sich verabschiedet und das Zelt verlassen hatten. »Du verbeißt dich in diese Geschichte. Können wir nicht endlich zu unserem Alltag zurückkehren und den Zirkus Zirkus sein lassen?« Haukes Blick fiel auf Holthusens Wagen, der gerade vom Gelände rollte. Vermutlich hatte der Tierarzt nach Giuseppes Wunde gesehen.

»Sieh es als vorsorgende Maßnahme an.«

»Was für eine Vorsorge?«

Philip zuckte mit den Schultern. Der Mann wusste es selbst nicht.

»Herr Goldberg?«, rief eine Stimme hinter ihnen. »Kann ich helfen?«

Sie drehten sich um. Guido kam ihnen entgegen und schwang sich sportlich über das Absperrseil.

»Paola hat mir erzählt, dass Sie hier sind und jemanden suchen«, sagte er.

Philip erklärte ihm knapp, was eine Zeugin beobachtet haben wollte. Guido schüttelte den Kopf.

»Uns ist nichts aufgefallen. Wir hätten Ihnen sonst Bescheid gegeben. Kann ich noch etwas für Sie tun?«

»Kennen Sie eine Cornelia Kappe?«, fragte Philip plötzlich.

Guido schien einen kurzen Augenblick zu überlegen und schüttelte dann wieder den Kopf. »Nein, wer ist das? Suchen Sie nach ihr?«

»Die Frau hat sich gegenüber im Wäldchen eine Höhle gebaut. Hätte ja sein können, dass Sie sie mal gesehen haben.«

»Nein, wir haben niemanden bemerkt.«

»Wie geht es Giuseppe?«

»Zum Glück schon viel besser. Ihr Tierarzt versteht sein Handwerk.«

»Wird er am Samstag wieder auftreten können?«

»Vermutlich nicht. Wir werden improvisieren müssen. Aber das ist ja unser täglich Brot.«

»Und der Tierschützer? Hat er sich verzogen?«

»Ja, Carstensen hat mit ihm gesprochen und daraufhin ist er nicht wieder aufgetaucht.«

»Wir behalten ihn im Auge.«

»Danke. Sie sind alle sehr freundlich in Kophusen.«

»Darf ich meinem Freund Bianco einen Besuch abstatten?«, fragte Hauke, als könne er es kaum erwarten, das Pony wiederzusehen.

Guido lachte. »Er hat es Ihnen angetan, was? Gehen Sie ruhig rüber. Alfred ist gerade beim Füttern.«

Ja, das hatte Hauke auch vor. Alfred konnte sich auf ein Donnerwetter gefasst machen.

»Ich dachte, du bist nur nachmittags hier?«, fragte Hauke, ohne sich mit einer Begrüßung aufzuhalten.

»Ich wollte bei Giuseppe sein, wenn Holthusen kommt. Was macht ihr denn schon wieder hier?«

»Du solltest dir lieber eine andere Beschäftigung suchen, Alfred«, kam Hauke sofort zur Sache.

»Wieso das denn?«

»Weil deine Neugier unangenehm aufgefallen ist.«

»Wem?«

»Paola.«

»Hast du mitbekommen, dass die Schlange ausgebüxt war?«, schaltete sich Philip ein.

»Beatrice?« Alfreds Reaktion war Antwort genug.

»Sie ist auf wundersame Weise aus ihrem Terrarium verschwunden und hat Gretas Wellensittiche heute Morgen in ihrer Voliere heimgesucht«, sagte Hauke.

»Niemand hier spricht mit mir über Interna. Die sind sehr verschlossen. Eine verschworene Gemeinschaft. Außenstehende wie ich haben es echt schwer.«

Schöner Spion, dachte Hauke. Alfred kriegte aber auch gar nichts mit.

»Es ist glücklicherweise glimpflich verlaufen. Die Schlange konnte eingefangen werden, bevor sie Schaden angerichtet hat. Sind dir fremde Personen aufgefallen, die sich auf dem Gelände herumgetrieben haben?«, wollte Philip wissen.

»Außer dem einsamen Tierschützer niemand, der hier nicht hergehört.«

»Was ist mit den Puccinis? Gab es Streit?«, erkundigte sich Philip weiter.

»Bei denen fliegen öfter die Fetzen. Wenn ich mit Karin so reden würde, hätte sie schon längst die Scheidung eingereicht. Aber das scheint hier völlig normal zu sein. Da schert sich keiner drum.«

»Hast du den Namen Aurelius schon mal gehört?«, fragte Philip.

Alfred schüttelte den Kopf. »Wer soll das sein?«

»Ein konkurrierender Zirkus«, erklärte Philip.

Hauke unterdrückte ein Augenrollen. Alfred war so nützlich wie ein Tripper. Wurde sein früherer Chef alt oder versuchten die Puccinis, ihn von ihren Angelegenheiten fernzuhalten? Möglicherweise schöpften sie Verdacht. Obwohl er sich das bei dem Anblick, den Alfred bot, nicht vorstellen konnte. Alfred sah wie ein Rentner in einem Kleingarten aus. Fehlte nur noch die

Elblotsenmütze. Aber Paolas Bemerkung machte Hauke Sorgen.

Und Philip schien nicht aufgeben zu wollen. Einen freien Tag konnte er sich abschminken. Er verkniff sich einen Fluch, als er Guido und Paola aus dem Zelt treten sah. Die beiden schauten kurz herüber, gingen aber ihrer Wege.

»Das ist Roccos Frau«, erklärte Alfred.

»So weit waren wir auch schon«, raunte Hauke.

»Sie ist schwanger.«

»Ach! Was du nicht sagst. Ohne dich wären wir völlig aufgeschmissen.«

»Ihre Schwiegermutter hat ihren Part am Holzrad übernommen, bis das Kind da ist«, fuhr Alfred fort, ohne auf Haukes Sarkasmus einzugehen.

»Man wirft ja auch keine Messer auf eine Hochschwangere«, erwiderte Hauke.

»Das sagst du. Saskia zeigte sich wenig begeistert. Ich habe das Gespräch belauscht. Rocco hat sie regelrecht angefleht, bis sie schließlich Ja gesagt hat. Seine Mutter ist eine harte Nuss.«

Hauke fand es sehr befremdlich, dass sie ihre Schwiegertochter hochschwanger auf einem Holzrad kreisen lassen wollte, noch dazu als Zielscheibe für den messerwerfenden Ehemann. Auch wenn es für sie selbstverständlich war. Welche Zuschauer wollten das sehen? Oder glaubte sie, dass würde die Spannung erhöhen? Falls er daneben werfen würde, hätte er gleich zwei Leben auf dem Gewissen. Das war krank. Hauke verzog angewidert das Gesicht.

»Sie freut sich sehr auf das Kind«, sagte Alfred. »Aber sie hat ganz schöne Stimmungsschwankungen. Im einen Moment himmelhochjauchzend und im anderen zu Tode betrübt.«

»Das sind wahrscheinlich die Hormone«, wandte Hauke ein, obwohl er keine Ahnung hatte.

»Ja, vielleicht. Rocco jedenfalls tut alles für sie.«

»Als werdender Vater ist das wohl normal.« Auch davon hatte er keinen blassen Schimmer, aber falls Freija und er jemals Nachwuchs bekommen würden … Hauke stockte. Er und Vater? Mit Hilke war es nie Thema gewesen. Doch Freija war jünger als er. Vielleicht würden sie … Alfreds Stimme riss ihn aus seinen unerwarteten Gedanken.

»Was grinst der denn wie ein Honigkuchenpferd?«, fragte Alfred an Philip gewandt.

Philip stimmte Haukes Dauerbrenner an.

Alfred lachte, und Hauke spürte, wie seine Wangen sich röteten. Sie glühten. Er musste unbedingt etwas gegen dieses peinliche Grinsen tun.

»Alfred?« Zum Glück war Guido plötzlich wieder auf der Bildfläche erschienen und lenkte die Aufmerksamkeit von Hauke ab. »Ich würde dir noch gern etwas zeigen«, unterbrach er ihr Gespräch und bedeutete ihm, ihm ins Zelt zu folgen. »Entschuldigen Sie, die Vorstellung fängt bald an.«

Alfred hob zur Bestätigung die Hand. »Ich muss«, sagte er im Weggehen. »Die Arbeit ruft.«

Paolas Lachen drang zu ihnen herüber. Hauke drehte sich um und war überrascht, als sich ihre Blicke trafen. Paola lächelte und wandte sich wieder um. Hauke schaute ihnen nach. Sie hatten Alfred in ihre Mitte genommen und steuerten einen der Wohnwagen an. Es wurde Zeit, dass sein Ex-Chef sich aus dem Staub machte, bevor sie ihn noch entlarvten.

»Warum weiß Alfred nichts von dem verschwundenen Python?«, fragte Philip leise.

»Ich schätze, die reden nicht gern darüber.«

Hauke konnte sehen, dass Philip nicht überzeugt war. Er hüllte sich in Schweigen. Wie immer, wenn er Probleme oder Theorien wälzte.

13

Hauke hatte eine Parklücke in nächster Nähe zum Bahnhof Altona ergattert. Seinen ampelgrünen Jetta hatte er gestern auf Hochglanz gebracht. Freija würde staunen. Ein Schmuckstück für sein Schmuckstück. Ihm blieb noch eine gute Stunde, bis er Freija endlich in die Arme schließen konnte, doch zuvor hatte er noch einen Auftrag zu erledigen. Nur unter dieser Bedingung hatte Philip ihm genehmigt, früher Feierabend zu machen, um Freija vom Bahnhof in Hamburg abholen zu können. Hauke hatte eingewilligt. Nicht nur wegen Freija, sondern auch wegen Conny. Er machte sich Sorgen um sie. Während er gestern Vormittag mit Philip den Zirkus besucht hatte, war Peter nicht untätig gewesen. Hauke hatte es nicht überrascht, dass Conny aktenkundig war. Sie hatte keinen Hehl aus ihrem Drogen- und Alkoholkonsum gemacht. Sie war einige Male von den Hamburger Kollegen wegen Drogenmissbrauchs aufgegriffen worden. Peter hatte sogar Connys jüngeren Bruder Christian kontaktiert. Der hatte berichtet, seine Eltern seien anfangs krank vor Sorge gewesen und hätten immer wieder versucht, Conny von der Straße zu holen. Doch sie habe nicht zurückgewollt. Und schließlich hatten seine Eltern es aufgegeben. Über die Jahre habe er seine Schwester immer wieder finanziell unterstützt. Nach dem Tod ihrer Eltern habe er das Haus auf ihr Drängen hin verkauft. Angeblich hatte sie Schulden bei sehr unangenehmen Leuten, die ihr gedroht haben sollen. Christian berichtete, dass er Conny ein Bankkonto in der Kophusener Filiale angelegt und ihren Anteil darauf transferiert hatte. Daraufhin rief Peter einen alten Freund an, der in der örtlichen Filiale arbeitete. Mit dem Bankgeheimnis nahm er es, Peter zuliebe, dieses eine Mal nicht so genau. Das Sparkonto war völlig leer geräumt. Zweihunderttausend Euro waren in drei Teilbeträgen in den letzten Monaten bar ausgezahlt worden. Was hatte Conny mit so viel Geld gemacht? Die interessanteste Neuigkeit hatte Peter, der einen Hang zur Dramatik hatte, sich bis zum Schluss aufgehoben. Conny war verheiratet! Diese Information hatte Hauke gestern kalt erwischt. Sie hatte ihren Ehemann glatt unterschlagen. Nicht, dass das strafbar gewesen wäre, aber seltsam war es definitiv. Wieso hauste eine Frau, die einen festen Wohnsitz bei ihrem Ehemann hatte und nicht mittellos war in einer primitiven Hütte im Wald? Conny musste in ernsten Schwierigkeiten stecken, und Hauke hoffte, dass ihr Angetrauter, ein gewisser Kai Liebermann, Licht ins Dunkel bringen würde. War sie etwa vor ihm geflüchtet?

Das klassische Jugendstilgebäude war nur wenige Minuten entfernt. Auf dem dritten Klingelschild stand »Liebermann«. Connys Nachname wurde nicht aufgeführt. Hauke drückte den Knopf. Die Gegensprechanlage knisterte und eine Stimme erklang. Hauke stellte sich kurz vor. Mit einem Summen sprang die Tür auf. In der offenen Wohnungstür im zweiten Stock stand ein älterer Herr mit vollem, grau meliertem Haar, der ihn mit Handschlag begrüßte. Hauke entschuldigte sich für sein unangemeldetes Erscheinen, doch Kai Liebermann schien das nicht zu stören. Er bat ihn in ein geräumiges Wohnzimmer und bot ihm sogar einen Espresso an, den Hauke um Höflichkeit bemüht ablehnte. Er wollte diesen Besuch so schnell wie möglich hinter sich bringen, um rechtzeitig am Bahnsteig zu sein.

Liebermann war früher Immobilienmakler gewesen und seit einigen Jahren in Rente. Er hatte Conny bei einem Weihnachtsessen kennengelernt, das ein Hamburger Obdachlosenmagazin jedes Jahr ausrichtete. Er war dort ehrenamtlich tätig. Eine Woche später hatte er Conny am Altonaer Bahnhof wiedergesehen und ihr ein Zimmer in seiner Wohnung angeboten. Nach anfänglichem Zögern zog sie schließlich bei ihm ein. Liebe klang in Haukes Ohren anders, aber der Mann schien sie zu mögen und hatte ihr helfen wollen, auf die Beine zu kommen. Die Hochzeit war seine Idee gewesen, daran zweifelte Hauke keine Sekunde. Für Conny schien es wohl eher eine Zweckehe zu sein. Sie hatte das Zusammenleben letzte Woche ohne jede Vorankündigung beendet. Seinen Angaben nach war sie heimlich aus der Wohnung geschlichen und nicht zurückgekehrt.

»Und Sie hatten seitdem keinen Kontakt zu ihr?«

Er schüttelte den Kopf. »Weder auf meine Anrufe noch auf meine Textnachrichten reagiert sie.«

Hauke überlegte kurz und entschied sich, ihm nicht zu erzählen, dass sie sich in Kophusen aufhielt. Er hatte keine Ahnung, was zwischen dem ungleichen Paar vorgefallen war, und er wollte Conny nicht in zusätzliche Schwierigkeiten bringen.

»Warum suchen Sie eigentlich nach ihr? Ist etwas passiert?«

Die Frage hatte lange auf sich warten lassen. Dafür, dass er ihr Ehemann war, schien er sehr gelassen.

»Ihre Eltern hatten ein Haus in Kophusen«, sagte

Hauke. »Wir hatten gehofft, sie wegen einer Grundstücksangelegenheit etwas fragen zu können«, log er.

Liebermann schien über ihre familiäre Situation Bescheid zu wissen. Er stutzte. »Die Eltern sind doch tot.«

Hauke nickte. »Deswegen.«

Der Mann schien wenig überzeugt. »Steckt sie in Schwierigkeiten?«

»Warum fragen Sie das?«

»Na ja, sie hatte in der Vergangenheit massive Drogenprobleme. In der Zeit verdiente sie ihr Geld mit Prostitution. Als ich sie kennenlernte, musste sie sich vor einem Zuhälter verstecken. Sie schuldete ihm Geld, weil sie seinen Anteil zum Kauf von Drogen ausgegeben hatte.«

Hauke dachte an die zweihunderttausend Euro, die sie von ihrem Konto abgehoben hatte. Hatte sie ihre Schulden damit beglichen? Allerdings mussten das eine Menge Freier gewesen sein, wenn sie dem Mann so viel Geld schuldete.

»Kennen Sie seinen Namen?«

»Sie hat ihn Eddie genannt. Mehr weiß ich nicht. Es war kein Thema, über das sie gerne sprach.«

Mehr war aus Liebermann nicht herauszukriegen. Hauke verabschiedete sich und verließ die Wohnung. Auf dem Weg zurück zum Bahnhof blieb er an der roten Ampel gegenüber einem Restaurant stehen. Ihm kam die Sache reichlich merkwürdig vor. Ein Mann, der eine obdachlose Frau heiratete und versuchte, sie in ein bürgerliches Leben zu kriegen — das gab es nur in kitschigen Hollywoodfilmen. Wenn sie tatsächlich auf den Strich gegangen war und sie dem Zuhälter Eddie Geld schuldete, klang es allerdings logisch, dass sie Liebermanns Angebot angenommen hatte, um von der Straße wegzukommen. Aber war sie nach Kophusen abgehauen? War Eddie ihr auf den Fersen? Die Ampel sprang auf Grün. Mit Blick auf sein Smartphone beschleunigte er sein Tempo. Im Gehen erstattete er Peter kurz Bericht, und als er sich durch die Menschenmassen gekämpft und den Bahnsteig erreicht hatte, fuhr Freijas Zug gerade ein.

Auf der Polizeistation klingelte das Telefon. Trautchen empörte sich darüber, dass die Hütte im Wald immer noch nicht abgebaut worden war. Peter versuchte, sie zu beruhigen, und erklärte ihr, dass die Person, die dort gewohnt hatte, das Lager geräumt hatte.

»Na, das wüsste ich aber!«

Peter stutzte. »Wie meinst du das?«

»Gestern Abend habe ich die Lichter von Taschenlampen gesehen.«

»Wann soll das gewesen sein?«

»Das soll nicht gewesen sein, das war so! Um 21:12 Uhr. Ich weiß es so genau, weil ich auf meine Smartwatch geguckt habe.«

»Was hast du um die Uhrzeit dort gemacht?«

»Ich habe nach dem Rechten gesehen. Ihr tut ja nichts, und irgendjemand muss ja aufpassen, wenn sich das Gesocks in Kophusen herumtreibt.«

Peter atmete hörbar ein. »Trautchen, das ist immer noch die Aufgabe der Polizei. Selbstjustiz ist verboten.«

»Das sind ja schöne Zeiten, jetzt werden die Opfer zu Tätern. Ich schaue bloß nach dem Rechten.«

»Bei deiner Denunzierungsrate kann von Opfer wohl kaum die Rede sein.«

»Ich bin eine aufmerksame Bürgerin. Ist das jetzt auch schon verboten?«

Peter setzte ein Lächeln auf. Seine neue Taktik, um sich gegen negative Energie zu wehren. Diejenigen, die vermutlich am meisten für die aufgeheizte Stimmung verantwortlich waren, taten so, als wären sie Opfer, die mundtot gemacht wurden. Falls ihre mutmaßlich bevorzugte Partei tatsächlich irgendwann eine Mehrheit gewinnen sollte, würden sie sich noch wundern, wie es sich wirklich anfühlte, nicht mehr alles sagen zu dürfen.

»Meine Kollegen waren gestern vor Ort, falls es dich beruhigt. Uns liegen keine Hinweise auf ein Verbrechen vor.«

»Offenbar kommt ihr immer zum falschen Zeitpunkt.«

»Ja, und du komischerweise immer zum richtigen.«

»Willst du damit andeuten, dass ich mir das alles ausdenke?«

»Nein, im Gegenteil. Ich danke dir für deine wertvollen Hinweise.« Peter lächelte noch breiter. »Also, wen hast du gesehen?«

»Es müssen mindestens zwei gewesen sein. Jedenfalls habe ich zwei Lichter gesehen.«

»Kannst du die Personen beschreiben?«

»Jetzt auf einmal. Nein, kann ich nicht, dafür war es zu dunkel. Wann baut ihr diese Höhle endlich ab?«

»Wenn wir es für richtig halten.«

»Schöne Polizisten seid ihr!«

»Danke, das nehme ich als Kompliment.«

»Wenn man nicht sofort hart durchgreift, verwandelt sich unser Dorf in ein Drogennest.«

»Für deine sachdienlichen Hinweise bin ich dir sehr dankbar, Trautchen. Für haltlose Anschuldigungen und Panikmache fehlt mir jedoch die Zeit. Du weißt ja, wir haben viel zu tun. Also, meine Liebe, vielen Dank und einen wunderschönen Abend. Grüße an Fiete.«

»Äh, ja. Bitte.«

Trautchen hatte es offenbar die Sprache verschlagen. Zufrieden lächelnd legte Peter auf. Er notierte sich ihre Beobachtung. Conny war vorgestern bei Rosi untergekommen. Am Dienstag. Heute war Donnerstag. Wenn Conny nicht zurückgekehrt war, wer hatte dann in der Nacht die Hütte aufgesucht? Und warum? Hatte Conny etwas vergessen? Das ließ sich leicht klären.

Bärbel meldete sich nach dem dritten Klingeln. Weder sie noch Rosi waren mit Conny zur Hütte gefahren. Im Gegenteil. Ihr Schützling hatte gegen achtzehn Uhr im Restaurant zu Abend gegessen. Danach war sie mit Susi eine Runde um den Block gelaufen und hatte sich gegen zwanzig Uhr in ihre Kammer verabschiedet. Bärbel schwor, dass sie bis zum Ende des Restaurantbetriebs auf ihrem Zimmer gewesen war.

Peter beschwichtigte ihre Neugier und legte auf. Einen Haferkeks kauend überlegte er, ob die beiden Personen dieselben sein konnten, die Conny in der Nacht zuvor dort gesehen hatte. Waren sie zurückgekehrt und hatten die Hütte entdeckt? Wollten sie eine unliebsame Zeugin loswerden oder ging bloß die Fantasie mit ihm durch? Vielleicht würde es sich lohnen, eine Nacht auf dem Hochsitz zu verbringen? Hauke wäre nicht gerade begeistert. Jetzt, wo er seine Freija erwartete, würde sein Kollege sich sicher nicht die Nacht im Wald um die Ohren schlagen. Sosehr ihm Trautchen mit ihrer Blockwartmentalität auf die Nerven ging, so musste er doch zugeben, dass manche ihrer Beobachtungen wertvolle Hinweise geliefert hatten. Es ärgerte ihn, dass sie auch dieses Mal vermutlich recht behalten sollte. Das würde Öl in ihrem Feuer sein.

Peter nahm sich seine Notizen zu Connys Akte noch

einmal vor. Sie war nicht nur mehrfach wegen Drogenbesitzes aufgegriffen worden. Im Mai hatte man sie festgenommen, weil sie sich einem Platzverweis widersetzt hatte. Der Vorfall war sogar zur Anzeige gebracht worden. Gestern hatte er den Bericht nur überflogen. Er trank einen Schluck Kaffee und las die Anzeige nun aufmerksam durch. Plötzlich sprang ihm ein Name ins Auge. Die Frau, die Conny angezeigt hatte, hieß Giulia Brick. Konnte das …? Er stellte hastig den Becher ab und nahm sich sein Dossier zum Fall Salvatore Puccini vor. Seine Pedanterie wurde von den Kollegen zwar oft belächelt, aber sie hatte sich mehr als einmal ausgezahlt. Er blätterte zu der entsprechenden Seite und las den Namen von Salvatores Schwester: Giulia Brick.

Als er nach dem Hörer greifen wollte, erreichte ihn ein Anruf von Hauke. Der Gute schien völlig außer Atem zu sein und war sehr kurz angebunden. Das Bild, das der Ehemann von Conny zeichnete, warf ein ganz anderes Licht auf die Frau. Drogen und Prostitution gingen häufig Hand in Hand, doch er hatte dazu keinen Vermerk gefunden. Während er sich eine Notiz machte, überlegte er, ob der Zuhälter Conny in Kophusen gesucht haben könnte? War er gestern Abend bei der Hütte gewesen, um sein Geld einzutreiben?

Peter wählte die Nummer der Polizeidirektion in Bad Bramstedt, trug sein Anliegen vor und wurde zu dem zuständigen Beamten weitergeleitet. Der erinnerte sich sehr genau an den Vorfall im Mai, da Conny sich lautstark gewehrt habe, das Grundstück von Giulia Brick zu verlassen. Die hatte die Polizei gerufen. Als er und sein Kollege am Einsatzort eintrafen, hatte Conny auf der Terrasse gesessen und hatte sich auch nach mehrmaliger Aufforderung nicht vom Fleck gerührt. Schließlich hatten sie Haukes alte Schulfreundin mit auf das Revier genommen.

Giulia Brick hatte Anzeige wegen Hausfriedensbruch erstattet.

»Was hat Frau Kappe bei der Frau gewollt?«, fragte Peter.

»Sie behauptete steif und fest, die Nichte von Frau Brick zu sein.«

»Ihre was?«

»Frau Brick war ebenso konsterniert wie du. Sie gab an, die Kappe nicht zu kennen, geschweige denn mit ihr verwandt zu sein.«

Hastig notierte sich Peter ein paar Zeilen auf seine Schreibtischunterlage. »Und Frau Brick? Habt ihr mit ihr noch mal gesprochen?«

»Die Anzeige haben die Kollegen aufgenommen. Aber die war ziemlich sauer. Kein Wunder, wenn plötzlich eine wildfremde Frau bei dir auf der Matte steht und behauptet, sie sei mit dir verwandt.«

»Aber was hat die Kappe von ihr gewollt? Hat sie das zu Protokoll gegeben?«

»Sie wollte die Telefonnummer ihres Vaters haben.«

Peter hatte es für einen Augenblick die Sprache verschlagen. Diese Informationen musste er erst einmal verarbeiten.

»Wieso interessierst du dich dafür?«, fragte der junge Kollege.

»Sie stammt aus Kophusen und ist zurückgekehrt.«

»Hat sie Ärger gemacht?«

Peter musste vorsichtig sein. Die Nutzung der Datenbank ließ sich genau zurückverfolgen. Streng genommen durfte man nicht willkürlich Personen überprüfen.

»Sie hat sich unerlaubt eine Hütte im Wald gebaut und wollte dort leben. Eine Anwohnerin hat sie gemeldet.«

»Die war nicht ohne. Fasst die bloß nicht mit Samt-
handschuhen an.«

»Keine Sorge, wir passen auf.« Peter bedankte sich und
beendete das Gespräch. Dann sprang er auf und lief zu
Philips Büro. Er klopfte und trat ein, ohne eine Antwort
abzuwarten.

»Das wirst du nicht glauben!«, platzte es aus Peter heraus.

Philip zog eine Augenbraue hoch. Peter konnte nicht
länger an sich halten. Er berichtete von Haukes Besuch bei
Kai Liebermann, Connys angeblichen Schulden und von
ihrem Auftritt bei Giulia Brick.

Philip verzog keine Miene.

»Wenn das stimmt, bedeutet das, dass Salvatore ihr
Vater war. Und das wiederum würde Connys plötzliche
Rückkehr in einem ganz neuen Licht erscheinen lassen,
findest du nicht?«, fragte Peter.

Philip schien zu überlegen.

»Da ist doch was im Busch. Warum haben die uns
nichts davon erzählt? Und warum hat Conny so getan,
als wäre das alles Zufall? Die führt doch was im Schilde.«

»Hast du schon mit Giulia Brick gesprochen?«

»Nee, ich musste das erst mal bei dir loswerden.«

»Wir behalten das vorerst für uns«, sagte Philip. »Bis
wir wissen, ob es stimmt.«

»Was willst du machen? Einen DNA-Test anfordern?«

»Das ist gar keine schlechte Idee. Bruno hat die Leiche
noch auf dem Tisch und Conny wohnt bei Rosi. In der
Kammer finden wir sicher ausreichend Material für einen
DNA-Abgleich.«

»Das war ein Scherz, Philip!«

»Ich finde, das klingt nach einem guten Plan. Ruf Bruno

an, bevor er die Leiche zur Bestattung freigibt. Ich fahre zur Pension und kümmere mich um den Rest.«

»Was ist denn aus deiner Vorsicht geworden? Das kann gewaltigen Ärger geben.«

»Bruno wird uns schon nicht verpetzen.«

»Meinst du, Conny ist deswegen nach Kophusen gekommen?«

»Zumindest wäre das eine plausible Erklärung. Die Brick muss ihr vom Zirkus erzählt haben.«

»Und der Tourneeplan steht im Internet. Aber wieso glaubt sie, dass Salvatore ihr Vater war? Was ist mit den Kappes? Hatte ihre Mutter eine Affäre?«

»Gute Frage. Bevor wir das nicht eindeutig geklärt haben, halten wir uns bedeckt.« Sein Chef erhob sich und griff nach seinem dunkelblauen Leinensakko. »Ich fahre los. Du kümmerst dich um Bruno.«

»Willst du Rosi und Bärbel einweihen?«

»Nein, dann weiß es gleich ganz Kophusen. Ich werde diskret vorgehen. Du kennst mich doch.«

14

Es war einfacher als erwartet. Rosi werkelte in der Küche und bereitete die Gerichte für den Abend vor. Bärbel nahm am großen Ecktisch die Bestellung einer Gruppe von Rennradfahrern auf.

»Einen Espresso?« Kenan, inzwischen festes Crew-Mitglied und Erfinder der Kampagne für den neuen Namen, lenkte seinen sportlichen Rollstuhl geschickt hinter der Bar entlang.

Rosi hatte viel Zeit und Mühe investiert, um den Barbereich rollstuhlgerecht umzubauen. Hauke hatte behauptet, dass Rosi eine Schwäche für Kenan hatte. Zumindest früher, als sie zusammen zur Schule gegangen waren. Goldberg war sich da nicht so sicher. Er nahm das Angebot an, alles andere wäre auffällig gewesen.

»Ich gehe nur eben zur Toilette. Bin gleich wieder da.« Statt im Flur nach links abzubiegen, schlich er die alte Holztreppe hinauf. Um das Knarren zu vermeiden, mied er die Mitte der Stufen und setzte seine Füße am äußersten Rand auf. Die Kammer, in der sie Conny untergebracht hatten, lag im ersten Stock am Ende des Flurs. Goldberg kannte sich in der Pension aus. In der oberen Etage waren drei Zimmer. Bei der Renovierung hatte Rosi den Teppich gegen hochwertiges Eichenparkett austauschen lassen. Ihr Hotel wurde immer edler und das mitten in der norddeutschen Pampa. Es war ein echtes Juwel geworden, das einen neuen Namen verdiente.

Goldberg klopfte. Nichts geschah. Als er auch nach dem zweiten Klopfen keine Antwort erhielt, öffnete er leise die Tür. Die Kammer war nicht abschließbar. Leise schloss er die Tür hinter sich und schaltete das Licht ein. Rosi hatte ein Klappbett hineingestellt. Die Bettwäsche war zerwühlt. Goldberg eilte zum Kopfkissen. Es dauerte nur wenige Sekunden, bis er fand, wonach er gesucht hatte. Das blonde Haar lag wie bestellt auf dem weißen Kissenbezug. Er verstaute es vorsichtig in einem kleinen Plastikbeutel, den er anschließend in seine Innentasche zurückschob. Auf Zehenspitzen schlich er zur Tür und öffnete sie einen Spalt. Eine Frau kam gerade die Treppe hoch. Goldberg schob die Tür zu und lauschte. Er hörte, wie die Zimmertür nebenan geöffnet und wieder geschlossen wurde. Rasch schlüpfte er auf den Flur und zog die Tür hinter sich zu. Er eilte die Treppe hinunter, als Bärbel gerade aus der Damentoilette trat.

»Philip, was machst du denn da oben?«

»Ich wollte zu Conny«, sagte er geistesgegenwärtig.

»Die ist nicht da.«

»Das habe ich gemerkt.«

Die Jahre in Kophusen an der Seite ihres Polizistensohnes hatten Bärbel wachsam werden lassen. Es war nicht das erste Mal, dass sie und Rosi in ihre Ermittlungen unfreiwillig hineingezogen worden waren.

»Warum fragst du nicht, bevor du raufgehst?«

»Ich weiß doch, dass ihr viel zu tun habt. Da wollte ich nicht stören.«

Goldberg hörte selbst, wie fadenscheinig seine Erklärung klang. Bärbel neigte den Kopf und fixierte ihn misstrauisch. Er hatte zwei Möglichkeiten, entweder er gestand sofort oder er spielte weiter den Dummen, was sie ihm zwar nicht abnehmen würde, aber sie würde ihm kaum das Gegenteil beweisen können.

»Okay. Du hast mich erwischt.« Er seufzte und kam die Stufen herunter. »Ich bin in eines der Zimmer eingebrochen, habe den Schmuck gestohlen und wollte mich jetzt aus dem Staub machen.« Er lächelte.

Bärbel überlegte einen Augenblick und entschied sich, die Sache auf sich beruhen zu lassen. »Das nächste Mal fragst du bitte, bevor du dich im Haus herumtreibst. Die Gäste sehen es nicht gern, wenn fremde Personen durchs Haus schleichen.«

Goldberg hob entschuldigend die Arme. »Du hast recht. Es tut mir leid. Kommt nicht wieder vor. Hast du eine Ahnung, wo Conny sein könnte?«

»Sie ist eine gefragte Frau.«

»Wie meinst du das?«

»Heute war schon jemand hier und hat sich nach ihr erkundigt.«

»Weißt du, wer das war?«

»Ich habe ihn noch nie gesehen. Ein Mann. Ende dreißig, schätze ich. Dunkle Haare. Nicht sehr auffällig. Eher unscheinbar.«

»Was wollte er?«

»Das hat er mir nicht gesagt. Er hat mit ihr sprechen wollen, aber sie war nicht da. Also ist er wieder gegangen.«

»Falls er noch einmal kommt, sagst du mir bitte Bescheid?«

Bärbel nickte. Sie platzte vor Neugier, das konnte Goldberg sehen, aber sie war klug genug, keine Fragen zu stellen. »Sie dreht mit Susi eine Runde durchs Dorf«, sagte sie stattdessen.

Goldberg nickte.

Bärbel ließ ihm den Vortritt in den Gastraum. Ihren Blick spürte er in seinem Nacken, als würde sie ihm ein Brandmal verpassen. Als sich Goldberg auf einem Barhocker niedergelassen hatte, bereitete Kenan den Espresso zu.

»Kennst du eigentlich Conny, die neuerdings oben in der Kammer wohnt?«, fragte Philip.

»Klar, wir waren ja alle auf derselben Grundschule.«

»Was hältst du von ihr?«

»Sie hat sich verändert.«

»Inwiefern?« Goldberg nahm den ersten Schluck.

Kenan wandte sich den gebrauchten Gläsern zu. Seine langen Arme reichten bis zur tiefergelegten Spüle. »Früher war sie tough, ließ nie eine Gelegenheit aus, ihre Eltern zu provozieren. Heute ist sie still und ernst.«

»Kanntest du ihre Eltern?«

»Ja. Echte Spießer. Sie war genau das Gegenteil.«

»Gab es Probleme zwischen ihnen?«

»Nicht mehr als überall anders auch. Connys Mutter war Deutschlehrerin und hat meiner Mutter Unterricht gegeben.«

Goldberg horchte auf. »Waren die beiden Frauen befreundet?«

»Kann man so sagen. Meine Mutter hat ihnen geholfen, als Connys Vater krank wurde.«

»Was hatte er?«

»Leukämie.«

»Ich dachte, die beiden seien bei einem Unfall ums Leben gekommen.«

»Sind sie auch. Aber einige Monate zuvor hatte er die Diagnose bekommen. Sie haben es nicht an die große Glocke gehängt. Meine Mutter wusste Bescheid, sie ließ sich sogar eine Stammzellprobe entnehmen.«

»Er brauchte eine Spende?«

»Ja, aber es gab niemanden, der gepasst hätte. Er wäre so oder so gestorben.«

»Wusste Conny davon?«

Kenan nickte. »Ihr Bruder hat sie zu einer Spende gedrängt. Sie ist auch hin, aber auch bei ihr Fehlanzeige. Ist schon tragisch. Der Sohn durfte nicht spenden wegen einer chronischen Darmerkrankung und die Tochter kam nicht infrage. Na ja, ihre Suchterkrankung wäre vermutlich auch ein Ausschlusskriterium gewesen.«

Goldberg kannte sich mit Stammzellenspenden nicht aus. Er wusste nicht, wie hoch die Wahrscheinlichkeit war, dass leibliche Kinder als mögliche Spender infrage kamen. Wenn sie den Test tatsächlich gemacht hatte, konnte sie vielleicht herausgefunden haben, dass ihr Vater gar nicht ihr Erzeuger war. Das konnte einen Menschen aus der Bahn werfen, auch im Erwachsenenalter. Wenn Salvatore Puccini wirklich Connys Vater war, musste sie es irgendwie herausbekommen haben. Hatten ihre Mutter und er bei einem Gastspiel eine heimliche Affäre gehabt? Das klang abenteuerlich und war eher unwahrscheinlich, fand Goldberg. Aber es gab noch eine andere Möglichkeit …

Beiläufig leerte er seine Tasse, bezahlte und verabschiedete sich, bevor auch Kenan misstrauisch werden konnte. Bärbel hatte ihn die ganze Zeit über nicht aus den Augen gelassen. Er ging durch den Biergarten und zog die kleine Gartenpforte hinter sich zu. Als er außer Sichtweite war, blieb er stehen und zückte sein Smartphone. Er

musste sich erst an dieses neue Ding gewöhnen, aber er
fand immer mehr Gefallen daran. Auch Magda war heilfroh, dass er sich nicht länger gegen den digitalen Fort-
schritt stellte. Er wählte die Nummer der Station und wartete, dass Peter abnahm.

Während der Fahrt nach Kophusen konnten sie die Finger
nicht voneinander lassen. Freija saß auf dem Beifahrersitz und hatte ihre Hand auf seinem Oberschenkel. Hauke
spürte die Hitze unter ihrer Handfläche. Sie brannte förmlich. Seine Finger streichelten die ihren. Er war verrückt
nach ihr. Sobald sie zu Hause waren, würden sie ins Schlafzimmer verschwinden. Dort wartete schon eine Flasche
gekühlter Champagner und duftende Rosenblätter auf sie.
Er hoffte, dass es ihr gefallen würde. Wenn er so heftig
verliebt war, neigte er ein wenig zu Übertreibungen, das
wusste er, aber er konnte nicht anders. Hauke wollte diese
unglaubliche Frau nicht nur beeindrucken, er wollte sie
glücklich machen.
Erst gestern war sie von einer Reise aus Südamerika
zurückgekehrt. Als freiberufliche Reiseleiterin war sie
viel unterwegs. Ihr Reiseblog erfreute sich großer Beliebtheit. Inzwischen hatte sie sich auch als Influencerin
einen Namen gemacht und generierte ein nicht zu ver-
achtendes Einkommen daraus. Hauke war das nach wie
vor suspekt. Allerdings musste er zugeben, dass er niemals
erwartet hätte, wie viel Arbeit dahintersteckte. Freija hatte
im Grunde nie Feierabend. Ständig war sie auf der Suche
nach neuen Motiven und kleinen Geschichten. Er hoffte,
dass er sich im Laufe der Zeit daran gewöhnen würde.
Hauke nahm die Autobahnauffahrt Volkspark und bog

auf die A7 Richtung Flensburg. Der Verkehr war mörderisch. Die Dauerbaustelle war kein Vergnügen. Er warf einen Blick auf Freija und musste lächeln.

»Ich bin froh, nach dem ganzen Trubel rauszukommen«, sagte sie und gab ihm einen Kuss auf die Wange.

Nach so vielen Jahren in Deutschland hörte man ihren Akzent nur noch, wenn sie aufgeregt war. Hauke liebte den Klang ihrer Stimme, sobald sie mit ihrer Familie am Telefon dänisch sprach.

»Es war fürchterlich anstrengend. Da ist Kophusen genau das Richtige. Wie geht es mit dem neuen Fall voran?«

Sie hatten sich bei ihrer letzten großen Ermittlung kennengelernt. Freija war als Reiseleiterin mit einer Busgruppe auf dem Weg nach Sylt in Kophusen gestrandet. Hauke hatte sein Glück kaum fassen können, als sie ihm die Tür der Ferienwohnung geöffnet hatte. Er berichtete ihr von den Ermittlungen, die seiner Meinung nach im Grunde ja gar keine waren.

»Gehen wir in den Zirkus? Bitte!«, rief sie begeistert.

Hauke nickte gönnerhaft, als wäre es seine Idee gewesen, Karten für die Vorstellung am Samstag zu kaufen. »Aber klar. Das wird lustig. Wir gehen zu sechst und danach essen wir bei Rosi.«

Sie klatschte in die Hände. »Ich war zuletzt als Kind in Kopenhagen in einem Zirkus. Der war riesig.«

Hauke dämpfte ihre Erwartungen und berichtete von den Nummern der Puccinis.

»Das ist egal. Wenn die Lichter angehen, wird es in einem Zirkus immer magisch.« Ihre Hand strich über seinen Oberschenkel.

Hauke wurde heiß und kalt. Er drückte auf das Gaspedal, bis der Motor des Jetta ächzte. Da musste der

Wagen jetzt durch. Manchmal musste man im Leben Prioritäten setzen.

Widerwillig sah er auf das Display, als das Telefon klingelte. Peter. Schon wieder. Doch dieses Mal ignorierte er den Anruf. Schließlich hatte er Feierabend und sein Kollege wusste ganz genau, dass er beschäftigt war. Das konnte bis morgen warten.

»Du hattest recht«, sagte Peter, als Philip die Station betrat. »Conny wurde von den Kappes adoptiert. Ich habe mit meinem Freund Friedrich gesprochen. Du weißt, der Mann beim Amt.«

Philip nickte.

»Ehepaar Kappe hat Cornelia als Baby bekommen.«

»Und das hat niemand gewusst?«

»Nein, als die Familie nach Kophusen zog, war Conny bereits zwei Jahre alt. Und ihr Bruder Christian war gerade unterwegs.«

»Wer sind ihre leiblichen Eltern?«

»Das ist aus der Geburtsurkunde nicht ersichtlich. Die Herkunftsfamilie ist allerdings in einem Geburtenregister vermerkt. Das Kind erhält mit der Adoption eine neue Geburtsurkunde.«

»Aber du hast ein Ass im Ärmel«, vermutete Philip.

Peter nickte stolz. Er fühlte sich wohl in seiner Rolle hinter den Kulissen der Polizeistation, am liebsten mit einem Haferkeks im Mund und einem Becher dampfenden Kaffee neben sich.

»Friedrich hat mir erzählt, dass Conny kurz vor dem Tod ihrer Eltern im Amt aufgetaucht ist und einen Auszug aus dem Geburtenregister beantragt hat.«

»Weiß er, wer ihre leiblichen Eltern sind?«

Peter nickte vielsagend.

»Und?«

»Der Vater ist Salvatore Puccini. Ihre Mutter heißt Tanja Kleiber.«

»Wie ich dich kenne, hast du bereits mit ihrer Mutter telefoniert?«

Peter konnte sich ein Grinsen nicht verkneifen.

»Hat Conny Kontakt mit ihr aufgenommen?«

»Ja. Frau Kleiber hat mir ihre ganze Lebensgeschichte erzählt. Und auch von der Affäre zwischen ihr und Salvatore. Sie war damals Referendarin an einer Grundschule in Vechta. Circus Puccini gastierte nicht nur in dem Ort, sondern war auch Teil der Projektwoche ›Zirkus macht Schule‹. Tja, und da hat es wohl gefunkt zwischen den beiden. Tanja Kleiber beschrieb es als kurz und heftig. Erst nachdem der Zirkus weitergezogen war, hat sie gemerkt, dass sie schwanger war. Sie hat sich für eine Adoption entschieden.«

»Hat Salvatore damals von der Schwangerschaft gewusst?«

»Ja, sie ist ihm nachgereist, um es ihm mitzuteilen. Aber er war wenig begeistert, schließlich wollte er heiraten.«

»Und Saskia?«

»Die wusste offenbar nichts davon. Salvatore und Tanja hatten ausgemacht, es niemandem zu sagen.«

»Wir müssen mit Conny sprechen«, sagte Goldberg.

»Das habe ich schon versucht. Sie geht nicht an ihr Mobiltelefon.«

»In der Pension war sie auch nicht. Allerdings hat sich ein Mann nach ihr erkundigt. Ich will wissen, wer das war.«

»Trautchen hat gesagt, dass sie am Dienstag zwei Personen bei ihrem Unterschlupf im Wald beobachtet hat. Wenn Conny tatsächlich Schulden bei diesem Eddie hat, ist der vielleicht mit Verstärkung nach Kophusen gekommen, um sie einzutreiben.«

»Möglich. Zumindest wissen wir jetzt, warum es sie hierhergetrieben hat.«

»Ja, nachdem Tanja Kleiber ihr gesagt hat, dass ihr Vater Salvatore ist, war es ein Leichtes, die Tourneedaten herauszufinden. Auch wenn Giulia wenig kooperativ war. Ob Vater und Tochter sich getroffen haben?«

»Eine gute Frage.«

»Salvatores plötzlicher Tod muss ein Schlag für sie gewesen sein.«

»Vermutlich.«

»Schon traurig. Da erfährst du gerade, wer dein Vater ist, und dann bringt der sich um. Hoffentlich kommt sie damit irgendwie klar«, sagte Peter mitfühlend.

Gemäß dem Gesetz des Karmas hieß es, dass Kinder sich ihre Eltern selbst aussuchten. Oder vielmehr die Seelen, je nachdem, welche karmischen Aufgaben noch zu lösen waren. Peter kam ein Spruch von Sohanraj in den Sinn: Die Gegenwart ist eine Konsequenz der Vergangenheit und die Ursache für die Zukunft. Peter war sich nicht ganz klar, ob er an Wiedergeburt glaubte oder nicht. Wenn es stimmte, hatte Cornelias Seele offenbar noch einige Aufgaben zu lösen.

15

Die Warteschlange reichte bis zur Landstraße. Goldberg hatte nicht mit einem solchen Andrang gerechnet. Auf dem schmalen Fußweg hatten sich fünf Tierschützer mit ihren Protestschildern aufgebaut. Wie angekündigt hatte Thomas Schulz – so hieß der Mann, mit dem er gesprochen hatte – eine Demonstration angemeldet. Die Wiese hatten sie wohlweislich nicht betreten. Goldberg und seine Kollegen hatten sich entschieden, keine große Sache daraus zu machen, und da sie der Vorstellung beiwohnten, waren sie ohnehin vor Ort, falls es wider Erwarten zu einer Eskalation kommen würde.

Magda bog auf das Feld ab. Im Schneckentempo rumpelte der Wagen über die Wiese. Hauke und Freija saßen Händchen haltend auf dem Rücksitz des alten Puntos. Beim Anblick des verliebten Pärchens im Rückspiegel konnte Magda sich ein Lächeln nicht verkneifen.

Magda parkte neben einem alten VW-Bus. Kaum waren sie ausgestiegen, streckte Hauke seinen Arm aus und Freija schmiegte sich eng an ihn. Das konnte Goldberg unmöglich auf sich sitzen lassen. Er nahm sich ein Beispiel, öffnete für Magda die Fahrertür und griff nach ihrer Hand.

»Du musst das nicht tun«, sagte sie amüsiert.

Sie hatten sich in Goldbergs erstem Monat in Kophusen kennengelernt. Magda war eine Zeugin in einem kruden Fall gewesen. Eigentlich hatte er sich von den Strapazen der letzten Jahre erholen wollen und keinen Gedanken an eine neue Beziehung verschwendet. Doch als sie ihm die Haustür geöffnet hatte, hatte es ihm buchstäblich die Sprache verschlagen. So etwas hatte er noch nie zuvor erlebt. Er schwang den Arm um ihre Schulter. »Ich weiß nicht, wovon du redest.«

Ein spöttisches Lächeln umspielte ihre Mundwinkel, doch sie schien es zu genießen.

»Ich habe ein Déjà-vu«, flüsterte sie, während sie den Wagen abschloss.

»Hoffen wir, dass es dieses Mal hält«, erwiderte Goldberg, der genau wusste, dass sie auf Haukes letzte Beziehung mit Sophie anspielte. Er war mindestens so verliebt und sich nicht zu schade gewesen, es der ganzen Welt zu zeigen.

»Ich habe ein gutes Gefühl bei den beiden. Zumindest beruht es zur Abwechslung mal auf Gegenseitigkeit.«

Statt zu antworten, gab er ihr einen Kuss auf die Schläfe. Er war dankbar, dass sie sich begegnet waren. Manchmal wachte er nachts aus einem Albtraum auf, in dem Flammen ihm ins Gesicht schlugen. Noch mit Muriels Schreien im Ohr, konzentrierte er sich auf die Frau, die im Dunkeln neben ihm lag, und lauschte ihrem Atem. Magda hatte ihm gezeigt, dass man jemanden lieben konnte, trotz der dunklen Schatten, die einen verfolgten. Der Tod seiner Stieftochter würde ihn für immer begleiten. Magda hatte das akzeptiert. Schon allein dafür liebte er sie.

Freijas Lachen unterbrach seine düsteren Gedanken. Es tat gut, die beiden so glücklich zu sehen. Hauke küsste sie. Goldberg verkniff sich den Reflex, es ihm gleichzutun. Er musste sich nichts beweisen.

Sie spazierten an der Warteschlange vorbei, die sich

vor dem Kassenhäuschen gebildet hatte. Greta und Peter waren schon da. Ihre Räder hatten sie am Feldrand an einen Baum gekettet. Hauke verzichtete auf die spitze Bemerkung, mit der er ihre ergonomischen Fahrradhelme sonst immer kommentierte. Heute schien es ihm egal zu sein. Nach einer kurzen Begrüßung stiegen sie die Metalltreppen des Kulissenvorbaus hinauf. Magda löste sich aus Goldbergs Umarmung und zog die Eintrittskarten aus ihrer Handtasche. Sie steuerten direkt auf Guido zu. Er trug eine schwarze Uniform mit goldenen und roten Tressen über der Brust. Darunter ein weißes Hemd. Theatralisch zog er einen schwarzen Zylinder vom Kopf und verbeugte sich. Offenbar hatte er Salvatores Platz als Zirkusdirektor eingenommen. Der Zutritt zum Zelt war durch ein Seil versperrt, das an zwei goldenen Metallpfeilern links und rechts eingehängt war. Auf der anderen Seite stand Alfred, der den Türsteher mimte. Sie nickten sich zu. Goldberg reichte Guido die Hand. Er schien angesichts des Besucheransturms bester Laune.

»Herr Kommissar, wie schön, dass Sie gekommen sind!« Goldberg bedankte sich.

»Freie Sitzwahl. Suchen Sie sich die besten Plätze aus«, sagte Guido und öffnete den Karabinerhaken, um sie vor allen anderen einzulassen.

Ein roter Teppich führte zum Zelteingang. Carla stand links davon. Beatrices Auftritt schien sie sich für später aufzuheben. Ihr weißer Hals wirkte in dem orientalisch anmutenden Kostüm seltsam kahl. Lächelnd ließ sie den kleinen Trupp eintreten.

Die weißen Punkte leuchteten schon jetzt wie Sterne am Nachthimmel.

»Es ist wie früher«, schwärmte Magda.

Freija drehte sich zu ihnen um und nickte begeistert. Direkt an der Manege standen drei Stuhlreihen. Goldberg verspürte den Drang, sich auf die hintersten Bänke am äußersten Rand zu setzen. Offenbar waren sie sich einig. Peter stieg die Stufen hinauf und wählte eine leuchtend gelbe Bank aus. Der Duft von frischem Popcorn stieg ihm in die Nase. Hinter dem Verkaufsstand füllte Saskia Maiskörner nach. Es war die Ruhe vor dem Sturm. Wenige Minuten später stürmten die ersten Kinder lärmend herein. Einige blieben ehrfürchtig stehen. Die meisten jedoch rannten unbeeindruckt auf den Popcornstand zu. Während Goldberg zusah, wie Saskia die überwältigende Gier nach Zucker zu befriedigen versuchte, dachte Goldberg wehmütig an seine eigene Kindheit in Berlin. Die Welt hatte sich weitergedreht. Sie würde sich kontinuierlich verändern, bis die Menschen sich entweder selbst abgeschafft oder aber den Planeten vergiftet hatten.

»Was ist?«, flüsterte Magda, der seine wolkenverhangene Stimmung nicht verborgen blieb.

»Nichts. Ich bin nur ein bisschen melancholisch.«

Magda streichelte ihm über die Wange und wandte sich wieder den anderen zu. Mit halbem Ohr verfolgte er die Unterhaltung ihrer Gruppe, die sich über ihre eigenen Zirkusgeschichten austauschten. Goldbergs Gedanken wanderten zu Salvatore Puccini. Das Ergebnis des DNA-Abgleichs lag noch nicht vor. Was genau er zu beweisen versuchte, wusste er nicht. Es gab nichts. Keinen Mord, keine erkennbare Totschlagsabsicht. Nur einen Selbstmord und eine obdachlose Frau, die auf der Flucht vor irgendetwas zu sein schien. Nichts, das Ermittlungen rechtfertigte. Und doch ließ ihn diese Familie nicht los. Sie übte eine diffuse Anziehungskraft auf ihn aus. Er fühlte sich wie eine Motte, die wider besseres Wissen ins Licht flog, um am Ende verkohlt an der Glühbirne kleben zu bleiben. Auch wenn Salvatore Connys leiblicher Vater war, würde das nichts an den Tatsachen ändern. Er hatte sein Leben freiwillig beendet. Es gab nicht einen handfesten Beweis, dass es anders gewesen sein könnte. Hatte Conny Kontakt mit ihm aufgenommen? Und wussten die anderen von dem neuen Familienmitglied? War es möglich, dass Salvatore sich gerade deswegen das Leben genommen hatte? Konnte Conny ihm gedroht haben? Dass sie von der Lebensversicherung wusste, schloss Goldberg eher aus. Vermutlich hatte das pure Interesse an ihrer Herkunftsfamilie sie hierhergetrieben. Allerdings brachte ihn diese These nicht weiter. Den gestrigen Tag hatten sie alle mit der Aufnahme eines schweren Verkehrsunfalls und eines nächtlichen Einbruchs verbracht. Es war ein stressiger Tag gewesen, der keine Zeit für andere Dinge gelassen hatte. Erst recht nicht für eine Ermittlung, für die es streng genommen überhaupt keinen Anlass gab.

Der Tumult im Zelt wurde lauter. Auch die Erwachsenen hatten ihre Plätze eingenommen. Dann endlich wurden die Lichter gedimmt. Es folgte ein Blackout, in dem ein ohrenbetäubender Tusch erklang. Ein einzelner Scheinwerfer leuchtete auf und nahm den Eingang zur Manege ins Visier. Links und rechts standen zwei Männer in Schwarz. Der Vorhang öffnete sich und Guido erschien. Das kleine Mikrofon auf seiner Wange war kaum sichtbar. Er begrüßte die Zuschauer und versprach ihnen eine atemberaubende Vorstellung. Die Kinder klatschten. Ein zusätzlicher Scheinwerfer hüllte das Zelt in einen magischen Blauton. Die hellen Punkte strahlten vom Zeltdach. Goldberg vergaß die Gedanken an Conny und Salvatore.

Die Show begann mit Saskia, die mit unzähligen Hula-Hoop-Reifen die Manege betrat. Kunstvoll schwangen sie um ihre Hüften, Arme und Beine. Besonderen Applaus erhielt sie, als sie die Reifen elegant um ihren Hals kreisen ließ. Dann wurde es dunkler. Marcello trat in die Manege, einen brennenden Reifen in der Hand. Es wurde still. Selbst die Erwachsenen hielten für einen kurzen Moment den Atem an, als Saskia ihrem Enkel die Reifen übergab und durch die Öffnung des brennenden Exemplars stieg.

Goldbergs Blick wanderte zu seinen Freunden. Peter und Greta schienen hingerissen zu sein. Sogar Hauke sah aus, als würde er sich amüsieren. Obwohl er mehr zu Freija sah, als zu den Artisten. Magda strahlte. Sie bemerkte seinen Blick und drückte seine Hand. Saskia ließ den brennenden Reifen zuerst um ihre Hüften kreisen. Als sie ihn zum Hals führte, züngelten die Flammen gefährlich nah an ihren hochgesteckten Haaren. Unbeschadet nahm Saskia den Applaus entgegen.

Als Nächstes war Rocco an der Reihe. In einem schlichten Anzug trat er mit seiner schwangeren Frau in die Manege. Paola trug ein schwarzes Paillettenkleid. Rocco nahm ihr den ersten Stuhl ab, den sie ihm reichte und balancierte ihn auf seinem bloßen Kinn. Das Publikum klatschte. Nacheinander stapelte er immer mehr Stühle kunstvoll aufeinander. Es war beeindruckend, wie er es schaffte, am Ende sieben Stühle auf seinem Kinn zu balancieren. Der Applaus erfüllte das Zelt.

Vor der Pause waren die Ponys an der Reihe. Marcello wirkte in der Mange deutlich älter. Souverän führte er die Herde an, die mit bunten Federn geschmückt war. Bianco war ganz auf den Jungen fixiert, als würden sie schon ewig zusammenarbeiten. Erneut dachte Goldberg, dass er ein würdiger Nachfolger seines Großvaters werden würde.

Nach einem Blackout ging das Licht an. Die beiden Männer in den schwarzen Anzügen öffneten den Manegen-Eingang, und Guido forderte das Publikum auf, sich den Backstage-Bereich anzuschauen und einen exklusiven Einblick hinter die Kulissen zu gewinnen.

»Komm!«, sagte Magda.

»Nein, ich kenne das schon. Geht ihr ruhig.«

Die meisten Zuschauer nutzten die Gelegenheit. Carla hatte nun Beatrice um ihren Hals gelegt. Die Kinder blieben fasziniert stehen. Einige trauten sich, die grüne Pythonschlange anzufassen. Goldberg sah den anderen nach. Seine Gedanken wanderten zu Conny zurück. Sie hatten gestern mehrmals versucht, sie zu erreichen, ohne Erfolg. Heute Morgen hatte sie die Pension verlassen, um einen Ausflug zu machen, wie sie Bärbel mitgeteilt hatte. Wohin hatte sie nicht erwähnt. Auf Anrufe reagierte sie nicht. Er hatte noch eine Woche Zeit, um das Rätsel zu lösen. Falls sein Plan aufging, würde ihm niemand mehr etwas anhaben können. Eine Glocke ertönte und riss ihn aus den Gedanken. Die Pause war vorbei.

Die zweite Hälfte war wesentlich spektakulärer als die erste. Zuerst kamen die Ziegen dran. Der mächtige Ziegenbock balancierte mittig auf einer improvisierten Wippe, die aus einem breiten Brett und einem Fass bestand. Nacheinander führte Rocco den Rest der kleinen Herde nach oben. Erstaunlich, wie die Tiere das Gleichgewicht hielten. Im Anschluss kam die Clownsnummer. Der verletzte Esel Giuseppe war nicht dabei. Offenbar hatte er sich noch nicht erholt. Guido hatte den Platz seines Vaters auch hier eingenommen. Auf das weiße Make-up hatte er verzichtet.

Goldberg war darüber alles andere als traurig. Die riesige
rote Nase wirkte ohne die Schminke nur halb so gruselig.

Rocco warf gekonnt die Messer auf seine Mutter, die
gefesselt an der Drehscheibe hing. Während des Umbaus
trat Carla mit Beatrice an den Rand der Manege und ließ
die Kinder die Schlange streicheln. Der Höhepunkt sollte
Guidos Feuerschlucker-Nummer werden. Er hatte sich erneut umgezogen und betrat die Manege in einer gelben
Pumphose. Unter der knappen goldenen Weste sah man
seinen durchtrainierten Oberkörper. Carla überreichte
Marcello den Python und assistierte ihrem Ehemann. Auf
einem schmiedeeisernen Tischchen lagen die Fackeln und
einige Behälter, die Goldberg aus der Entfernung nicht
identifizieren konnte. Das Licht wurde gedimmt. Links
und rechts von Guido standen zwei halbhohe Säulen, auf
denen jeweils eine Fackel züngelte. Im Publikum wurde
es still. Guido trat an den Tisch. Er griff sich einen Becher
und füllte seinen Mund mit einer Flüssigkeit. Mit einer
unbenutzten Fackel schritt er zu einer der Feuersäulen.
Die Spannung der Zuschauer war fast körperlich zu spüren. Goldberg ertappte sich, dass auch er mit angezogenen
Schultern dasaß. Guido beugte ein Bein. Den Kopf nach
oben gestreckt, führte er die brennende Fackel zum Mund.
Gleich würde eine Fontäne aus Flammen erscheinen.
Guido atmete tief durch die Nase ein. Dann spitzte er seine
Lippen und öffnete sie. Die Flüssigkeit schoss aus seinem
Mund. Doch statt der erwarteten Fontaine, die weit in die
Luft emporsteigen sollte, loderte eine Stichflamme auf. Direkt vor Guidos Gesicht. Sie explodierte förmlich. Guido
ließ vor Schreck die Fackel fallen, doch das Feuer hatte
bereits sein Gesicht und seine Haare erreicht. Die Hände
vors Gesicht gepresst, ging er schreiend zu Boden. Die

brennende Fackel lag in der Manege. Die Holzspäne fingen sofort Feuer. Carla stürmte auf ihren Mann zu. Goldberg griff zitternd nach seinem Smartphone und wählte den Notruf. Peter, Freija und Hauke sprangen von ihren Sitzen auf. Magda hielt Greta im Arm.

»Kommst du klar?«, flüsterte Magda und sah ihn forschend an. Sie wusste, welche Erinnerungen das Feuer in ihm wachrief. Goldberg nickte.

Die beiden Frauen versuchten, die Panik der Zuschauer zu beschwichtigen. Die Eltern hielten ihren Kindern die Augen zu. Goldberg telefonierte mit der Leitstelle. Guidos Weste hatte Feuer gefangen. Rocco und die zwei schwarz gekleideten Mitarbeiter hatten bereits Feuerlöscher in der Hand und hinderten das Feuer auf dem Boden daran, sich auszubreiten. Saskia hatte ihrem Sohn eine Branddecke übergeworfen, um die Flammen zu ersticken. Guidos Schreie gingen Goldberg durch Mark und Bein. Die Bilder von Muriels Tod ließen sich nicht aufhalten. Goldberg beendete das Gespräch und riss sich zusammen. Der Tumult wurde immer größer. Alfred rannte auf ihn zu.

»Wir müssen die Leute nach draußen schaffen!«

Peter hatte einen Arm um Carla gelegt, die neben ihrem Mann hockte. Hauke und Freija konnten nichts weiter tun und kehrten zu Goldberg zurück. Zu fünft versuchten sie, die Menge einigermaßen geordnet ins Freie zu leiten. Goldberg konzentrierte sich auf die Zuschauer. Er drehte sich nicht zur Manege um. Er konnte es nicht mit ansehen. Nicht noch einmal.

16

Die angeforderten Kollegen nahmen die Aussagen der Zuschauer auf. Hauke hatte sie gleich nach ihrem Eintreffen instruiert. Die Flammen hatten sich zum Glück nicht ausgebreitet. Dem schnellen Eingreifen der Zirkusleute war es zu verdanken, dass das Feuer rasch gelöscht worden war. Manfred und seine Feuerwehrkameraden überwachten zur Sicherheit die Manege, damit Glutnester nicht erneut ausbrechen konnten. Als der Hubschrauber auf dem benachbarten Feld landete, waren bereits alle aus dem Zelt evakuiert. Gebannt starrten sie auf das Geschehen. Einige filmten mit ihren Smartphones. Hauke wies sie rüde zurecht. Peter führte die Rettungskräfte zu Guido. Es dauerte nur wenige Minuten, bis sie mit ihm auf der Trage aus dem Zelt traten. Rocco wich seinem Bruder nicht von der Seite. Sie eilten zum Helikopter.

Goldberg hätte gern mit dem Notarzt gesprochen, aber er konnte den Anblick der Verbrennungen nicht ertragen. Peter übernahm den Part. Magda legte ihm die Hand auf die Wange. Ihr zärtlicher Blick beruhigte ihn etwas.

»Ich liebe dich«, flüsterte sie.

Goldberg gab ihr einen Kuss auf den Mund. »Ich dich auch. Vergiss das nie.«

Sie lächelte. »Dito!«

»Ich muss. Wir sehen uns später.« Er gab ihr einen Stups auf die Nase und wandte sich dem Hubschrauber zu. Guido war inzwischen eingeladen. Wenige Sekunden später hob das Monstrum mit lautem Getöse ab. Goldberg duckte sich. Der Abwind der Rotorblätter erfasste ihn trotz der Entfernung. Er zog sein Sakko vor dem Oberkörper zusammen und rannte zurück zum Zelt. Neben ihm bretterte ein Wagen mit Rocco am Steuer über die Wiese. Vermutlich war er auf dem Weg ins Krankenhaus.

Carla kauerte auf der Manegen-Umrandung und starrte teilnahmslos ins Leere. Ein Rettungssanitäter kniete vor ihr und redete auf sie ein. Doch die junge Frau schüttelte nur den Kopf. Saskia hatte damit begonnen, die Requisiten einzusammeln. Ihr Gesicht wirkte wie versteinert. Keine der beiden Frauen weinte. Das musste nichts bedeuten. Sie mussten unter Schock stehen.

Es kostete Goldberg Überwindung, die Manege zu betreten. Der Geruch nach verbrannter Haut lag in der Luft. Goldberg musste gegen seine Übelkeit ankämpfen.

»Bitte fassen Sie nichts an«, sagte er sanft und berührte Saskia Hand, die gerade eine Fackel vom Tisch nehmen wollte. »Das überlassen Sie besser uns.«

Guidos Mutter sah ihn kurz an, dann zog sie ihre Hand weg. »Ich muss doch irgendetwas tun«, sagte sie verzweifelt.

»Sie können mir ein paar Fragen zu der Nummer Ihres Sohnes beantworten, sofern Sie sich dazu in der Lage sehen.«

Fast dankbar blickte sie auf. »Was wollen Sie wissen?«

»Wie funktioniert das genau?«

»Guido nimmt einen Schluck von dem Gemisch und pustet es gegen die brennende Fackel. Das Brandmittel zerstäubt sich und verbrennt. So entsteht die helle Flamme.«

»Was ist das für ein Gemisch?«

»Pyrofluid.«

»Woraus besteht es?«

»Die Basis ist gereinigtes Petroleum. Das Pyrofluid verwandelt sich in Sprühnebel und so entsteht ein Feuerball.«

»Woher hatte er es?«

»Er kauft es online. Ich müsste nachschauen, wie der Händler heißt.«

»War etwas anders als sonst?«

Saskias Blick wurde ernst. »Die Flamme war blau.« Ihre Stimme war nur noch ein Flüstern.

Goldberg runzelte die Stirn und sah sie fragend an.

»Petroleum verbrennt mit gelber Flamme. Viele Kollegen benutzen es, weil es effektvoller ist.«

»Und was heißt das?«

Statt zu antworten, drehte sich Saskia um und trat an den Tisch. Goldberg sah währenddessen kurz zu Carla. Der Rettungssanitäter war aufgestanden. Er fing den Blick des Kommissars ein und zuckte hilflos mit den Schultern. Goldberg nickte.

»Hier, riechen Sie mal«, nahm Saskia seine Aufmerksamkeit wieder in Anspruch.

»Ich rieche nichts.«

»Ebcn. Pyrofluid hat einen Eigengeruch. Das hier nicht. Also war das der Grund für den Unfall.«

»Sie glauben, dass jemand das Öl gegen eine andere Substanz ersetzt hat?«

Saskia verkniff sich Tränen. Sie wollte nicht weinen. »Hochprozentiger Alkohol ist fast geruchsneutral. Er ist nicht geeignet zum Feuerspucken. Guido wusstc das genau. Er hätte niemals Alkohol benutzt.«

»Könnte es sein, dass er sich vertan hat?«

Sie lachte bitter. »Nein, niemals. Aber selbst wenn, Rocco überprüft alles kurz vor der Vorstellung.«

Goldberg unterdrückte den Impuls, nach dem Verhältnis der beiden Brüder zu fragen. Wenn ihre Vermutung stimmte, musste jemand die Flüssigkeiten kurz vorher ausgetauscht haben. Und das konnte nur eine Person gewesen sein, die mit den Abläufen vertraut war. Eine fremde Person wäre dazu nicht in der Lage gewesen. Außerdem hätte sie es nach Roccos Kontrolle tun müssen. Das Zeitfenster wäre äußerst klein gewesen. Und Rocco selbst? Goldberg verwarf diesen Gedanken sofort wieder. Wäre er sonst dem Helikopter hinterhergerast?

Saskia blickte auf die Fackel, die am Boden lag. »Guido liebte das Spiel mit dem Feuer. Schon als Kind wollte er unbedingt die Nummer seines Onkels übernehmen.«

»Hätte Guido den fehlenden Geruch nicht bemerken müssen?«

»Während der Vorstellung ist er hoch konzentriert. Die Nummer ist gefährlich und fordert seine volle Aufmerksamkeit. Es ist eine Art Trance.« Ihre Gesichtszüge wurden hart.

Goldberg verstand das. In nur einer Woche hatte sie ihren Ehemann verloren und ihr Sohn war schwer verletzt, schwebte möglicherweise sogar in Lebensgefahr. Aber selbst wenn er überlebte, er würde vermutlich nie wieder derselbe sein.

»Wir werden alles unternehmen, um zu klären, wie es dazu kam. Das verspreche ich Ihnen.«

Sie antwortete nicht.

»Haben Sie einen Verdacht, wer so etwas getan haben könnte?«

Goldberg entging das winzige Zucken um ihre Mundwinkel nicht. Sie dachte offenbar an eine bestimmte Person. Irgendetwas ging in dieser Familie vor sich. Etwas, das sie ihm nicht sagen wollte oder sagen konnte.

»Wenn Sie uns etwas verheimlichen, können wir Ihnen nicht helfen.«

Saskia straffte sich. »Entschuldigen Sie, aber ich muss mich um Carla kümmern. Sie ist völlig mit den Nerven runter.«

»Bitte«, sagte er und reichte ihr seine Visitenkarte. »Wenn Sie reden möchten, rufen Sie mich an.«

Saskia nahm die Karte und steckte sie in die Rocktasche ihres Westernkostüms. Ohne ein weiteres Wort wandte sie sich ab. Sie hatte sich für Salvatore und damit für das Zirkusleben entschieden. Es war sicher nicht leicht gewesen, entbehrungsreich und nicht gerade konfliktarm. Hatte sie ihre Entscheidung jemals bereut? Sie hatte zwei Söhne geboren und damit den Fortbestand der Zirkustradition gewährleistet. Guido war zum Familienoberhaupt geworden und hatte Salvatores Platz eingenommen. Das, was heute geschehen war, veränderte alles.

Wie zuvor der Rettungssanitäter kniete Saskia sich vor ihre Schwiegertochter. Sanft streichelte sie Carla über die Wange. Goldberg zog sich derweil die Einweghandschuhe an, als Peter mit Hauke im Schlepptau die Manege betrat.

»Sie bringen ihn nach Boberg ins BG-Klinikum«, sagte Peter leise zu den beiden Frauen. »Die haben ein Zentrum für Schwerbrandverletzte.«

Saskia bedankte sich. Doch Carla sah nicht einmal auf. Ihr apathischer Blick war starr geradeaus gerichtet.

»Komm, ich bringe dich in den Wohnwagen«, sagte Saskia, erhob sich und zog ihre Schwiegertochter hoch.

»Die Verbrennungen sind heftig«, sagte Peter, als die beiden Frauen außer Hörweite waren.

»Wird er es überleben?«, fragte Goldberg.

»Der Notarzt sagte, er kommt durch, aber …« Peter brach ab.

Hauke verstand. »Und hier?« Er deutete auf Guidos Utensilien, die noch immer verstreut auf dem Tisch lagen.

»Die Kollegen sollen Proben von allen Substanzen nehmen. Die Fackeln sollen sie auch untersuchen«, sagte Goldberg.

»Du glaubst, es war kein Unfall?«, erkundigte sich Peter.

Goldberg fasste kurz zusammen, was Saskia ausgesagt hatte. »Sobald wir die Zusammensetzung der Flüssigkeit kennen, wissen wir, ob es ein Unfall war oder nicht.«

»Das wäre gruselig«, flüsterte Peter. »Aber wer kann das getan haben?«

»Auf jeden Fall jemand, der ihm nahesteht«, kommentierte Hauke leise.

»Angeblich checkt Rocco sämtliche Requisiten kurz vor dem Auftritt«, erklärte Goldberg.

»Also doch ein Bruderstreit um die Erbfolge?«, schlug Hauke vor.

»Das ist doch Quatsch. Der Zirkus steht und fällt mit der gesamten Familie. Das würde Rocco nicht wollen«, insistierte Peter.

»Es gibt jemanden, der dem Zirkus schaden will. So viel steht fest. Jetzt müssen wir nur noch herausfinden, wer das ist.«

17

Freija saß neben Magda auf der Eckbank und kraulte White Sock hinter dem Ohr. Dem alten Schwerenöter schien es zu gefallen. Hauke scheuchte den schwarzen Kater mit den weißen Pfoten von der Bank und nahm seinen Platz ein. »Wie geht es euch?«, fragte Hauke und küsste Freija.

»So langsam erholen wir uns von dem Schock«, erwiderte sie und streichelte Hauke über die Wange. »Ihr Armen. Es muss bestimmt schrecklich gewesen sein.«

Hauke nickte. Kaum hatten sich auch seine Kollegen zu ihnen gesetzt, kam Bärbel an den Tisch.

»Gott sei Dank ist euch nichts passiert«, sagte sie und gab Hauke einen Kuss auf die Stirn.

Widerwillig ließ er es geschehen. Verstohlen warf er seiner Freundin einen Blick zu. Sie lächelte schwach. Ganz so peinlich schien es also nicht zu sein.

»Die Nachricht hat sich schon wie ein Lauffeuer verbreitet«, sagte Hauke.

Peter schüttelte missbilligend den Kopf.

Hauke begriff seine unglückliche Wortwahl. »Entschuldigung, das war nicht so gemeint.«

»Wie geht es dem Mann?«, wollte Bärbel wissen.

»Sie haben ihn nach Boberg gebracht. Alles Weitere wird sich zeigen«, erwiderte Peter.

Die Frauen hatten nichts zu essen bestellt. Nach dem tragischen Ereignis war ihnen der Appetit gründlich vergangen. Doch Bärbel bestand darauf und brachte ihnen die Speisekarten. Wenn sich seine Mutter etwas in den Kopf gesetzt hatte, konnte sie sehr hartnäckig sein. Hauke entschied sich für das Roastbeef und Freija für den Matjes mit Bratkartoffeln.

»Und vorweg kriegt ihr alle einen Schnaps auf den Schrecken.« Bärbel ging zum Tresen zurück, wo Kenan Gläser spülte.

Hauke hielt Freijas Hand. Er blickte zu Philip. Sein Chef sah blass aus. Ihn schien es am schwersten getroffen zu haben.

»War es ein Unfall?«, fragte Greta leise in die Runde und sprach den Gedanken aller aus.

»Das wissen wir nicht«, erwiderte Peter. »Die Spurensicherung hat Proben von sämtlichen Requisiten entnommen. Kollege Weidenbach hat seine Zuständigkeit erklärt. Damit sind wir raus.«

»Glaubt ihr, jemand hat versucht, ihn umzubringen?«, fragte Freija erschrocken.

»Jemand muss die Flüssigkeiten ausgetauscht haben«, sagte Hauke leise. »Viel mehr wissen wir nicht.«

»Das ist ja schrecklich.«

Auch Magda sah besorgt aus. Sie schien genau zu wissen, dass dieser Unfall unliebsame Erinnerungen in Philip wachgerufen hatte. Bevor er nach Kophusen gekommen war, hatte er seine Stieftochter Muriel bei einem Autounfall verloren. Sie war im Auto verbrannt. Das war nichts, was man je vergessen konnte.

Bärbel stellte das Tablett mit den Schnapsgläsern ab. Selbst Philip griff zu. Sie tranken auf Guidos Gesundheit und stürzten den Korn hinunter. Der Schnaps brannte in Haukes Magen.

Freija schien es gewohnt zu sein, während Magda und Greta sich schüttelten.

»Habt ihr einen Verdacht?«, fragte Freija leise.

Sie wollten keine Aufmerksamkeit erregen, deshalb steckten sie die Köpfe verschwörerisch über dem Tisch zusammen. White Sock hatte sich neben Hauke auf die Bank gesetzt und fixierte sie, als wolle er keine Einzelheit verpassen. Er strich dem Kater sanft über den Kopf und wandte sich wieder der Runde zu.

»Wir haben keinen blassen Schimmer«, erwiderte er.

Es war die Wahrheit. Und hier im gut besetzten Gastraum würde er sowieso keine ermittlungsrelevanten Interna ausplaudern.

»Niemand von den Zuschauern hat etwas Ungewöhnliches bemerkt. Wer auch immer die Flüssigkeiten ausgetauscht hat, war sehr vorsichtig«, ergänzte Peter mit gedämpfter Stimme.

Magda ließ Philip nicht aus den Augen. Immer wieder warf sie ihm einen prüfenden Seitenblick zu. Ihre Hand lag auf der seinen.

»Wer waren eigentlich die beiden schwarz gekleideten Männer am Eingang zur Manege?«, fragte Greta. »Die sahen ziemlich verdächtig aus.«

»Das sind Cousins«, erklärte Peter. »Die kümmern sich um den Ablauf der Show.«

Haukes lautes Magenknurren durchbrach die konspirative Sitzung. Seine Mutter hatte recht. Nach dem Schock musste er unbedingt etwas essen. Er hatte sich schon den ganzen Tag auf das Roastbeef mit Rosis Rosmarin-Kartoffelspalten und der selbst gemachten Remoulade gefreut.

»Aber es muss doch jemand gewesen sein, der Zutritt zu den Requisiten hatte«, wandte Magda ein.

Philip nickte.

»Dann kommt doch nur jemand aus der Familie infrage, oder?« Offenbar waren die Jahre an Philips Seite nicht spurlos an Magda vorübergegangen. Sie stellte die richtigen Fragen.

Auf dem Weg hierher hatten sich die Beamten bereits den Kopf darüber zermartert. Peter hatte ihnen im Auto erzählt, dass die Lebensversicherung dem Zirkus zugutekam. Der Versicherungsmakler hatte sich am Vormittag bei ihm gemeldet. Zum Glück hatte das Philips Zweifel an Salvatores Selbstmord endgültig zerstreut. Allerdings warf es kein gutes Licht auf die Familie und legte die Vermutung nah, dass jemand Guido aus dem Weg räumen wollte, um an das Geld zu kommen. Hauke traute grundsätzlich jedem Menschen zu, ein Verbrechen zu begehen, und er schloss sich selbst davon keineswegs aus. Er konnte sich bei fast allen Puccinis vorstellen, die Flüssigkeiten ausgetauscht zu haben. Einhunderttausend war eine hübsche Summe, mit der man einiges anstellen konnte.

»Was ist eigentlich mit Conny? Hat die jemand von euch gesehen?«, fragte Peter.

Hauke stutzte. »Du glaubst doch nicht ernsthaft, dass sie etwas damit zu tun hat?«, sagte er. Hauke musste seine Lautstärke zügeln, um nicht aufzufallen. Doch seine Frage ging im Stimmengewirr der Gäste unter.

»Warum nicht?«, flüsterte Peter.

»Derjenige, der die Flüssigkeiten ausgetauscht hat, muss ein Profi sein. Das spricht doch für den Konkurrenten. Also ich wüsste jedenfalls nicht, was ich anstatt des Petroleumzeugs nehmen sollte«, wandte Hauke in gedämpftem Ton ein.

»Das kannst du im Internet nachlesen.«

»Ach ja? Du musst ja erst mal auf so eine Idee kommen. Außerdem, wie soll Conny unbemerkt in die Nähe der Behälter gelangt sein, ohne dass es die Puccinis mitgekriegt hätten?«

»Wir können sie doch einfach fragen«, sagte Peter und erhob sich.

Hauke wollte etwas einwenden, aber Peter war schon auf dem Weg zum Tresen, um sich nach Conny zu erkundigen.

»Diese Conny, ist das deine Schulfreundin?«, fragte Freija.

Hauke nickte etwas peinlich berührt. Er hoffte, seine Mutter würde Conny ein Alibi geben können, und gleichzeitig wollte er ein Zusammentreffen der beiden Frauen vermeiden. Warum, wusste er nicht so genau. Seine Schwärmerei für Conny lag schließlich Ewigkeiten zurück. Und er hatte ja nichts angestellt. So einer war Hauke nicht. Wenn er sich entschieden hatte, war er treu wie ein Schwan. Er hielt die Luft an, als Peter zurück an den Tisch kam.

»Sie ist weg. Seit heute Morgen schon.« Sein Kollege setzte sich wieder.

Hauke ließ die Luft entweichen. Conny hatte garantiert nichts damit zu tun. Sie würde schon wieder auftauchen.

»Wenn das nicht verdächtig ist«, raunte Peter.

»Salvatore hat sich selbst getötet. Aber das, was heute während der Vorstellung geschehen ist, das war ein Attentat.« Philip sprach leise, sodass sie ihre Köpfe enger zusammenstecken mussten, um ihn zu verstehen. »Hauke hat nicht ganz unrecht. Das müssen Profis gewesen sein.

Damit rückt auch der konkurrierende Circus Aurelius in den Fokus. Hauke und ich werden dem einen Besuch abstatten. Peter, weißt du, ob die am Montag eine Vorstellung geben?«

Peter zückte sein Smartphone und entsperrte den Bildschirm. »Ja, um 15:00 Uhr.«

»Gut.«

»Was? Echt jetzt?« Hauke blickte entsetzt zu Freija, die verständnisvoll mit den Achseln zuckte.

»Du hast doch gerade die Konkurrenz ins Spiel gebracht«, betonte sein Chef.

»Ja, schon, aber ich habe nicht gesagt, dass ich da hinfahren will.«

»Das hatte ich impliziert.«

»Du solltest da nicht so viel hineininterpretieren. Du weißt doch, ich quatsche Unmengen an Unsinn, wenn der Tag lang ist.«

»Arbeit geht vor«, wandte Freija ein.

»Hör auf sie«, erwiderte Philip und setzte ein Lächeln auf. »Sie ist klüger als du.«

Für einen Augenblick löste das gemeinsame Lachen die Anspannung am Tisch.

»Ja, ja, ihr habt gut lachen«, erwiderte Hauke gespielt entrüstet. »Ich bin nur der dumme Bulle, der mehr Glück als Verstand hat.«

Freija küsste ihn auf die Wange. »Stimmt doch. Aber ich liebe dich trotzdem!«

Ihre Ausgelassenheit hielt nicht lange an. Das würde kein unbeschwerter Abend werden. Wie auch? Das Thema ließ sie nicht los. Angesichts der heutigen Ereignisse musste Hauke zugeben, dass seine Kollegen recht behalten hatten. Seine ganze Aufmerksamkeit hatte Freijas

Besuch gegolten, aber den Anschlag auf Guido konnte er
nicht abtun. Er verstand schon, warum Connys Verhalten
verdächtig erschien. Und ihr plötzliches Verschwinden
sprach nicht gerade für sie. Aber Conny war doch keine
Mörderin auf Rachefeldzug. Das hier war schließlich kein
Tarantino-Film.

»Wir sollten hier nicht über Dienstliches sprechen«,
sagte Peter.

Hauke nickte. White Sock stupste ihn gegen den Unter-
arm.

»Ist ja gut«, sagte er und strich ihm über den Kopf. Ein
Schnurren erklang. Es war kaum zu hören, aber Hauke
spürte den kleinen Körper vibrieren.

Bärbel servierte die Getränke. Hauke konnte es kaum
erwarten, einen großen Schluck von dem Bier zu trinken.

»Auf den Schreck. Prost«, sagte er.

»Auf Guido«, ergänzte Peter und alle hoben ihre Gläser,
bevor sie tranken.

Hauke leerte sein Bierglas in einem Zug zur Hälfte.
Freija tat es ihm gleich. Sie war eine leidenschaftliche Bier-
trinkerin, das gefiel Hauke. Sie hatten viel gemeinsam. Obwohl das auf den ersten Blick ganz anders aussah.

»Es muss schrecklich für seine Frau und seine Mutter
sein«, sagte Greta in die Runde. Das Thema ließ keinen
von ihnen los.

»Für die Eltern ist es immer am schlimmsten«, stimmte
Philip zu.

Betretene Stille setzte ein. Sie alle wussten, dass er aus
Erfahrung sprach.

»Hoffentlich wird er es überleben«, brach Greta das
Schweigen.

»Davon dürfen wir laut Notarzt ausgehen«, sagte Peter.

»Wie es allerdings mit dem Zirkus weitergehen wird, bleibt abzuwarten.«

Peter hatte recht. Die Verletzungen würden ihn vielleicht für immer entstellen.

18

Vorsichtig lenkte Goldberg seinen roten Saab 900i Cabrio über den Parkplatz an den Malzmüllerwiesen in Itzehoe. Der Wagen war sein ganzer Stolz. Er interessierte sich nicht für Autos, aber dieses Modell hatte es ihm angetan. Mit dem Umzug nach Kophusen hatte er ein Auto gebraucht. Da der Ausbau des öffentlichen Nahverkehrs auf dem Land ein Wunschtraum blieb, hatte er sich schließlich zum Kauf durchgerungen.

»Die Konkurrenz schläft nicht«, kommentierte Hauke angesichts der vielen parkenden Autos.

Goldberg nickte. Offenbar waren Zirkusse gerade wieder stark im Kommen. Der Anschlag auf Guidos Leben hatte Goldberg den ganzen Sonntag über keine Ruhe gelassen. Er hatte Magda schon vor Wochen versprochen, an dem freien Tag einen Ausflug ans Meer zu unternehmen. Mit Mühe hatte er sich überwinden können. Seine Grübelei hatte er immer wieder beiseitegeschoben. Als sie gestern Abend zurückgekommen waren, hatte er in der Pension vorbeigeschaut, doch Conny war noch immer nicht von ihrem Ausflug zurückgekehrt. Er machte sich Sorgen um sie. Telefonisch war sie nach wie vor nicht zu erreichen.

»Warum hast du Weidenbach nicht Bescheid gegeben, dass wir hier sind?«, fragte Hauke plötzlich, während er sich abschnallte.

Goldberg schaltete den Motor aus. »Ich soll ihn anrufen, weil ich mit einem Freund in den Zirkus gehe?«

»Sehr witzig.«

»Im Ernst. Ich möchte keine schlafenden Hunde wecken. Außerdem will ich mich nicht vollends blamieren, falls wir uns irren.«

»Das stört dich doch sonst auch nicht.«

Hauke hatte völlig recht. Goldberg war es egal, was die Kollegen über ihn und seine ungewöhnlichen Ermittlungsmethoden dachten. Er hatte sich nie darum geschert. Für seine Vorgesetzten hatte bisher immer seine Erfolgsquote im Vordergrund gestanden.

»Also, was ist los?« Hauke drehte sich auf dem Sitz und fixierte ihn.

Es fiel leicht, diesen Mann zu unterschätzen. Hauke beherrschte es, die Erwartungen an ihn möglichst niedrig zu halten. Sein wachsamer Verstand und auch sein weiches Herz erkannte man nur, wenn man genau hinschaute.

»Ich weiß nicht, wovon du redest«, sagte Goldberg und wusste, dass er seinen Kollegen mit dieser lahmen Beschwichtigung nicht abwimmeln würde.

»Wir kennen uns nun schon fast zehn Jahre. Glaubst du wirklich, ich lasse dich so leicht vom Haken? Du verheimlichst etwas. Da muss ich nicht Peter sein, um das zu erkennen. Was ist los? Hat Weidenbach etwas gegen dich in der Hand?«

Wie nah sein Freund der Wahrheit gekommen war, konnte er nicht ahnen. Es war eine Nebelkerze, die erstaunlich hell leuchtete. Goldberg musste schnell antworten. Je länger er zögerte, desto schwerer würde sich Haukes Misstrauen zerstreuen lassen.

»Ich werde nächste Woche nach Berlin fahren.«

»Wahrscheinlich nicht nur, um deine Mutter zu besuchen, habe ich recht?«

Goldberg nickte. »Ich werde diese alte Geschichte aus
der Welt schaffen. Aber bis dahin möchte ich kein un-
nötiges Aufsehen erregen. Weidenbach hat gute Kontakte
in die oberen Reihen und ist kein großer Fan von mir.«

»Hat er dir gegenüber etwas gesagt?«

»Das muss er gar nicht. Sein Blick reicht. Weidenbach
ist nicht besonders schwer zu durchschauen.«

»Warum sollte er so etwas tun? Auf deine Stelle ist er
bestimmt nicht scharf. Er orientiert sich nach oben und
nicht nach unten.«

»Du bist naiv. Informationen sind eine kostbare Wäh-
rung. Gerade für Menschen mit Ambitionen nach ganz
oben.«

Goldberg hatte in seiner Laufbahn einen entscheidenden
Punkt überschritten. Er würde es wieder tun, aber er hatte
sich den falschen Komplizen dafür ausgesucht. Seinen
beiden Kophusener Beamten gegenüber hatte er seinerzeit nur eine vage Andeutung gemacht. Er wollte sie nicht
in seine Geschichte hineinziehen. Wenn das rauskäme,
würde es ihn garantiert seinen Job kosten. Hauke und
Peter hatten das akzeptiert und nie wieder nachgefragt.
Das bedeutete jedoch nicht, dass es ihnen gleichgültig war.

»Wenn du Hilfe brauchst, du weißt, dass du nicht allein
bist.«

»Vielen Dank.«

»Und nach deinem Berlinbesuch ist die Sache wirklich
aus der Welt?«

»Das hoffe ich.«

»Du machst aber keine Dummheiten, oder?«

»Das kommt ganz darauf an, wie du das Wort

definierst.« Goldberg lächelte, um dem Gesagten eine gewisse Leichtigkeit zu verleihen. Doch er meinte das durchaus ernst. »Komm jetzt. Die warten sicher nicht auf uns.«

Vor dem Eingang trafen sie auf einen alten Bekannten. Der Tierschützer Thomas Schulz war dieses Mal wieder allein. Peter hatte nicht viel über ihn herausfinden können. Offenbar war er ein Einzelkämpfer, der nur hin und wieder ein paar Mitstreiter aktivieren konnte. Ihn hier zu sehen, wunderte den Kommissar nicht sonderlich. Sie nickten sich stumm zu. Goldberg wollte kein Aufheben von ihrem Besuch machen. Ihre Anwesenheit sollte inkognito bleiben.

»Der schon wieder«, kommentierte Hauke, als er den Mann erkannt hatte. »Der hat offenbar auch nichts anderes zu tun.«

»Er scheint harmlos zu sein.«

»Da wäre ich mir nicht so sicher. Er ist der Einzige, der ein echtes Motiv hätte, dem Zirkus zu schaden.«

»Den Zeugenaussagen nach hat er das Zelt am Samstag nicht betreten. Nicht einmal das Gelände.«

Immer wenn ihm die Argumente ausgingen, brummte Hauke etwas Unverständliches. Goldberg ignorierte es und betrachtete das Zelt. Es war größer als das der Puccinis, doch am Eingang begrüßte auch hier der Direktor das Publikum persönlich. Er war unschwer an seinem Kostüm zu erkennen. Neben ihm standen zwei junge Männer, die die Eintrittskarten kontrollierten. Beppo Aurelius verbeugte sich, den schwarzen Zylinder schwenkend. Sein Deutsch hatte einen starken italienischen Einschlag. Über die Echtheit konnte Goldberg nur spekulieren.

»Signori, benvenuti al Circo Aurelius«, flötete er. und klang dabei wie ein Tenor. »Treten Sie ein und lassen Sie sich verzaubern.«

Hauke warf dem Mann einen misstrauischen Blick zu. »Schmieriger Typ. Wenn der nicht über Leichen geht, wer dann?«, raunte Hauke, als sie das Zelt betraten.

»Nicht so voreilig.«

»Das sieht doch ein Blinder mit dem Krückstock, dass das bloß gespielt ist. Und dann dieses pseudo-italienische Gelaber.«

Goldberg sah sich um. Rechts surrte die Slush-Eis-Maschine und wirbelte die giftgrüne Flüssigkeit umher. Der Mais poppte auf und verströmte auch hier seinen süßlichen Duft. Die Kinder stürmten das Zelt und belegten zielsicher die vorderen Plätze Goldberg hatte ein Déjà-vu. Alles wie bei den Puccinis. Er ließ den Blick schweifen und blieb an den beiden Männern hängen, die sich am anderen Ende der Manege schon links und rechts vor dem Vorhang postiert hatten.

»Wie sollen wir etwas herauskriegen, wenn wir uns nicht zu erkennen geben?«, fragte Hauke.

»Wir gehen subtil vor. In der Pause kommen wir sicher mit einigen ins Gespräch.«

Sie setzten sich in die letzte Reihe. Inzwischen waren nicht nur die vorderen Plätze besetzt. Die Vorstellung war fast ausverkauft.

Die erste Hälfte des Programms war imposant, das musste Goldberg zugeben. Im direkten Vergleich zum Circus Puccini war es lebendiger und auch spannender. Viele der Nummern waren ähnlich und schienen doch um einiges spektakulärer zu sein. Statt der Ponys hatten sie Pferde, die allerlei Kunststücke vollführten. Als das Clown-Trio die Manege betrat, wandte Goldberg die Augen ab. Im Gegensatz zu ihm löste ihr Auftritt beim Publikum Lachsalven aus. Sie stolperten über ihre großen Füße, stießen sich gegenseitig die Finger in die Augen und bespritzten sich mit Wasser. Hauke prustete neben ihm. Eine laut knallende Konfettikanone bildete den effektvollen Abschluss der Nummer. Das Publikum klatschte frenetisch. Die Lichter flammten auf und Beppo lud die Gäste ein, sich während der Pause hinter den Kulissen umzuschauen, die Tiere zu besuchen und die Artisten zu bestaunen. Zwar kostete das einen Extra-Obolus, aber die meisten ließen sich nicht davon abhalten.

Die Polizisten erhoben sich von ihren Plätzen und schlenderten den Massen hinterher durch die Manege. Das gesamte Ensemble stand Spalier. Nachdem Goldberg schon die Eintrittskarten spendiert hatte, ließ sich Hauke jetzt nicht lumpen. Die Kinder strömten begeistert zu den Tieren. Vor den Gattern bewunderten sie die Pferde, Ziegen und Hunde. Zwei Männer standen mit großen Eimern bereit. Sie verteilten Obst- und Gemüseschnitze, mit denen die Kinder die Tiere füttern konnten. Goldberg und Hauke trennten sich. Während sein Kollege nach links zu den Pferden abbog, pirschte Goldberg sich an die beiden Männer heran.

»Darf ich auch?«, fragte Goldberg und setzte ein Lächeln auf.

»Klar.« Der größere reichte ihm den Eimer. Seine muskulösen Arme zeichneten sich unter dem schwarzen Langarmshirt ab. »Im Zirkus wird jeder wieder zum Kind.«

Goldberg griff nach einer Karotte. »Es war eine tolle Vorstellung bisher«, sagte er anerkennend.

»Dann warten Sie mal den Höhepunkt ab.«

»Und der wäre?«

»Der orientalische Feuermann und die messerwerfende Ehefrau.«

»Klingt großartig.«

Goldberg ließ ein paar Kindern den Vortritt, die sich an den Metallzaun pressten, um die Tiere mit ihren kleinen Händen zu berühren.

»Toll, dass es so etwas noch gibt. Ein Zirkus in der Stadt wird ja leider immer seltener.«

Die Männer nickten schweigend. Zu Goldbergs Bedauern waren sie nicht sehr gesprächig und hatten alle Hände voll damit zu tun, das Futter zu verteilen. Aus den beiden würde er nicht viel herauskriegen. Sein Blick fiel auf ein Mädchen von etwa zwölf Jahren, das offenbar ebenfalls zum Zirkus gehörte. Sie kniete neben einem weißen Spitz, den sie liebevoll streichelte. Der Kommissar schlenderte zu ihr hinüber. Wenn er etwas in Erfahrung bringen wollte, musste er sich beeilen.

»Wie heißt du?«

»Agata.«

»Ein schöner Name. Und dein Hund?«

Agatas Spitz hieß Mucki und war Teil der Hundenummer, mit der sie gleich nach der Pause auftreten würde. Ähnlich wie Marcello hatte sie die Liebe zum Zirkus mit der Muttermilch aufgesogen. Auf Goldbergs Frage, ob sie wegen des Herumreisens nicht gleichaltrige Schulfreundinnen vermisse, erwiderte sie, dass die Tiere ihre Freunde seien. Mit den meisten Mädchen in ihrem Alter könne sie ohnehin nichts anfangen. Die würden sich nur für Einhörner oder Make-up interessieren. Goldberg musste lächeln. Agata hatte früh gelernt, erwachsen zu werden und Verantwortung zu übernehmen. Er konnte sich gut vorstellen, dass sie mit den übrigen Kindern nicht viel gemeinsam hatte. Ihr Leben war vielleicht frei von Konventionen, aber genau diese waren es, die die meisten Menschen zusammenhielten.

»Ich bin eine Außenseiterin«, brachte sie es erstaunlich sachlich auf den Punkt.

»Dafür hast du eine große Familie. Ihr seid füreinander da, und von einem Leben mit so vielen Tieren können andere nur träumen.«

Sie nickte. »Ja, und es werden bald noch mehr.«

»Noch einen Spitz?«

»Nein.« Sie lachte. »Mein Opa kauft einen ganzen Zirkus. Wir kriegen Ponys und zwei Esel.«

Ihr Strahlen wischte ihr frühgewordenes Erwachsensein weg und ließ sie wie ein Kind ihres Alters wirken. Goldberg tastete sich behutsam vor.

»Esel, wie toll. Wann ist es denn so weit?«

»Im nächsten Sommer. Wir müssen sie erst trainieren.«

»Kommt das öfter vor?«

»Klar. Wir müssen den Menschen immer etwas Neues bieten. Sonst wird es langweilig.« Das Mädchen beugte sich verschwörerisch vor und flüsterte: »Wir kriegen sogar eine grüne Schlange.« Ihr Kichern rührte Goldberg. »Aber es ist ein Geheimnis. Mein Opa sagt, die Verträge sind noch nicht unterschrieben.«

»Ich schweige wie ein Grab. Versprochen!« Ihm wurde die unbeabsichtigte Doppeldeutigkeit bewusst. Ein klassischer Hauke, ging es ihm durch den Kopf, als ein Gong ertönte und ihr Gespräch abrupt unterbrach.

»Es geht weiter. Ich muss rein. Wir sind als Nächstes dran. Komm, Mucki!«

»Toi, toi, toi!«

Agata nahm den Hund auf den Arm und eilte los. Goldberg blickte ihr nach. Er wusste nicht recht, ob er das Mädchen wegen ihrer bedingungslosen Liebe zur familiären Tradition beneiden oder bedauern sollte. Unentschlossen kehrte er in das Zelt zurück. Hauke hatte weniger Glück mit seinen Gesprächspartnern gehabt und wartete bereits am Eingang auf ihn.

»Lass uns gehen«, sagte Goldberg. »Mehr werden wir hier nicht herausfinden.«

»Aber die Vorstellung ist doch noch gar nicht zu Ende«, warf Hauke ein.

Goldberg sah ihn an.

»Wir haben schließlich Eintritt bezahlt.«

»Wir?«

»Bitte, jetzt kommt die Feuernummer und die Clowns treten auch noch mal auf.«

»Hauke, wir sind hier nicht zum Vergnügen.«

»Du kannst einem aber auch jeden Spaß verderben. Dann komme ich eben mit Freija noch mal her.«

Widerwillig folgte Hauke ihm zum Parkplatz, während Goldberg von dem Gespräch mit Agata berichtete.

»Ich sage dir, Rocco und Guido wollten den Laden dichtmachen«, ereiferte sich Hauke. »Vielleicht haben die das sogar hinter Salvatores Rücken geplant. Als er davon erfuhr, hat er sich umgebracht, in der Hoffnung, dass seine Söhne den Zirkus mit dem Geld aus der Lebensversicherung weiterführen werden.«

Goldberg öffnete die Autotür und dachte über Haukes These nach. Wenn Agata die Wahrheit gesagt hatte, stand der Verkauf kurz bevor. Es gab sicher nicht viele Zirkusse, die eine grüne Schlange im Programm hatten. Wusste Carla davon, dass man ihr Beatrice wegnehmen würde?

Fädelte ihr Mann den Verkauf hinter ihrem Rücken ein? Oder war es allein Rocco, der das Familienvermächtnis abstoßen wollte? Jemand in diesem Reigen spielte mit gezinkten Karten und verscherbelte den Zirkus klammheimlich an die Konkurrenz. Sie mussten nur herausfinden, wer das Familienerbe mit Füßen trat.

19

Peter bedankte sich und legte den Hörer auf. Guido hatte den Vorfall zwar überlebt, doch es sah nicht gut aus. Aufgrund seiner schweren Verbrennungen hatten sie ihn noch am Samstag in ein künstliches Koma versetzt. Der Assistenzarzt, mit dem er gerade gesprochen hatte, hatte ihm erklärt, dass der Patient in den nächsten Tagen keinesfalls vernehmungsfähig sein würde.

Nachdem er sich mit Haferkeksen versorgt hatte, wählte Peter die Nummer des Kollegen Simon Bloch. Die Spurensicherung hatte Proben der Zirkusrequisiten genommen. Vielleicht gab es schon erste Ergebnisse. Zwar war er nicht der ermittelnde Beamte, aber sein Interesse an dem Fall aus Kophusen würde sicher auf Verständnis stoßen. Er hatte Glück. Peter wurde direkt zu Simon durchgestellt. Genaue Ergebnisse lagen zwar noch nicht vor, aber die Kollegen bestätigten Saskias Vermutung. Die Flüssigkeit war kein Pyrofluid.

»Weißt du schon, was es ist?«, fragte Peter neugierig.

»Die Lösung beinhaltet reinen Alkohol. Die restlichen Komponenten habe ich nicht ermitteln können, das übernehmen die Kollegen im Labor. Aber ich denke, ihr könnt davon ausgehen, dass es keine zufällige Verwechslung war. Es sei denn, der gute Mann ist Masochist und steht auf eine Typveränderung.«

»Wie meinst du das?«

»Verbrennungen im Gesicht passen zum verwegenen Image eines Feuerspuckers, findest du nicht?«

»Simon, das ist selbst für dich zu geschmacklos. Der Mann liegt im Koma«, mahnte Peter.

»Wenn du meinen Job hättest, wärst du nicht so zimperlich. Aber gut. Das, was euer Artist normalerweise benutzte, hat nichts mit dem Cocktail zu tun, der in dem Behälter vom Samstag gewesen ist. Das sind zwei völlig unterschiedliche Substanzen. Außerdem ist das Gemisch auf Basis von Alkohol eine denkbar schlechte Wahl.«

»Warum?«

»Alkohol hat einen niedrigen Flammpunkt. Es entzündet sich schneller und leichter als das Pyrofluid. Beim Verbrennen von Alkohol entsteht eine explosionsartige Stichflamme, die zurückschlagen kann. Das heißt, sie kann gegen die Sprühströmung Feuer fangen. Als Profi hat er das gewusst und sich für den Petroleumverschnitt entschieden. Es gibt keinen Grund, warum er dieses Zeug freiwillig verwenden würde. Es sei denn …«

»Ja, das sagtest du schon«, unterbrach Peter ihn. »Also, glaubst du an versuchten Mord?«

»Das ist euer Job.«

»Aber es muss jemand ausgetauscht haben, der sich damit auskennt, oder?«

»Abschließend kann man das erst nach der vollständigen Untersuchung sagen. Aber in jedem Fall muss man über Flamm- und Brennpunkte Bescheid wissen.«

Peter erschien es sehr unwahrscheinlich, dass sich jemand außerhalb des Zirkus mit diesen Dingen auskannte. Er notierte sich die Informationen. Dann beendeten sie das Gespräch. Mit einem frischen Kaffee kehrte er an den Schreibtisch zurück. Den Vorsatz, weniger Koffein zu sich zu nehmen, hatte er schon wieder aufgegeben. Während er in einer Ermittlung steckte, war es für ihn unmöglich. Er ließ Simons Informationen Revue passieren. Wer hätte ein Motiv gehabt, Guido zu ermorden? Ging es überhaupt um versuchten Mord oder konnte es doch ein Versehen gewesen sein? Unwahrscheinlich. Guido überließ nichts dem Zufall, wenn es um seine eigene Sicherheit ging. Außerdem überprüfte Rocco kurz vor der Vorstellung jedes einzelne Requisit. Hatte es Streit zwischen den Brüdern gegeben? Peter trank einen Schluck Kaffee. Ihm kam das Ganze seltsam vor. Eine so eingeschworene Gemeinschaft trachtete sich nicht gegenseitig nach dem Leben. Wenn man keine Lust mehr hatte, stieg man einfach aus, oder nicht?

Das Telefon klingelte. Rosi.

»Na, was kann ich für dich tun?«, fragte Peter ohne ein weiteres Wort der Begrüßung.

»Ich glaube, Conny kommt nicht mehr zurück«, erklärte Haukes Schwester schlicht.

»Was? Wieso?«

»Wir haben sie seit Samstagmorgen nicht mehr gesehen und sie reagiert weder auf unsere Nachrichten noch auf unsere Anrufe. Sie kann auch nicht mehr in ihrem Zimmer gewesen sein. Alles unverändert.«

»Ist irgendetwas passiert?«

»Nein, nicht dass ich wüsste.«

»Hatte sie Besuch?«

»Nein. Außer dem Typen, der nach ihr gefragt hat, war niemand da.« Sie schwieg kurz. »Gibt es Neuigkeiten, wie es passiert ist?«, erkundigte sie sich dann.

»Bis jetzt wissen wir nicht viel.« Auch wenn er Rosi sehr mochte und Haukes Familie praktisch als seine eigene betrachtete, musste er sich bedeckt halten. Nicht, dass er Rosi nicht traute, aber es gab klare Grenzen und Peter nahm seinen Beruf sehr ernst.

»Habt ihr schon einen Verdacht?«

»Rosi, du weißt ganz genau, dass …«

»Okay, aber ich habe überlegt, ob Conny etwas mit dem Unfall zu tun haben könnte.«

»Warum?«

»Na ja, ihr Vater war doch bei der Berufsfeuerwehr, und Conny und ich waren zusammen in der Jugendfeuerwehr. Ich weiß, das ist lange her, aber es kommt mir irgendwie komisch vor.«

»Wie kommst du darauf?«, fragte Peter.

»Freija hat am Samstag so etwas erwähnt, als ihr hier wart. Conny soll irgendeine Verbindung zum Zirkus haben. Ich habe es nicht genau mitgekriegt, weil ich in die Küche zurückmusste. Aber jetzt ist sie schon zwei Nächte weggeblieben, ohne sich von uns zu verabschieden. Das ist doch seltsam. Bärbel hat sie geradezu hofiert. Du kennst sie ja. Wenn die ein neues Projekt hat, hält sie nichts mehr auf.«

»Rosi, danke für deinen Hinweis. Wir werden dem nachgehen.«

Als sie aufgelegt hatten, schob Peter sich nachdenklich einen Haferkeks in den Mund. Er verzog das Gesicht. Die waren nicht mehr die frischesten. Morgen würde er beim Demeter-Hofladen in Horst vorbeifahren und neue kaufen. Er machte sich eine Notiz in seinem Smartphone. In letzter Zeit kam es öfter vor, dass er Sachen vergaß, die er sich nicht aufgeschrieben hatte. Seitdem führte er eine digitale Einkaufsliste. Peter legte das Gerät zur Seite. Seine Erinnerungen an Familie Kappe waren vage. Daran, dass Connys Vater sich von Berufs wegen mit Feuer ausgekannt hatte, hatte er nicht gedacht. Ebenso wenig daran, dass

Conny in der Jugendfeuerwehr Mitglied gewesen war. Die Kophusener Wehr hatte keine Nachwuchssorgen. Manfred hatte eine ambitionierte Jugendwartin gefunden, die fleißig die Werbetrommel rührte. Aber dass Conny sich heute noch an die Zusammensetzung von Brandbeschleunigern erinnerte, war vermutlich doch etwas weit hergeholt. Außerdem hatte sie niemand am Tatort gesehen. Und doch schloss Peter eine Verbindung nicht aus. Sollte Conny mit Salvatore Kontakt aufgenommen haben, war er möglicherweise nicht so begeistert vom plötzlichen Auftauchen der Tochter gewesen, wie Conny es sich erhofft hatte. Wenn Salvatore in diesem Fall die Familie über Connys Existenz aufgeklärt hatte, hatten die Puccinis vielleicht etwas mit ihrem Verschwinden zu tun. Oder aber sie hatte einfach die Nase voll von Kophusen gehabt. Jetzt, nach Salvatores Tod, gab es für sie keinen Grund mehr zu bleiben. Oder war sie in die Höhle im Waldstück zurückgekehrt, weil ihr Bärbels Fürsorge zu viel geworden war? Er mochte sie sehr, aber sie konnte auch gern mal übergriffig werden, wenn sie es zu gut meinte. Er rief Philip an. Auf dem Rückweg von Itzehoe sollten die Kollegen sicherheitshalber nachsehen. Nicht, dass sie sich am Ende dort versteckte, wo niemand sie vermutete.

Es war bereits halb fünf, als sie den Streifenwagen am Straßenrand abstellten. Hauke hing der Magen in den Kniekehlen. Sie hatten keine Zeit für ein Mittagessen bei Rosi gehabt. Ein knusprig gebackener halber Hahn mit Rosmarinkartoffeln flog vor seinem inneren Auge vorbei. Er ließ ihn ziehen. Freija würde heute Abend für sie kochen. Auch wenn ihre Kochkünste nicht seinem

Geschmack entsprachen, hatte er sich geschworen, jedes Gericht unvoreingenommen zu kosten. Ihre Frikadellen aus schwarzen Bohnen mit dem cremigen Süßkartoffelstampf waren trotz seiner Zweifel überraschend lecker gewesen. Bis dato hatte er noch nicht einmal gewusst, wie Süßkartoffeln aussahen. Durch ihre vielen Reisen probierte Freija sich ständig an neuen Gerichten aus, von denen Hauke noch nie etwas gehört hatte. Im Gegensatz zu ihm war sie immer offen für Neues. Wenn er mit ihr mithalten wollte, musste er wohl oder übel etwas beweglicher werden. Nicht körperlich, sondern im Kopf. Seine Trainingseinheiten hatte er vor ihrem Besuch bereits verdoppelt. Ihr schien es zu gefallen. Über mangelnde körperliche Ertüchtigung im Schlafzimmer konnte sie sich jedenfalls nicht beklagen …

»Was grinst du?« Philips Frage riss ihn aus seinen Erinnerungen an ihre gemeinschaftliche Dusche heute Morgen.

»Dreimal darfst du raten.«

»Warum frage ich überhaupt.« Philip schüttelte den Kopf.

»Neidisch?«, fragte Hauke.

Ohne zu antworten, stieg sein Chef aus. Hauke schwang sich aus dem Wagen und Philip verriegelte die Tür. Nach wenigen Minuten kam der Verschlag in Sichtweite. Als Hauke das Loch in dem provisorischen Dach sah, überfiel ihn ein ungutes Gefühl. Instinktiv beschleunigte er sein Tempo. Der Eingang zur Höhle war zerstört. Das Tuch lag zerrissen auf dem Waldboden.

»Scheiße!«, stieß er hervor und stürzte auf Conny zu, die reglos am Boden lag. Hauke drückte zwei Finger gegen ihre Halsschlagader. Kein Puls.

»Sie ist tot.« Er spürte den Stich, der sich tief in seine Eingeweide bohrte. Tränen schossen ihm in die Augen. »Verdammte Scheiße!«

»Es tut mir leid«, sagte Philip, der sich neben ihn kniete und ihm eine Hand auf die Schulter legte. »Soll ich Peter anrufen? Der kann übernehmen.«

Hauke kämpfte mit den Tränen. Er wollte nicht weinen. »Nein, ich ziehe das durch.«

»Das musst du nicht.«

Hauke nahm einen tiefen Atemzug. »Ich schaff' das schon«, sagte er gepresst und zwang sich, die Augen nicht abzuwenden. Conny lag auf dem Bauch. Auf den ersten Blick waren keine äußerlichen Verletzungen sichtbar. Kein Blut. Weder an ihrem Körper noch an ihrer Kleidung. Sie trug denselben abgewetzten Pullover wie bei ihrem ersten Treffen. Die Jeans steckte in Winterstiefeln. Obwohl es fast zwanzig Grad hatte.

»Ich rufe die Kollegen«, sagte Philip.

Hauke nickte und beugte sich über sie. Plötzlich schlug ihm ein unangenehmer Geruch in die Nase. Es roch nach faulen Eiern. Wo zum Teufel kam das her? Es dauerte nicht lange, bis er die Flecken auf ihrer Jeans zwischen den Schenkeln erblickte. Sie hatte sich eingenässt. Philip gab ihre Position durch und beendete sein Gespräch.

»Das riecht nach Schwefel.« In dem Moment, in dem Hauke es aussprach, kam es ihm unpassend vor. Es war doch völlig egal, ob Connys Urin nach Schwefel roch oder nicht. Sie war tot.

Hauke versuchte, sich zu konzentrieren. Er war Polizist und als solcher würde er ihren Tod betrachten. Connys Rucksack stand neben dem Beistelltisch, den sie vom Sperrmüll geholt hatte. Er erhob sich und zog sich

Einweghandschuhe über. Dann öffnete er den Reißverschluss. Obenauf lag ein Bündel Geldscheine. Hauke stutzte.

»Was ist?«, fragte Philip.

»Hier ist Geld drin«, erwiderte er.

Philip warf einen Blick in die Tasche.

»Was zum Teufel hat das alles zu bedeuten?«, fragte Hauke und schwor sich im selben Augenblick, ihren Tod aufzuklären. Er würde herausfinden, was ihr zugestoßen war. Das war er ihr schuldig.

20

»Warum hatte sie dreitausend Euro bei sich?«, fragte Peter. »Und weshalb ist sie zu ihrem Unterschlupf zurückgekehrt? Hatte sie das Geld dort versteckt?« Er saß an seinem Schreibtisch, vor ihm das aufgeschlagene Dossier.

Goldberg hatte Weidenbach und seinen Kollegen den Fundort überlassen müssen. Nach zwei Stunden hatten sie sich verabschiedet und waren zur Station gefahren.

Dort saß Hauke auf seiner Schreibtischkante und wippte ungeduldig mit den Füßen.

»Einen Raubüberfall können wir ausschließen. Es ist ziemlich unwahrscheinlich, dass ihr jemand in der abgelegenen Höhle aufgelauert hat. Es sei denn, Trautchen ist unter die Kriminellen gegangen und ist ihr gefolgt«, sagt Hauke.

»Habt ihr Susi gefunden?«, fragte Peter.

Goldberg schüttelte den Kopf.

»Wo kann sie sein?«

»Keine Ahnung«, erwiderte Hauke geknickt.

Sie schwiegen. Connys Tod hatte sie alle kalt erwischt. Goldberg machte sich Vorwürfe, dass sie nicht längst nach ihr gesucht hatten. Aber es hatte keine Anzeichen gegeben, dass sie in Gefahr schwebte.

»Was ist denn bloß passiert?«, fragte Hauke. Sein Tonfall verriet, dass auch er sich Vorwürfe machte.

»Wir müssen Brunos Bericht abwarten«, sagte Goldberg sanft. Er saß auf dem Tresen.

»Vielleicht hatte sie einen Herzinfarkt«, schlug Peter vor.

»Aber dann wäre Susi bei ihr sitzen geblieben, oder nicht?«, fragte Hauke.

»Vielleicht ist sie in heller Panik davongelaufen«, warf Peter ein.

»Das halte ich für unwahrscheinlich. Sie war doch total auf ihr Frauchen fixiert.«

»Hauke hat recht«, stimmte Goldberg ihm zu. »Wir müssen in alle Richtungen denken. Es könnte sein, dass Conny keines natürlichen Todes gestorben ist.«

»Wir müssen rausfinden, wer der Mann war, der sich am Donnerstag in der Pension nach ihr erkundigt hat. Und wer waren die Personen, die Trautchen am Dienstagabend am Unterschlupf gesehen hat?«, fragte Peter. »Wenn die Puccinis von ihr gewusst haben, haben die vielleicht nach ihr gesucht?«

»Ich gebe ja zu, dass die plötzliche Existenz einer Halbschwester etwas überraschend sein kann, aber warum sollten sie sie töten wollen?«, fragte Hauke.

»Weil sie Angst um ihr Erbe hatten?«, wandte Peter ein.

»Du meinst die Lebensversicherung?«

Peter nickte.

»Aber die geht an den Zirkus. Außerdem hat Salvatore den Familienbetrieb Guido und Rocco vermacht. Was also sollte Conny damit zu schaffen haben? Ihren Pflichtteil einfordern? Vom Erlös des Hauses hatte sie doch genug eigenes Geld. Da würde ich eher auf ihren Ehemann tippen. Der profitiert von ihrem Tod, und er schien auffällig gefasst, dafür, dass er gerade von seiner Frau verlassen wurde«, warf Hauke ein.

»Stimmt. Außerdem wäre da noch dieser Eddie«, sagte er und machte eine bedeutungsschwangere Pause.

»Bist du da weitergekommen?«, erkundigte sich Hauke.

»Ich habe mit den Hamburger Kollegen telefoniert. Es gibt tatsächlich eine Person, auf die die Beschreibung passen könnte. Eddie Klüver. Er wohnt auf dem Kiez und macht regelmäßig Ärger. Mehrfache Anzeigen wegen Körperverletzung verliefen bisher im Sand. Er hat einen guten Anwalt. Falls Conny sich tatsächlich mit ihm eingelassen haben sollte, müssen wir ihn unbedingt auf die Liste der Verdächtigen setzen.«

»Ich glaube kaum, dass dieser Mann Conny nach Kophusen verfolgt hat. Wie sollte er davon erfahren haben?«, meldete sich Goldberg zu Wort.

»Vielleicht wollte sie sich mit ihm treffen, um ihre Schulden zu bezahlen?«, schlug Hauke vor. »Das würde die Barabhebungen von ihrem Konto erklären. Und das Geld in ihrer Tasche.«

Goldberg schüttelte den Kopf. »Warum sollte sie ihren Peiniger nach Kophusen lotsen, wo sie Zuflucht gefunden hatte? Weshalb fährt sie mit dem Geld nicht nach Hamburg und zahlt ihn dort aus?«

»Was ist, wenn er sie doch in Kophusen gesucht und gefunden hat? Haben wir ein Foto von ihm, das wir meiner Mutter zeigen können? Vielleicht war er es, der nach ihr gefragt hat?«, mutmaßte Hauke.

»Wenn sie Eddie ausbezahlt hat, warum sollte er sie töten und das Geld liegen lassen?«, fragte Goldberg.

»Wir wissen nicht, in welcher Beziehung sie wirklich zu ihm gestanden hat«, warf Hauke ein. »Vielleicht war er ja mehr als ihr Zuhälter und sauer, dass sie ihm den Laufpass gegeben hat.«

»Das stimmt«, pflichtete ihm Peter bei. »Wir wissen zu wenig über Connys Vergangenheit, um Eddie von vornherein ausschließen zu können. Vorausgesetzt, es war Mord.«

Hauke schnaubte leise, ließ es jedoch auf sich beruhen. Goldberg sah auf die Uhr. Es war kurz nach sieben. Von Bruno würden sie vor morgen früh sicher nichts hören. Weidenbach hatte sie dieses Mal nicht um Amtshilfe ersucht. Sie würden sich zurückhalten müssen.

»Hätte ich bloß besser aufgepasst auf sie«, entfuhr es Hauke leise. »Warum bin ich nicht einfach mal zum Unterschlupf gefahren?«

Peter stand auf und drückte seinen Freund an sich. »Du trägst keine Schuld. Geh' nach Hause zu Freija und lenk' dich ab. Im Moment gibt es nichts, das wir tun könnten.«

Für einen kurzen Augenblick ließ Hauke den Tröstungsversuch zu und erwiderte Peters Geste. Dann löste er sich aus der Umarmung.

»Wir müssen denjenigen finden, der das getan hat.«

»Darauf gebe ich dir mein Wort!«

Hauke sah zu Goldberg, der sich Peters Versprechen anschloss.

Hauke griff seine Dienstmütze vom Haken und verabschiedete sich mit einem Kopfnicken. Die Glastür fiel ins Schloss.

Seufzend setzte Peter sich zurück an seinen Schreibtisch.

»Wenn Conny nur nach Kophusen gekommen ist, um ihren Vater zu treffen, warum betreibt sie den Aufwand, eine Hütte im Wäldchen zu bauen?«, sinnierte Goldberg.

»Vielleicht hatten sich die beiden angenähert, und sie wollte in seiner Nähe sein.«

»Und jetzt sind beide tot.«

Peter nickte stumm. Das Motiv für Salvatores Selbstmord war Goldberg noch immer nicht ganz klar. Hatte jemand indirekt Druck auf ihn ausgeübt oder hatte das Auftauchen von Conny den Freitod ausgelöst? Bei einer Sache war er sich allerdings sicher: Die Familie Puccini hatte ein Geheimnis. Zwei Tote innerhalb einer Woche und einen mutmaßlichen Anschlag auf ein weiteres Familienmitglied. Bei dieser Bilanz konnte es unmöglich mit rechten Dingen zugegangen sein.

»Hast du eine Theorie?«, fragte Peter.

»Mit Salvatores Tod wird die Lebensversicherung ausbezahlt. Selbst wenn sie keiner Person zugutekommt, geht das Geld an den Zirkus und damit profitieren alle davon. Einhunderttausend Euro sind kein Pappenstiel. Wegen so einer Summe kann man sich schon mal streiten.«

Bisher hatten sie nur an die Summe gedacht, überlegte Goldberg. Aber Connys Auftauchen könnte die Kräfteverhältnisse innerhalb der Familie verändert haben.

»Möglicherweise geht es gar nicht um das Geld«, sprach Goldberg seinen plötzlichen Gedanken laut aus.

Peter stutzte. »Um was dann?«

»Eifersucht. Connys Erscheinen könnte alte Wunden aufgerissen haben.«

»Du meinst, Conny hat mit ihrer Suche nach ihrem Vater in ein Wespennest gestochen?«

Goldberg nickte. »Ja, und hat ungewollt die Königin aufgeschreckt.«

21

Der Gedanke hatte ihnen keine Ruhe gelassen. Sie hatten kurzerhand beschlossen, den Puccinis einen Besuch abzustatten. Goldberg saß auf dem Beifahrersitz des Streifenwagens und blickte zum Seitenfenster hinaus. Die Dämmerung hatte eingesetzt. Das Motiv musste innerhalb der Familie zu finden sein, da war er sich sicher. Der Zirkus war keine Goldgrube, die sich Beppo Aurelius um jeden Preis unter den Nagel reißen wollte. Selbst wenn er von der Lebensversicherung gewusst haben sollte, was Goldberg eher unwahrscheinlich fand. Es sei denn, Aurelius hatte innerhalb der Familie einen Verbündeten im Kampf um die feindliche Übernahme. Oder eine Verbündete. Eine Person, die die Liebe zum Zirkus nur vortäuschte und ein doppeltes Spiel trieb. Das hätte die Kräfteverhältnisse definitiv verändert. Oder steckten sie alle miteinander unter einer Decke? War Salvatore der Einzige, der den Zirkus nicht hatte verkaufen wollen? Aber wieso der Anschlag auf Guido?

»Was denkst du?«, fragte Peter.

»Wer aus der Familie hat ein Interesse daran, Guido zu verletzen oder seinen Tod in Kauf zu nehmen? Es passt nicht zusammen.«

Peter nickte zustimmend, während er auf Carstensens Feld abbog. Oberhalb der Tiergehege stellte er den Streifenwagen ab und sie stiegen aus. Es war unerwartet still. Als wäre die Zeit stehen geblieben und würde auf Guidos Rückkehr warten. Selbst die Tiere schienen zu trauern. Schweigend steuerten sie Alfred an, der dabei war, das Gehege der Ziegen auszumisten. Sie begrüßten sich mit einem knappen Nicken.

»Gibt es etwas Neues von Guido?«, fragte Alfred.

Peter schüttelte den Kopf. »Sie haben ihn in ein künstliches Koma versetzt. Es sei denn, du weißt mehr?«

»Nein. Hier herrscht eine eisige Stille. Alle laufen wie Falschgeld herum. Es ist schrecklich. Carla ist leichenblass.«

»Erinnerst du dich an Cornelia Kappe?«, fragte Goldberg.

»Na klar. Sie ist damals von zu Hause weg. Die Eltern waren völlig aufgelöst.«

»Sie ist letzte Woche in Kophusen aufgetaucht«, sagte Peter.

»Ach? Hier habe ich sie nicht gesehen. Aber selbst wenn, ich hätte die bestimmt gar nicht mehr erkannt.«

»Sie ist tot im Wäldchen aufgefunden worden. Ob sie gewaltsam zu Tode kam, wissen wir noch nicht«, sagte Goldberg leise.

»O mein Gott.« Alfred blickte sie erschrocken an.

»Hast du vielleicht ihren Hund gesehen? Einen weißen Terrier?«, wollte Peter wissen.

Alfred schüttelte den Kopf. »Ihr glaubt, dass ihr Tod mit den Zirkusleuten in Zusammenhang steht?«

»Bisher haben wir keine belastbaren Hinweise«, lenkte Goldberg ein.

Peter fasste in kurzen Sätzen zusammen, was sie wussten. Viel war es nicht und für Goldbergs Geschmack eindeutig zu spekulativ.

»Wisst ihr schon etwas über die Todesursache?«, fragte ihr Ex-Kollege. »Könnte es Selbstmord gewesen sein?«

Daran hatte der Kommissar auch schon gedacht. Aber zwei Selbstmorde in einer Woche? Vielleicht hatte jemand sie und Susi vergiftet. Aber warum hatte man den Hund mitgenommen und Conny liegen gelassen? Das ergab wenig Sinn. Sie stocherten im Nebel. Es war wie verhext.

»Wie gesagt, bisher tappen wir noch im Dunkeln«, erwiderte Peter.

»Verstehe. Aber wie passt Guidos Unfall in die Sache?«

»Es war kein Unfall. So, wie es aussieht, hat jemand die Flüssigkeiten absichtlich ausgetauscht«, flüsterte Peter.

»Da seid ihr in guter Gesellschaft. Saskia ist felsenfest davon überzeugt, dass man ihren Sohn ermorden wollte. Sie hat den ganzen Zirkus auf den Kopf gestellt und nach diesem Zeug gesucht, das in der Flasche war. Aber nichts gefunden.«

»Wie geht es Carla?«, fragte Goldberg.

»Die steht völlig unter Schock. Sie verlässt kaum noch ihren Wohnwagen. Ihren Mann will sie auch nicht in der Klinik besuchen. Ich sag's euch, das ist im Moment ein Geisterzirkus. Selbst die Tiere spüren, dass hier etwas nicht stimmt. Sie sind ganz unruhig.«

Fast jedes Familienmitglied hatte zusehen müssen, wie Guido beinahe bei lebendigem Leibe verbrannt wäre. Goldberg wusste genau, wie sie sich fühlen mussten. Das würde sich in ihr kollektives Gedächtnis einbrennen. Er verzog das Gesicht. Keine passende Wortwahl. Zum Glück hatte er es nicht laut ausgesprochen. Hastig schüttelte er den Gedanken ab.

Alfred beendete das Schweigen und versprach ihnen, seine Augen und Ohren offen zu halten. Die beiden

Beamten nickten und marschierten auf Salvatores Wohnwagen zu.

Peter räusperte sich. Sein Kollege fühlte sich nicht wohl
in seiner Haut, das spürte Goldberg. Peter war ein empa-
thischer und sensibler Mensch und mochte diesen Teil
der Ermittlungsarbeit nicht besonders. Aber Goldberg
konnte es ihm nicht ersparen. Er klopfte. Nach wenigen
Sekunden öffnete Saskia ihnen die Tür. Ihr Gesicht hellte
sich zaghaft auf. Sie bat die Beamten hinein und bot ihnen
an, auf der Eckbank Platz zu nehmen. Die Schiebetür zum
Schlafraum war geschlossen. Trotzdem tauchte das Bild
des toten Clowns vor Goldbergs innerem Auge auf.

»Möchten Sie einen Kaffee oder lieber etwas Stärkeres?«

Ihre brennende Zigarette verglomm im Aschenbecher,
der auf dem Küchentresen stand. Die Beamten lehnten
dankend ab, während Saskia sich einen klaren Schnaps
einschenkte. Goldberg hatte Verständnis für sie. Vor wenigen Tagen hatte sich ihr Mann im gemeinsamen Wohnwagen erschossen. Kurz darauf war ihr Sohn beinahe verbrannt.

»Wie geht es Guido?«, leitete Goldberg das Gespräch
ein.

»Unverändert, aber wenigstens ist er stabil. Haben Sie
herausbekommen, wer diesen feigen Anschlag verübt
hat?«

»Die Kollegen der Kriminalpolizei haben den Fall übernommen«, erklärte Goldberg.

»Ja, die waren schon hier. Aber der Jungspund macht
keinen besonders hellen Eindruck.«

Goldberg verkniff sich eine Bemerkung über Weidenbach. Saskia war eine kluge Frau.

»Es wird in alle Richtungen ermittelt. Bisher allerdings

ohne nennenswerten Erfolg. Offenbar hat niemand eine fremde Person bemerkt. Das legt die Vermutung nahe, dass …«

»Was soll das heißen? Dass jemand von uns ihn töten wollte?« Ihre Blicke durchbohrten ihn. Sie war eine Löwenmutter, die ihre Familie verteidigte, wenn nötig bis aufs Blut.

»Ich wollte damit lediglich sagen, falls jemand die Flüssigkeiten ausgetauscht haben sollte, muss es eine Person gewesen sein, deren Gesicht bekannt war und hier nicht auffiel.«

»Für die Familie lege ich meine Hand ins Feuer.« Sie bemerkte ihren unglücklich gewählten Vergleich und lachte bitter. »Es wird nie wieder so sein wie vorher. Dieser Anschlag hat alles verändert.« Sie goss sich ein weiteres Glas ein und kippte den Inhalt in einem Zug hinunter.

»Kennen Sie eine Cornelia Kappe?«, fragte Goldberg und ließ Saskia nicht aus den Augen. Er sah, wie sie sich fast verschluckte. Doch sie bekam sich rasch wieder in den Griff.

»Glauben Sie ihr etwa diesen Quatsch?«

»Was meinen Sie?«

»Dass sie die Tochter meines Mannes ist? Das hat sie Ihnen ja sicher erzählt, oder nicht?«

»Haben Sie mit ihr gesprochen?«

»Nein, zum Glück nicht. Ich hätte sie aus meinem Zirkus gejagt. Salvi hat es mir erzählt.«

Goldberg verfluchte seine Vorsicht. Aus Angst, Weidenbach in die Quere zu kommen, war er seinem Instinkt nicht gefolgt. Er hätte die Puccinis schon viel eher mit Cornelia konfrontieren sollen. Vielleicht würde sie dann noch leben. »Wann war das genau?«

»Letzte Woche Freitag. Sie hat ihn besucht, als ich nicht da war. Ich habe Besorgungen gemacht. Sie hat ihm aufgelauert und ihm diesen Floh ins Ohr gesetzt.«

»Sie glauben ihr nicht?«

Sie lachte laut auf. »Sie hat ihm ihre Geburtsurkunde gezeigt.«

Goldberg fiel siedend heiß ein, dass er morgen Bruno wegen des DNA-Tests anrufen musste. »Wie lange waren Sie mit Ihrem Ehemann verheiratet?«

»Einundfünfzig Jahre und seitdem waren wir keinen Tag voneinander getrennt.«

»Cornelia Kappe ist ein Jahr vor Ihrer Eheschließung zur Welt gekommen.«

Ihre Augen verengten sich. »Was wollen Sie damit andeuten? Dass er mich vor unserer Hochzeit betrogen hat?«

»Was hat Ihr Mann dazu gesagt?«

»Nichts.«

»Hat Sie das nicht gestört?«

»Salvi war kein Mann vieler Worte.«

Goldberg bewunderte die Vehemenz, mit der sie ihren Ehemann in Schutz nahm und von seiner Unschuld überzeugt war. Allerdings schien es ihm ein wenig übertrieben.

»Kennen Sie Tanja Kleiber?«

»Nein. Sollte ich?«

»Sie ist Frau Kappes leibliche Mutter.«

Saskia stieß verächtlich den Atem aus und griff nach ihrer Zigarette, die inzwischen verglimmt war. Sie warf sie zurück in den Aschenbecher und zündete sich eine neue an. Goldberg kam sich vor wie in einem dieser Schwarz-Weiß-Filme aus den Fünfzigern. Die alternde, rauchende Diva und der Detektiv, der sie überführen wollte.

»Sie halten es für Zufall, dass Ihr Mann sich nur wenige Tage nach dem Besuch seiner mutmaßlichen Tochter das Leben nahm?«

Sie sog den Rauch ein und fixierte ihn.

»Frau Puccini, warum hat Ihr Mann Suizid begangen?«

»Diese Frau hatte ihn völlig durcheinandergebracht. Er war nicht mehr derselbe. Außerdem hatte er höllische Knieschmerzen. Er konnte den Gedanken nicht ertragen, nicht länger in der Manege aufzutreten.« Saskia schenkte sich noch ein Glas ein und stürzte es hinunter. An Alkohol war sie definitiv gewöhnt. Sie stellte das Glas auf dem Tisch ab, als würde sie noch einen eingießen wollen, aber sie überlegte es sich anders.

»Und Ihr Sohn? War das auch Selbstmord?«

Saskia schossen plötzlich Tränen in die Augen. »Ich habe alles abgesucht, aber nichts gefunden. Wir können uns nicht erklären, wer die Flüssigkeit ausgetauscht haben könnte.«

»Frau Puccini, haben Sie Angst?«

Ihre Augen verengten sich. »Ich habe vor nichts und niemandem Angst, Herr Goldberg. Ich habe mich mein Leben lang durchgebissen, wir hatten es nie leicht. Selbst als der Zirkus noch ein florierendes Geschäft war. Und das ist lange her, das können Sie mir glauben.«

Die Tränen strömten. Mit einer ruckartigen Bewegung wischte sie sich über die Wangen. Im Gegensatz zum Alkohol war sie nicht an Tränen gewöhnt oder aber sie hatte sich das Weinen über die Jahre abgewöhnt. Der Überlebenskampf hatte sie hart gemacht. Goldberg spürte ihre Verbitterung. Saskia fühlte sich ungerecht behandelt, vielleicht war sie sogar der Ansicht, dass sie bestraft werde. Eine ungesunde Kombination, aber

Goldberg konnte es ihr nicht ersparen, wenn er sie zum Reden bringen wollte.

»Sie hatten die Wahl. Sie hätten gehen können. Niemand konnte Sie zwingen, beim Zirkus zu bleiben.«

»Sie haben keine Ahnung. Das ist eine Verpflichtung auf Lebenszeit.«

»Die Sie sich selbst ausgesucht haben. Jeder ist seines eigenes Glückes Schmied.« Goldberg war kein Freund von Kalenderweisheiten, aber es funktionierte.

Sie sparte sich das erneute Einschenken des Glases und nahm stattdessen einen kräftigen Schluck aus der Flasche. »Ich hatte mich in ihn verliebt, und bevor ich es mir anders überlegen konnte, wurde ich schwanger. Früher hat man ein Kind nicht allein großgezogen. Ich habe es mir nicht ausgesucht. Ich musste bleiben. Meine Eltern hätten mich auf die Straße gesetzt, da war das Zirkusleben das kleinere Übel. Ich habe es gehasst. Tagein, tagaus. Geblieben bin ich nur für meine Söhne. Ich habe mein Leben auf einem drehenden Holzbrett verbracht, und jetzt bin ich zu alt, um noch etwas Neues anzufangen.«

Saskias Gesicht versteinerte. Sie stand vor den Scherben ihres Lebens. So jedenfalls schien sie es zu empfinden. Sie hätte sicher liebend gern den Zirkus verkauft.

»Wissen Sie von Beppo Aurelius' Kaufangebot?«

»Ich habe Salvi angefleht, es anzunehmen. Gebettelt habe ich. Doch er war stur wie seine Esel. Es war sein Lebenswerk, er hätte es nie übers Herz gebracht. Der Zirkus stand immer an erster Stelle. Die Tiere, seine Nachfolge und erst dann kam irgendwann ich. Wissen Sie, dass wir nie Urlaub gemacht haben? Außer drei Tage nach unserer Hochzeit, und die haben wir bei seiner Schwester in Bad Bramstedt verbracht.«

Ihre Zigarette war zwischen ihren Fingern verglimmt. Sie merkte es, warf den Stummel in den Aschenbecher und zündete sich eine neue an.

»Frau Puccini«, begann Goldberg sanft. »Was geht hier vor? Wer hat versucht, Ihrem Sohn zu schaden?«

»Fragen Sie doch die miese Schlampe. Meine angebliche Stieftochter.« Ihr Ton war schärfer geworden. Der Alkohol bahnte sich seinen Weg und benebelte ihre Sinne.

»Warum sollte sie das getan haben?«

»Rache, weil mein Salvi ihr nicht geglaubt hat?«

»Vielleicht hat er ihr ja geglaubt.«

Sie schwieg. Goldberg entging ihre Wortwahl nicht. Die Verwandlung vom lieblosen Ehemann zu ›mein Salvi‹ ging nahtlos ineinander über. Sie war eine Frau mit widersprüchlichen Gefühlen.

»Haben Sie sie gesehen?«

»Nein, aber sie ist die Einzige, die uns etwas Böses will.«

»Wirklich die Einzige?«

»Was wollen Sie damit sagen?«

»Sie ist tot.«

Saskia hielt mitten in der Bewegung inne. Sie schien überrascht.

»Tot?«, wiederholte sie mehr zu sich als zu den Beamten.

»Sie wissen nichts davon?«

Saskia schüttelte den Kopf. »Was könnte ich darüber wissen?«

Goldbergs Blick ruhte auf ihr. Er schwieg.

»Verdächtigen Sie etwa mich?«, fragte sie mit einem plötzlichen Lächeln.

»Ich sammle nur Fakten. Und Fakt ist, dass niemand Cornelia Kappe am Samstag im Zirkus gesehen hat. Außer

Ihrer Familie kam niemand an die Requisiten Ihres Sohnes. Es sei denn, Guido hat die Flüssigkeit selbst ausgetauscht.«

Ihr Grinsen erstarb augenblicklich. »Warum sollte er so
etwas tun? Er hat eine Frau und einen Sohn. Er liebt seine
Familie. Guido würde sie nie im Stich lassen. Genauso
wenig wie diesen Zirkus.«

Da hatte sie vermutlich sogar recht. Es sei denn, er hatte
es aus Liebe getan.

22

Carla saß im Vorzelt auf einem alten Campingstuhl. Rocco streckte gerade den Kopf durch die offene Wohnwagentür, als die beiden Beamten durch ein Räuspern auf sich aufmerksam machten. Den Wasserkocher in der Hand, bat er sie einzutreten. Carla nahm keine Notiz von ihnen. Die beiden Beamten folgten Rocco ins Innere des Wohnwagens. Er blieb am Herd der Einbauküche stehen, während die Beamten auf der Eckbank Platz nahmen, die der in Salvatores Wohnwagen bis auf die Flecken glich. Diese Ermittlung war eine Aneinanderreihung von Déjà-vus.

Rocco entschuldigte sich in gedämpfter Lautstärke für seine Schwägerin. Sein Blick kehrte unruhig zu Carla zurück, die noch immer regungslos im Vorzelt saß. Er berichtete, dass er sich um seine Schwägerin kümmere und sie nicht aus den Augen lasse. Selbst die Nächte verbrachte er auf der ausklappbaren Eckbank, auf der Peter und Goldberg jetzt saßen.

Während Rocco wortreich ausführte, dass sie alle unter Schock stünden und mehr denn je zusammenhalten müssten, schaute Goldberg sich unauffällig um. Die Wohnwagen schienen baugleich zu sein. Die braune, faltbare Schiebetür, die den Schlafraum abtrennte, stand offen und ließ die Sicht auf Beatrices Terrarium zu. Der Grüne Baumpython stach aus dem dunklen Wirrwarr aus Ästen und Blättern hervor. Er hatte sich um den größten Ast geschlängelt und schien zu dösen. Goldberg war es unbegreiflich, wie man mit einer Schlange in einem Zimmer schlafen konnte. Er wandte sich wieder Rocco zu.

»Meinen Sie nicht, es wäre besser, wenn Sie psychologischen Rat hinzuziehen?«, fragte Goldberg. »Ich kann Ihnen einen Polizeipsychologen kommen lassen.«

»Sie ist okay.« Rocco drehte sich nach dem Wasserkocher um. Goldbergs Blick fiel auf die Rückseite von Roccos kariertem Hemd, das ihm aus der Hose hing. Am unteren Ende fehlte ein kleines Stück. Offenbar war er irgendwo hängen geblieben.

»Ich denke nicht, dass sie okay ist«, mischte sich Peter ein. »Sie bewegt sich ja nicht einmal.«

»Ich weiß, es sieht schlimm aus. Das dauert ein zwei Tage und dann erwacht sie wieder.«

»Sie kennen das bereits?«, fragte Peter überrascht.

»Als sie ihren ersten Python verlor, war es genauso. Bernardo. Es ist Carlas Art zu trauern.«

»Sie vergleichen den Verlust einer Schlange mit dem möglichen Verlust ihres Ehemanns?«, fragte Peter, der sein Entsetzen nicht unterdrücken konnte.

Rocco schien zu überlegen. Er sah zum Fenster hinaus. »Ich dachte nur …« Er brach ab.

»Denken Sie bitte über unser Angebot nach«, bat Peter.

»Wie geht es *Ihnen*?«, fragte Goldberg.

»Ich muss mich beschäftigen, sonst drehe ich durch.« Er lachte verlegen.

»Können Sie uns sagen, was genau am Samstag passiert ist?«

Während Rocco zwei Becher aus den Oberschränken der altmodischen Küchenzeile nahm, berichtete er, wie sein Bruder und er die Show vorbereitet hatten. »Alles war wie immer. Guido ist sehr penibel mit seinen Requisiten. Hinter der Manege steht alles bereit, was wir für die Vorstellung brauchen, damit es beim Umbau schnell geht und nur in die Manege getragen werden muss.«

»Ihre Mutter sagte, Sie kontrollieren die Sachen?«

Er nickte. »Unser Vater hat es uns so beigebracht. Sämtliche Nummern werden gegengecheckt.«

»Wann genau?«

»Kurz vor der Show.«

»Das bedeutet, dass in der ersten Hälfte jemand die Gelegenheit genutzt haben muss, um die Flüssigkeiten auszutauschen?«

Rocco nickte.

»Und Sie haben niemanden gesehen, der nicht zum Team gehörte?«, fragte Peter vorsichtig.

»Nein.«

»Was ist mit der Pause?«, setzte Peter nach. »Die Zuschauenden gehen durch die Manege zu den Tieren. Bleibt in der Zeit jemand bei den Requisiten?«

»Unsere beiden Cousins haben ein Auge darauf, dass niemand sich am Equipment zu schaffen macht. Einige Kinder fassen gerne mal etwas an.«

»Und den beiden ist kein Unbefugter aufgefallen?«, fragte Peter.

Rocco schüttelte den Kopf. »Ich habe sie bestimmt hundertmal gefragt. Es ist zum Verzweifeln. Die Person muss unsichtbar gewesen sein.«

»Es sei denn, es war jemand von Ihnen«, sagte Goldberg.

Rocco drehte sich um. »Was wollen Sie damit sagen? Dass wir unser eigen Fleisch und Blut umbringen?«

Goldberg wusste, dass alle Puccinis sehr impulsiv waren

und einen Hang zur Dramatik besaßen, aber das klang in seinen Ohren geradezu martialisch.

»Ich will niemanden verdächtigen«, beschwichtige Goldberg. »Wir müssen allerdings sämtliche Möglichkeiten durchspielen.«

Rocco atmete ein und setzte zu einer vehementen Verteidigung an, doch Goldberg unterbrach ihn.

»Herr Puccini, Sie selbst sagen, dass niemand von Ihnen eine fremde Person bemerkt hat. Aber irgendjemand muss die Flüssigkeiten ausgetauscht haben. Es sei denn, Ihr Bruder hat es selbst getan.«

Er riss die Augen auf. Dann sah er zu Carla, die apathisch im Vorzelt hockte. »Nie im Leben!«, sagte er flüsternd. »Warum sollte er sich so etwas antun? Und noch dazu uns, seiner Familie!«

Das war eine berechtigte Frage. Auf den ersten Blick mochte es abwegig erscheinen. Warum sollte er sich selbst Verbrennungen zufügen, die er vielleicht nicht überleben würde? Die ihn aber in jedem Fall für immer zeichneten.

»Uns ist zu Ohren gekommen, dass Ihr Kollege Beppo Aurelius Interesse an Ihrem Zirkus hat. Stimmt das?«, wechselte Goldberg das Thema. Es wurde Zeit, die Karten auf den Tisch zu legen, bevor noch jemand zu Schaden kam.

Roccos Miene veränderte sich. »Woher wissen Sie davon?«

»Ihr Vater soll ihn vom Hof gejagt haben.«

»Mein Vater war ein stolzer Mann. Er hätte den Zirkus nie verkauft. Doch Aurelius ließ nicht locker. Er will ihn unbedingt.«

»Herr Puccini, ich möchte Ihnen nicht zu nahe treten.

Allerdings verstehe ich nicht, warum Aurelius' Interesse so groß ist.«

»Beppo und mein Vater kennen sich schon ihr halbes Leben lang. Beppo ist sehr ehrgeizig. Für ihn scheint es etwas Persönliches zu sein.«

Diese Familie war stolz und stur. Beide Eigenschaften grenzten naturgemäß sehr schnell an Dummheit.

»Mein Vater hätte sein Lebenswerk nie an diesen Halsabschneider verscherbelt. Er hat Beppo ins Gesicht gelacht, als er hier war.«

»Wann war das?«, wollte Goldberg wissen.

»Freitag letzte Woche. Beppo war der Meinung, ihm ein Angebot zu machen, das er nicht ausschlagen konnte. Aber einen Puccini kann man nicht kaufen.«

An demselben Tag, an dem Conny ihn besucht hatte. Nur zwei Tage vor Salvatores Tod, ging es Goldberg durch den Kopf. Hatte Beppo nachgeholfen, um den Verkauf ins Rollen zu bringen? Nein, dann hätte das neue Testament sicherlich anders gelautet.

»Waren Sie bei dem Gespräch dabei?«, erkundigte sich Goldberg.

»Nein. Aber Guido.«

»Warum durfte Ihr Bruder teilnehmen, und Sie nicht?«

»Er ist der Ältere von uns.«

»Und das hat Sie nicht geärgert?«

Das Wasser fing an zu brodeln. Der Kocher stellte sich automatisch ab. Rocco füllte die beiden Becher, in denen Teebeutel hingen. Er machte eine wegwischende Handbewegung.

»Der älteste Sohn übernimmt die Führung, das war schon immer so.«

»Umso verwunderlicher, dass Ihr Vater seinen Letzten Willen geändert hat. Hat Sie das nicht überrascht?«

»Es hat uns alle überrascht, aber wir haben es akzeptiert. Und nun, wo Guido …« Er brach ab. »Nun werde ich wohl die Leitung erst einmal übernehmen.« Rocco stellte den Kocher zurück.

»Sagt Ihnen der Name Cornelia Kappe etwas?«, fragte Goldberg.

»Nein, wer soll das sein?«, fragte er.

Rocco stand mit dem Rücken zu ihnen, doch ein kurzes Zucken seiner Schultern verriet, dass er nicht die Wahrheit sagte.

Goldberg und Peter wechselten einen Blick.

»Ihre Halbschwester. Mich wundert, dass Ihnen Ihr Vater nichts von ihr erzählt hat.«

»Ich habe keine Halbschwester«, erwiderte Rocco, der tat, als würde er eine chinesische Teezeremonie zubereiten, die seine ganze Aufmerksamkeit erforderte.

Goldberg ließ es für den Augenblick auf sich beruhen. Auch wenn Rocco log, wussten sie jetzt immerhin, dass Salvatore aus Connys Existenz kein Geheimnis gemacht hatte. Hatten sie auch gewusst, dass sie in einem Unterschlupf im Wäldchen neben dem Zirkusgelände hauste?

»Ich bringe Carla den Tee.«

Rocco verließ den Wohnwagen, ohne sie auch nur eines Blickes zu würdigen. Das Geheimnis jedes gelungenen Zaubertricks war die Ablenkung, kam es Goldberg in den Sinn. Wer versuchte, ihn vom eigentlichen Geschehen abzulenken? Was spielte sich vor seinen Augen ab, das er übersah?

Carla hatte schweigend und mit leerem Blick an ihrem Tee genippt. Auf Philips Fragen hatte sie nur einsilbig oder gar nicht geantwortet. Peter hatte eine Gänsehaut bekommen. Er war kurz versucht, Sohanraj herzubitten. Der Kophusener Yogi war sehr spirituell und besaß viel Einfühlungsvermögen. Bestimmt hätte er ihr helfen können. Doch Peter ließ es bleiben. Seiner Meinung nach brauchte sie dringend psychologische Hilfe, so wie es Philip vorgeschlagen hatte. Aber das war nicht seine Entscheidung.

»Die Familie ist ziemlich eigen, um es vorsichtig auszudrücken«, bemerkte Peter, als sie zum Streifenwagen zurückgingen.

»Sagt man das nicht allgemein Künstlern nach?«

»Ja, schon, aber das grenzt ja schon an Selbstzerstörung. Ich meine, die Frau hockt da in ihrem Vorzelt, völlig traumatisiert. Und ihrem Schwager fällt nichts anderes ein, als ihr eine Tasse Tee zu kochen und abzuwarten, weil er dieses Verhalten schon kennt. Und die Schwiegermutter kippt sich einen nach dem anderen hinter die Binde, als sei das das Normalste der Welt.«

»Irgendetwas übersehen wir. Aber was?«

»Wie meinst du das?«, fragte Peter, während er sich neben Goldberg auf dem Beifahrersitz anschnallte.

Philip blickte hinüber zum Zelt. »Es ist alles so verworren. Als würden sie uns absichtlich hinters Licht führen wollen, findest du nicht?«

»Aber warum sollten sie das tun?«

»Weil hinter diesem ganzen Theater der Kern verborgen liegt, den wir nicht finden sollen.«

»Und was soll das sein?«

»Ich habe keine Ahnung. Sie machen ihre Sache

verdammt gut, das muss ich ihnen lassen. Die geborenen Gaukler auf ihrem Thespiskarren.«

»Das traust du ihnen zu?«

»Es ist ihr Beruf, den Leuten eine Welt vorzutäuschen, vergiss das nicht. Sie sind geübt darin, Magie zu erzeugen und Nebelkerzen zu zünden.«

Eine Bewegung lenkte Peters Aufmerksamkeit ebenfalls nach draußen. Die Tür von Saskias Wohnwagen hatte sich geöffnet. Sie trat die Stufen hinunter und marschierte zum Zelt. Erstaunlich, wie sie die Balance hielt nach einer halben Flasche Schnaps. Er selbst wäre sicher nicht mehr in der Lage gewesen, geradeaus zu gehen. Sie drehte den Kopf und sah die Beamten in ihrem Streifenwagen sitzen. Saskia winkte ihnen zu und stolperte plötzlich über ihre eigenen Füße, fing ihre Bewegung gerade noch rechtzeitig ab. Danach setzte sie ihren Weg fort und verschwand im Zirkuszelt.

»Könnte Conny die Familie erpresst haben? Das würde das Geld in ihrem Rucksack erklären und auch, warum sie so sang- und klanglos abhauen wollte«, sprach Peter seinen Gedanken laut aus.

Philip startete den Motor und legte den Rückwärtsgang ein.

»Ein heimliches Treffen in ihrem Unterschlupf für die Geldübergabe? Möglich. Aber mit wem hat sie sich verabredet, und wie hat diese Person sie ermordet?«

Peter seufzte laut. Er konnte sich keinen der Puccinis als eiskalten Killer vorstellen. Ein Mord im Affekt höchstens. Möglicherweise war es bei der Geldübergabe zum Streit gekommen. Aber warum hatte Conny dann keine äußerlichen Verletzungen davongetragen? »Wir müssen auf Brunos Ergebnisse warten. Wenn wir wissen, wie sie gestorben ist, bringt uns das bestimmt einen gehörigen Schritt weiter.«

Philip drehte den Kopf nach hinten und lenkte den Wagen im Schritttempo über den Acker. Plötzlich erblickte Peter Rocco, der auf sie zurannte.

»Halt an!«

Philip stoppte den Wagen und sah zur Frontscheibe hinaus.

»Was er wohl will?«, fragte Peter.

Philip zuckte mit den Schultern und ließ das Seitenfenster herunter.

»Ich habe es mir anders überlegt.«

Die beiden Polizisten warfen sich einen kurzen Blick zu. Philip schaltete den Motor aus.

»Was meinen Sie?«, fragte der Kommissar.

»Es ist wegen Carla. Können Sie mir die Nummer des Psychologen geben? Vielleicht ist es doch richtig.«

Zum Glück wurde der Mann vernünftig. »Ich schreibe sie Ihnen auf«, antwortete Peter. Bevor er selbst aktiv werden konnte, kam Rocco ihm zuvor und reichte Philip einen Kugelschreiber und ein Stück Papier.

Peter griff nach seinem Diensttelefon und öffnete die Kontakte. Dann schrieb er die Nummer auf den Zettel. Bei den letzten Ziffern gab der Stift den Geist auf. Peter legte das Papier auf das Armaturenbrett, um fester aufdrücken zu können. Ohne Erfolg.

»Kein Problem. Ich habe auch einen«, sagte Peter und zog den Schreiber aus der Seitentasche seiner Uniform.

Philip befreite ihn von dem kaputten Kugelschreiber. »Ist das Ihrer?«

»Ja«, erwiderte Rocco. »Ich habe ihn wohl lange nicht benutzt.«

Peter ergänzte die fehlenden Ziffern und reichte den Zettel durchs Fenster zurück. »Das ist eine gute Entscheidung. Der Kollege ist kompetent und kann Ihrer Schwägerin sicher helfen.«

»Danke.«

»Wir müssen jetzt los«, sagte Philip und startete den Motor.

Peter winkte zum Abschied. Philip betätigte den elektrischen Fensterheber. Rocco schien noch etwas sagen zu wollen, doch sein Chef schoss bereits rückwärts das Feld hinunter.

»Warum hast du es plötzlich so eilig?«

Philip warf Peter einen vielsagenden Blick zu. »Um das Beweismaterial zu sichern.«

23

Hauke war ausnehmend gut gelaunt. Nach der vergangenen Nacht war das kein Wunder. Er und Freija hatten kaum geschlafen, und das lag nicht an seniler Bettflucht. Im Gegenteil. Pfeifend schloss er die Fahrertür seines ampelgrünen Jettas auf. Bevor er einstieg, drehte er sich um. Freija stand nackt am Fenster und winkte. Am liebsten hätte er auf dem Absatz kehrtgemacht und wäre zurück ins Haus geeilt, aber abgesehen davon, dass er zur Arbeit musste, hatte er keine Energie mehr. Seine dreiundfünfzig Jahre machten sich bemerkbar. Freija konnte sich nicht beschweren, fand er, aber er war heute Nacht kurz davor gewesen zu kapitulieren. Zum Glück war sie dann in seinen Armen eingeschlafen. Sie war sechs Jahre jünger als er. Nicht viel, aber eben doch. Er warf ihr einen Handkuss zu und stieg ins Auto.

So könnte es immer sein, dachte er auf der Fahrt zur Polizeistation. Sie hatten noch nicht über ihre gemeinsame Zukunft gesprochen. Hauke wollte sie nicht überrumpeln. Außerdem hielt die Distanz ihre Beziehung frisch. Aber über kurz oder lang würde er sich wünschen, dass sie bei ihm einzog. In seiner Euphorie konnte er sich sogar vorstellen, irgendwo in Dänemark mit ihr zu leben. Allerdings würde er dort nicht als Polizist arbeiten können. Also musste er sich das wohl für den Ruhestand aufheben. Er fragte sich, ob sie jemals zu ihm nach Kophusen ziehen würde. Münster war eine schöne Stadt, aber für Hauke viel zu groß. Er war und blieb ein Landei, und er hoffte, dass das nicht irgendwann zwischen ihnen stehen würde.

Als Hauke in die Straße einbog, sah er Philips Saab in der Auffahrt der Station stehen. Er blickte auf die Uhr und bemerkte, dass er spät dran war. Hauke parkte hinter dem Saab und stieg aus. Der Streifenwagen fehlte.

»Guten Morgen«, rief er fröhlich, als er die Glastür aufschloss. Doch der Raum war zu seiner Überraschung leer. Der Platz an der Garderobe, an dem normalerweise Peters Dienstmütze hing, war verwaist. Hauke drückte Philips Bürotür auf. Keiner da. Was war passiert? Hatten sie einen Einsatz und waren so rücksichtsvoll gewesen, ihm nicht Bescheid zu geben? Hauke zuckte mit den Achseln und hängte seine Dienstmütze auf. Dann schlenderte er in die kleine Pantryküche, um die Kaffeemaschine in Gang zu bringen. Zu seiner Verwunderung war die Kanne voll. Vorsichtig berührte er das Glas. Kalt. Vermutlich stammte der Kaffee von gestern. Peter leerte sie doch jeden Abend aus. Oder spätestens gleich morgens. Waren seine Kollegen etwa noch gar nicht hier gewesen? Aber warum stand dann Philips Saab vor der Station? Und wer war mit dem Streifenwagen unterwegs? Hauke befüllte die Kaffeemaschine neu, drückte den Schalter und ging zu seinem Schreibtisch. Als er den Rechner gerade hochgefahren hatte, klingelte das Telefon.

»Polizeistation Kophusen, Polizeiobermeister Thomsen.«

»Hauke, wie geht es dir, mein Freund? Ich habe gehört, deine Liebste ist zu Besuch. Das wäre eigentlich ein Grund, die Landeshauptstadt zu verlassen und euch mal wieder zu beehren.«

»Mach das, Bruno. Freija würde sich freuen, einen echten Rechtsmediziner zu treffen. Sie ist ganz scharf auf True Crime Storys.«

»Ich sollte einen eigenen Podcast aufziehen. Allein mit den Fällen aus Kophusen hätte ich Stoff für die erste Staffel. Kommst du als Gast in meine Sendung?«, scherzte Bruno.

»Ich will keinen Ärger, außerdem bin ich nicht so der sympathische Typ. Da fragst du besser Peter. Die Leute würden ihn lieben.«

»Mit seinem norddeutschen Einschlag würde er die True-Crime-Fans im Sturm erobern.« Bruno lachte.

»Was gibt es?«, fragte Hauke.

»Ich habe erste Ergebnisse für euch. Zum Fall Kappe.«

Hauke straffte sich. Fall? Das konnte nichts Gutes bedeuten. »Na, dann schieß mal los.«

Bruno schien zu wissen, dass er und Conny Schulfreunde gewesen waren, deswegen unterließ er seine übliche Schnoddrigkeit und beschränkte sich taktvoll auf die Fakten. Connys Tod gebe ihm Rätsel auf. Entweder war sie erstickt oder aber an mangelnder Blutzufuhr gestorben. Die Spuren waren nicht eindeutig. An ihrem Oberkörper hatte er Abdrücke gefunden, die von ihrer Kleidung stammten. Allerdings konnte er sich nicht erklären, wie sie entstanden waren.

»Der zweite Punkt ist, dass ich in ihrem Blut eine Substanz nachgewiesen habe, die man gemeinhin als K.-o.-Tropfen bezeichnet. Es könnte sein, dass man sie damit ruhiggestellt hat. So sieht es nach jetzigem Kenntnisstand aus. Eine Haarprobe habe ich bereits genommen. Noch kann ich mir keinen Reim darauf machen.«

Es entstand eine Pause. Haukes berufliche Distanz war

mit einem Schlag wie weggewischt. »Hat sie leiden müssen?«, fragte er.

»Ich habe keine Abwehrspuren gefunden. Sie muss den oder die Täter gekannt haben oder aber sie hat sich die Tropfen selbst verabreicht. Das würde zu den anderen Ergebnissen passen, die ich gefunden habe.« Er machte eine Pause.

Hauke schloss die Augen für einen Moment und versuchte, sich zu beherrschen. Er atmete lautlos ein und wieder aus. »Und welche sind das?«

Brunos Zögern ließ Hauke sich für eine weitere Hiobsbotschaft wappnen. Der Rechtsmediziner räusperte sich leise.

»Sie hat sich eingenässt. Deswegen ist mir der Geruch nach Schwefel aufgefallen. Der Zustand ihrer inneren Organe passte zu meinem Verdacht. Ihre Leber und ihre Nieren waren bereits stark geschädigt. Die Ergebnisse legen nahe, dass sie über viele Jahre Alkohol und Drogen konsumiert hat. Ich weiß nicht, ob es dir ein Trost sein kann, aber ihre Werte waren katastrophal. Ich will damit sagen, dass sie aus ärztlicher Sicht nicht mehr lange gelebt hätte.«

»Was?«

»So weitreichende Schädigungen lassen sich auch nicht mit einem absoluten Alkohol- und Drogenentzug beheben. Jeder Arzt hätte ihr nur noch wenige Monate gegeben.«

»Scheiße«, entfuhr es Hauke geschockt. »Vielleicht wusste sie, wie es um sie steht, und ist deswegen zuruckgekommen. Zum Sterben.« Bei dem Gedanken schauderte ihm. Sie hatte sich eine Hütte im Wald gebaut, um in Frieden diese Welt zu verlassen, und er hatte sie bei seiner Mutter zwangseinquartiert. Ausgerechnet an dem

Ort, der am wenigsten friedlich war. »Glaubst du, sie hat es gewusst?«

»Schwer zu sagen, Hauke. Ich müsste das Blut auf spezielle Medikamentenrückstände untersuchen, aber das würde nichts ändern. Es tut mir sehr leid. Ich hätte dir das gern erspart.«

»Wann ist sie gestorben?«

»Ich vermute am Samstag zwischen zehn und dreizehn Uhr.«

Rosi hatte gesagt, dass sie sie am Samstagvormittag zuletzt gesehen hatten. Sie musste sich direkt von der Pension zum Unterschlupf begeben haben.

»Aber eines verstehe ich nicht. Ist sie nun gewaltsam zu Tode gekommen oder nicht?«

»Das finde ich noch heraus, das verspreche ich dir. Sobald ich die Spuren an ihrem Körper entschlüsselt habe.«

»Kann sie versucht haben, sich mit K.-o.-Tropfen umzubringen?«

»Das kann ich nicht ausschließen, allerdings wäre die Dosis viel zu gering gewesen. Außerdem wäre es eine ungewöhnliche Wahl, um sich selbst das Leben zu nehmen.«

Hauke schwieg.

»Es ist nicht der richtige Moment, das weiß ich, aber ich habe noch etwas für euch.«

»Scheiße, was denn noch?« Hauke bemerkte seinen Tonfall und entschuldigte sich sofort.

»Schon gut. In meinem Job darf ich das nicht persönlich nehmen. Ich habe das Ergebnis des DNA-Tests, um den Philip mich gebeten hat. Er ist positiv: Cornelia Kappe war das leibliche Kind des Toten.«

Hauke schnaubte leise. Er wusste nicht, was er dazu sagen sollte. Es waren zu viele Nachrichten auf einmal.

»Ich lass dich das in Ruhe verdauen. Wenn du noch Fragen hast oder reden willst, ruf an. Und sobald ich Neuigkeiten habe, melde ich mich bei euch. Halt den Kopf oben. Grüß die Kollegen von mir.«

Sie verabschiedeten sich und Hauke legte den Hörer auf. Er starrte auf den schwarzen Bildschirm vor sich. Was zum Teufel ging hier vor? Was war mit Conny passiert? Dieser verfluchte Zirkus! Er brauchte Bewegung. Obwohl der Kaffee noch nicht ganz durchgelaufen war, schenkte er sich seinen Becher voll. Es zischte, als der Kaffee auf die Heizplatte tropfte. Aber das war ihm egal.

Ob Conny deswegen nach Kophusen zurückgekehrt war? Hatte sie im Angesicht des Todes ihren leiblichen Vater kennenlernen wollen? Im Angesicht des Todes, das klang nach einem Scheiß-Groschenroman, dachte Hauke. Er musste sich beruhigen. Kurz war er versucht, Freija anzurufen, doch er verbot es sich. Er war viel zu aufgewühlt. Außerdem wollte er sie damit nicht auch noch belasten. Es war schon schlimm genug gewesen, dass sie Guidos grauenhaften Unfall hatte mit ansehen müssen.

Zu seiner Trauer kam die Enttäuschung, dass Conny nicht mehr Vertrauen zu ihm gehabt hatte. Oder hatte sie es doch nicht gewusst? Unwahrscheinlich.

Er eilte zum Schreibtisch und rief ihren Ehemann in Hamburg an. Er hoffte, dass die Kollegen ihn bereits über den Tod seiner Frau informiert hatten. Nach dem zweiten Klingeln nahm Kai Liebermann den Anruf auf seinem Smartphone entgegen. Es stellte sich heraus, dass er bereits Bescheid wusste. Seine Stimme klang belegt. Hauke sprach ihm sein Beileid aus. Es war ihm unangenehm, unter solchen Umständen nachzubohren, aber ihm brannte es unter den Nägeln.

»War Cornelia in ärztlicher Behandlung?«, fragte er.

»Ja, seitdem sie clean war, machte sie regelmäßige Check-ups.«

»Hat sie jemals über ihren gesundheitlichen Zustand mit Ihnen gesprochen?«

»Sie sagte, dass alles in Ordnung sei. Der Hausarzt war mit ihren Blutwerten sehr zufrieden.«

Liebermanns Stimme zitterte. Welcher Art ihre Beziehung auch immer gewesen sein mochte, ihr Tod schien ihm nahezugehen.

»Wissen Sie, wie sie gestorben ist?«, fragte er plötzlich.

Hauke räusperte sich. »Nein.« Das war nicht gelogen. »Aber glauben Sie mir, wir tun alles, um das herauszufinden.«

Zum Abschied versprach Liebermann, ihm Bescheid zu geben, wann die Beerdigung sein würde.

Ratlos blieb Hauke sitzen. Conny musste um ihren Zustand gewusst haben und hatte es ihrem Ehemann verschwiegen. Davon war er überzeugt. Die Diagnose musste etwas in ihr ausgelöst haben. Sie wollte herausfinden, wo sie herkam, bevor sie diese Welt verließ. Nach Salvatores Tod hatte sie vielleicht aufgegeben und sich entschieden, ihrem Leben ein Ende zu setzen. Oder jemand hatte nachgeholfen. Aber wer zum Teufel? Und wie? Und wo verdammt steckten seine Kollegen bloß? Wenn man sie mal wirklich brauchte, waren sie nicht da. Sofort schalt er sich für diesen Gedanken. Das war Quatsch. Er rief Peter an. Ohne Erfolg. Auch Philip ging nicht an sein neues Smartphone. Nicht mal eine Nachricht hatte er bekommen. Es war nicht ihre Art, sich einfach aus dem Staub zu machen. Vermutlich hatten sie gedacht, dass sie wieder zurücksein würden, bevor Hauke auf der Station war. Na, falsch gedacht. Sein privates Handy vibrierte. Es war eine Nachricht von Freija.

Ich gehe jetzt duschen und denke an dich.

Er grinste breit. Doch sofort dachte er wieder an Conny und sein Grinsen erstarb.

Du lenkst mich von meiner Arbeit ab, mein Schatz.

Hauke legte das Handy zur Seite, als eine Nachricht von Philip auf dem Diensthandy aufploppte.

Fahr zum Wäldchen und such nach Susi.

Wieso? Wo zum Teufel seid ihr?

Wenn wir Glück haben, hat sie einen Beweis.

Hauke runzelte die Stirn. Warum reagierten sie nicht auf seine Anrufe, sondern schrieben kryptische Nachrichten? Er tippte auf Philips Nummer. Wieder nichts. Doch kaum hatte er aufgelegt, erhielt er eine Antwort.

Wir sind beim Zirkus. Keine Zeit für Erklärungen.

Unschlüssig starrte er auf das Display. Was spielte sich denn dort bloß ab? Dann schaltete er die Kaffeemaschine aus und fuhr los.

24

Hauke stieg aus dem Wagen und sah sich um. Es war wirklich nur ein Wäldchen, doch das Gebüsch war zu dicht, um einen Überblick gewinnen zu können. Bei den ungewöhnlich hohen Temperaturen würde das Laub vielleicht erst in einem Monat fallen. Wie sollte er Susi finden? Und warum? Was bezweckte Philip damit? Er gab seine inneren Widerstände auf. Schließlich verschloss er seinen Wagen und stapfte durch das Unterholz in Richtung Höhle. Er musste an Conny denken. Es tat ihm leid, dass sie ihr Leben lang so gelitten hatte. Von all dem hatte er nichts geahnt. Im Laufe der Jahre hatte er oft an sie denken müssen. Zu den Klassentreffen war sie nie gekommen. Jetzt wusste er auch warum. Hauke spürte das schlechte Gewissen, dass er sich nie die Mühe gemacht hatte, mehr über sie in Erfahrung zu bringen. Dabei hätte ein kurzer Blick in die polizeiliche Datenbank genügt. Aber woher hätte er das wissen sollen?

Er war davon überzeugt, dass sie hierhergekommen war, um ihren Vater zu treffen. Im Angesicht des Todes, er schüttelte den Kopf. Was für eine dämliche Redewendung. Aber sie traf nun mal zu. Sie hatte gewusst, dass sie bald sterben würde. In diesem Wissen hatte sie ihren leiblichen Vater kennenlernen wollen. Das war nachvollziehbar.

Er erreichte den Unterschlupf und blieb davor stehen. Ihre letzte Ruhestätte, kam es ihm in den Sinn. Sie war in

Kophusen gestorben, in dem Ort, den sie vermutlich am meisten gehasst hatte. Doch hier hatte sie ihren leiblichen Vater getroffen. Das ließ ihn tatsächlich für einen kurzen Augenblick an Schicksal glauben.

Das Absperrband um die Höhle flatterte im Wind. Er hob es vorsichtig an und schlüpfte darunter durch. Alles war unverändert. Simon und Frank, die Kollegen von der Spurensicherung, hatten ganze Arbeit geleistet. Ob sie verwertbare Spuren gefunden hatten, wusste er nicht. Hauke wandte sich ab und trat wieder nach draußen. Vor dem Eingang blickte er sich nach allen Seiten um. Er lauschte. Wo sollte er anfangen? Die Kollegen hatten die nähere Umgebung bereits abgesucht. Falls Susi tatsächlich hier irgendwo lag, konnte das Stunden dauern. Er hätte gern gewusst, was Philip und Peter so Wichtiges im Zirkus zu tun hatten, dass sie ihm nicht bei der Suche helfen konnten. Wieso sollte er unbedingt den Hund finden? Und warum ging Philip davon aus, dass Susi getötet worden war? Was hatte der Hund mit Connys Tod zu tun? Wenn er bloß wüsste, was im Kopf seines Chefs vor sich ging. Philip und Peter waren gestern noch auf der Station geblieben, nachdem er Feierabend gemacht hatte. Vielleicht hatten sie einen Durchbruch erzielt, von dem er nichts wusste.

Missmutig stapfte er durch das Unterholz. Irgendetwas musste er ja tun. Morsche Zweige knackten unter seinen Füßen. Ziellos lief er umher. Seine Augen suchten den Boden ab. Falls die Hündin tatsächlich hier liegen sollte, würde sie mit ihrem weißen Fell auffallen. Hauke hatte zwar wenig Hoffnung, aber Philip war bekannt für seine ominösen Bauchgefühle. Es musste etwas an seiner Vermutung dran sein. Bisher hatte Philips Intuition sie nicht

getrogen. Und wenn diese Suche dazu beitrug, Connys
Tod aufzuklären, dann sollte es ihm recht sein.

Kreuz und quer strich er durch das Gelände. Als er das
Ende fast erreicht hatte, stoppte er. Ungefähr einen Meter
vor ihm lag sie. Der weiße Fleck stach auf dem braunen
Waldboden hervor. Mit wenigen Schritten näherte er sich
dem Kadaver. Ihm wurde übel.

»Verdammte Scheiße«, fluchte er und ging in die Knie.

Die Hündin hatte aus dem Bauch geblutet. Die Wunde
war groß. Ihr Maul stand offen. Unter ihrem Kopf lag ein
schmutziger Stofffetzen. Jemand hatte Susi getötet, davon
war Hauke überzeugt. Vermutlich hatte der Täter sie mit
einem Messer erwischt, doch Susi hatte mit dem Stofffetzen entkommen können. Dieses kleine Stück karierten
Stoffs war es, was Philip gesucht hatte. War sein Chef ge-
nial oder hatte er einfach mehr Glück als Verstand?

Mist, er hatte die Einweghandschuhe im Wagen vergessen. Er holte tief Luft. Vorsichtig hob er Susis Kopf an
und zog an dem Beweisstück. Seine Kollegen würden ihn
verfluchen, weil er es mit bloßen Fingern aufsammelte.
Aber darauf konnte er jetzt keine Rücksicht nehmen.
Außerdem besaßen sie seine Fingerabdrücke längst in
der Datenbank. Es war nicht das erste Mal, dass er einen
Tatort verunreinigte.

»Braves Kind«, sagte Hauke und streichelte der toten
Hündin sanft über den Kopf. »Dein Frauchen wäre stolz
auf dich.«

Es schien ein Stück von einem Oberhemd zu sein. Er
besah es sich von allen Seiten und schnupperte vorsichtig
daran. Hauke glaubte, eine schwache Note von Alkohol
riechen zu können. Hatte man Conny damit betäubt?
Dieser dreckige Fetzen würde sie geradewegs zum Täter

führen. In Ermangelung eines Plastikbeutels verstaute er ihn vorsichtig in der Hosentasche. Er hob Susi vom Boden auf. Bevor er die Stelle später nicht wiederfinden würde, nahm er sie lieber mit. Er würde die Hündin später bei sich im Garten begraben, das hätte Conny sicher gefallen. Die Tränen verkniff er sich. Dafür war jetzt keine Zeit.

Als er das Ende des Waldstücks erreicht hatte, blieb er im Schutz des Dickichts stehen. Das Zirkuszelt stand in voller Pracht vor ihm. Die Fahne oben auf der Kuppel wehte im leichten Wind. Es sah friedlich und verheißungsvoll aus. Hauke verzog das Gesicht zu einer Grimasse. Von wegen. Irgendjemand von denen hatte Conny auf dem Gewissen. Diese Scheißfamilie!

In seiner Wut entschloss er sich, noch nicht zur Station zurückzufahren. Er legte Susi an einem Baumstumpf ab. Die Stelle war leicht zu merken. Dann rannte er los. Das Feld war uneben. Er gab sich alle Mühe, nicht zu stolpern. Es waren nur rund hundert Meter. Sein Atem brannte in der Lunge. Dieses verfluchte Rauchen, zum Glück hatte er es endlich geschafft, damit aufzuhören. Er schob den überflüssigen Gedanken beiseite. Mit was man sich in den unpassendsten Momenten beschäftigte, war kaum zu fassen. Und auch diesen Gedanken wimmelte er rasch ab. Er musste sich konzentrieren.

Völlig außer Atem erreichte er die Wohnwagengruppe. Hauke verlangsamte das Tempo. Niemand war zu sehen. Er eilte zum Zelt und schlug die Plane zur Seite. Nichts. Sein Atem beruhigte sich. Hauke widerstand dem Impuls, seine Dienstwaffe zu ziehen. Stattdessen rannte er quer durch den leeren Zuschauerraum, durch die Manege und schlüpfte vorsichtig wieder hinaus. Abrupt blieb er stehen. Der Anblick, der sich ihm bot, überraschte ihn. Er schaute geradewegs auf eine Menschentraube, die sich um das Gatter versammelt hatte. Was zum Teufel war da los? Als er sich näherte, spürte er die Trauer, die sie umgab, noch bevor er ihre Gesichter ausmachen konnte. Er drängte sich neben Saskia, die am Rand stand. In dem Gehege zeigte sich ein herzzerreißendes Bild. Susi war nicht das einzige Tier, das es erwischt hatte.

25

Hauke fing Peters Blick auf und löste sich vom Gatter. Sein Kollege wischte sich die Tränen aus dem Gesicht. Hauke musste zugeben, dass der Anblick von Marcello, der im Gehege kniete und bitterlich weinte, auch an ihm nicht spurlos vorüberging. Giuseppes Kopf lag in seinem Schoß. Der Esel atmete nur flach. Zum Glück war Jan Holthusen bei ihnen.

»Was zum Teufel ist hier los?«, flüsterte Hauke.

»Giuseppe ist verletzt.«

»Das sehe ich selbst. Was macht ihr hier?«

»Saskia hat heute früh bei Philip angerufen. Sie hat den Esel so aufgefunden.«

Holthusen kniete neben dem verletzten Esel und war gerade dabei, einen Verband anzulegen. Rocco saß neben seinem schluchzenden Netten und hielt ihn fest im Arm. Karacho war indessen seinem Kumpel die ganze Zeit über nicht von der Seite gewichen. Den Kopf an den von Giuseppe geschmiegt. Hauke wandte den Blick ab. Das war ja kaum zu ertragen.

»Was ist mit ihm passiert?«, fragte Hauke.

»Jan tippt auf einen Messerstich.«

»Was?«

»Ja, mehr wissen wir auch nicht.«

»Wo ist Philip?«

»Der telefoniert da drüben mit Bruno.«

Hauke folgte Peters Blick. Philip stand etwas abseits.

»Komm«, flüsterte Hauke und zog Peter am Ärmel zu ihrem Chef, der das Gespräch gerade beendet hatte.

»Hast du Susi gefunden?«, wollte Philip wissen.

Statt einer Antwort zog Hauke den Stofffetzen, den er bei Susi gefunden hatte, aus der Tasche. »Hier. Das hast du Hellseher wahrscheinlich gesucht, oder?«

»Sehr gute Arbeit. Danke.« Philip nahm ihm den Stofffetzen ab.

»Und jetzt?«, fragte Hauke.

»Wir trommeln alle in der Manege zusammen«, erwiderte Philip.

»Und was soll das? Glaubst du, die legen bereitwillig ein Geständnis ab?«

»Ihnen bleibt keine Wahl.«

Hauke und Peter wechselten einen fragenden Blick.

Philip wandte sich den Zirkusleuten zu. Er bat sie freundlich, aber bestimmt, ihm in die Manege zu folgen. An ihm war ein Zirkusdirektor verloren gegangen, kam es Hauke in den Sinn.

Marcello weigerte sich, Guiseppe allein zu lassen. Holthusen versicherte dem Jungen, dass er bei dem Patienten bleiben würde und er sich keine Sorgen machen müsse. Er ließ sich erweichen. Hätte Karacho die körperlichen Voraussetzungen gehabt, er hätte sicher den Platz des Jungen eingenommen. Doch der Esel blieb an der Seite des schwer atmenden Freundes stehen. Hauke musste sich zusammenreißen nicht gleich loszuheulen. Dankbar über die Ablenkung wandte er sich ab.

Widerwillig folgten die Zirkusleute Philip in die Manege. Saskia legte ihrem Enkel den Arm um die Schulter. Carla hielt seine Hand. Rocco war vorangegangen, ganz das Familienoberhaupt. Aufrecht und mit geschwellter Brust stand er am Zelteingang und dirigierte alle nacheinander hinein. Fast wie vor einer Vorstellung. Marcello strich er zärtlich über den Kopf. Auch die beiden Cousins, die bei den Vorstellungen für Auf- und Abbau sorgten, reihten sich ein. Paola kam als Letzte. Eine Hand in den Lendenbereich gestützt, betrat sie das Zelt. Das Gehen schien der Hochschwangeren Schwierigkeiten zu bereiten. Hauke und Peter bildeten das Schlusslicht.

Philip stand in der Mitte der Manege und forderte sie auf, Platz zu nehmen. Alle besorgten sich einen Stuhl aus den vordersten Reihen, Rocco griff sich zwei. Auf dem einen ließ sich Paola schwerfällig nieder. Den anderen schob er ihr unter die Beine, damit sie es bequemer hatte. Er selbst blieb demonstrativ stehen.

»Was wollen Sie von uns, Herr Kommissar?«, fragte er.

»Meine Herrschaften, Sie wissen vermutlich, dass wir eine Leiche gegenüber im Waldstück gefunden haben. Ihr Name ist Cornelia Kappe und sie war die leibliche Tochter des verstorbenen Salvatore Puccini«, ließ Philip die Bombe schnörkellos inmitten der Manege platzen.

Offenbar war das für die meisten keine Überraschung. Saskia entfuhr ein missbilligender Laut.

»Woher wollen Sie wissen, dass sie seine Tochter war?«, fragte Rocco.

»Aus ihrer Geburtsurkunde. Außerdem existiert ein DNA-Test, der die Vaterschaft bestätigt.«

Hauke musterte ihre Gesichter, auf denen sich die verschiedensten Emotionen widerspiegelten. Irgendjemand von denen hatte Conny auf dem Gewissen. Philip würde die Wahrheit schon aus ihnen herausquetschen.

»Die beiden haben sich kurz vor seinem Tod getroffen.

Salvatore muss diese Begegnung nachhaltig berührt haben, denn er beschloss, mit einer hehren Tradition zu brechen und den Zirkus allen drei Kindern zu hinterlassen.«

»Das ist doch Quatsch«, brach es aus Rocco heraus. »Wie kommen Sie auf diesen Unsinn?«

»Ihr Bruder Guido hat ausgesagt, er sei es gewesen, der Ihren Vater nach dessen Suizid aufgefunden hat. Doch er war nicht der Erste. Nicht wahr?«

»Was soll das heißen?«, fragte Rocco.

»*Sie* waren es. *Sie* haben Salvatores Leiche zuerst entdeckt und es ihrer Frau Paola erzählt.«

Roccos Empörung stand ihm ins Gesicht geschrieben. Paola hingegen blieb völlig ausdruckslos. Hauke wurde nicht schlau aus diesem Haufen.

»Sie haben ihr von dem geänderten Testament erzählt, in dem nicht nur Sie und Ihr Bruder als Erben aufgeführt waren, sondern auch Cornelia Kappe. Ihr Vater wollte seiner Tochter damit zeigen, dass es ihm leidtat. Wollte etwas wiedergutmachen und Ihnen drei den Zirkus vermachen. Er wusste nicht, dass Cornelia bald sterben würde.«

Hauke kniff die Lippen zusammen. Philip wusste Bescheid. Sicher hatte Bruno ihm am Telefon alles erzählt. Hauke sah, wie Rocco den Mund öffnete. Paola ergriff seine Hand. Eine Geste, die ihren Mann zum Schweigen brachte.

»Sie, Frau Puccini, haben Ihren Ehemann gedrängt, das Testament zu fälschen und es auszutauschen. Das war Ihre Chance, den Zirkus endlich loszuwerden. Damit es nicht auffiel, haben Sie Guido als Miterben eingesetzt. Cornelia durfte kein Mitspracherecht bekommen.«

»Sie spinnen ja! Wie kommen Sie auf so einen Schwachsinn?« Rocco spuckte aus.

»Gestern wollten Sie die Nummer des Polizeipsychologen von uns haben, Sie erinnern sich?«, erkundigte sich Philip und griff in die Innentasche seines Sakkos. »Dies ist der Stift, mit dem das gefälschte Testament geschrieben worden ist. Er gehört doch Ihnen, oder?«

»Das ist ein stinknormaler Kugelschreiber, wie ihn jeder haben kann. Auch mein Vater«, wandte Rocco ein.

»Dieser hier ist allerdings fast leer. Genau wie der, mit dem das Testament geschrieben worden ist.«

Das hatte sie also auf die Spur gebracht. Philip war ein verdammter Fuchs! Er blickte zu Peter, der anerkennend nickte.

»Das beweist doch gar nichts«, erwiderte Rocco und lachte auf.

Paola zog mit einem kurzen Ruck an seiner Hand. Wie die Zügel eines Pferdes, dachte Hauke. Sie sagte noch immer nichts.

»Ihr Plan, Paola, wäre aufgegangen, wenn Guido sich nicht gegen einen Verkauf an Beppo Aurelius gestellt hätte. Zuerst haben Sie versucht, ihn unter Druck zu setzen. Als das nicht funktionierte, haben Sie den Zirkus sabotiert. Und als auch das nicht half, mussten sie zu drastischeren Maßnahmen greifen. Guido sollte außer Gefecht gesetzt werden, damit Sie den Zirkus ungehindert abwickeln konnten.«

Das konnte nicht wahr sein! Paola steckte dahinter? Eine schwangere Frau? Hauke hielt die Spannung kaum aus. Am liebsten hätte er sie auf der Stelle verhaftet, aber er hielt seine Wut im Zaum. Sprachlos wanderten die Köpfe der Zuhörenden von Philip zu Rocco und Paola und wieder zurück zu Philip. Als würden sie einem verdammten Tennisturnier beiwohnen.

»Was soll das heißen? Sie verdächtigen uns, einen Brandanschlag auf meinen Bruder verübt zu haben?« Roccos Empörung war nicht zu überhören.

»Paola würde alles tun, um diesen Zirkus endlich loszuwerden.« Philip nahm sie ins Visier.

Saskia schoss von ihrem Stuhl hoch. »Dieser Zirkus ist unser Leben. Er ist alles, was wir haben.« Sie klang verzweifelt, doch das war nicht das Einzige, das in ihrer Stimme mitschwang. Es war der Schmerz, den sie empfand. Durch ihre Familie breitete sich gerade ein Riss aus, den sie offenbar die ganzen Jahre übersehen hatte.

»Dann erklären Sie uns, warum Giuseppe halb tot in seinem Gehege liegt? Wer hat Beatrice aus dem Terrarium befreit? Wer hat die Flüssigkeiten vor Guidos Nummer ausgetauscht?«, wollte Philip wissen.

»Du hast Giuseppe verletzt?«, brach es aus Marcello heraus. Erneut liefen ihm Tränen über die Wangen. »Was kann er denn dafür?«

Carla legte ihm den Arm um die Schulter und drückte ihn fest an sich. Offenbar war sie doch zu menschlichen Regungen fähig.

»Niemand will den Zirkus verkaufen.« Saskias Stimme war brüchig. »Und niemand will den Tieren etwas antun.«

»Cornelia kam Ihnen in die Quere«, fuhr Philip unbeirrt fort und wandte sich wieder Paola zu. »Sie beide haben sich mit ihr am Samstagvormittag in ihrem Unterschlupf im Wald getroffen und ihr Geld angeboten, damit sie von der Bildfläche verschwindet. Sie hatten Angst, dass die plötzlich aufgetauchte Tochter das gefälschte Testament anfechten würde, sobald sie von der Lebensversicherung erfahren hätte, aber Cornelia lehnte ab. Sie beide hatten keine Ahnung, dass Frau Kappe ohnehin bald sterben würde und Sie am Verkauf nicht hätte hindern können.«

»Sie spinnen! Das ist doch totaler …«

Paola unterbrach die Tirade ihres Mannes. »Lass ihn.«

»Sie haben in der Pension nach ihr gefragt. Aus irgendeinem Grund sind Sie dann auf das Versteck im Wald gestoßen und haben sie ausfindig gemacht. Was haben Sie ihr weismachen wollen? Dass Sie sie herzlich in die Familie aufnehmen wollen? Aber das war nicht der Plan. Sie wollten sich mit den dreitausend Euro, die wir im Unterschlupf gefunden haben, Cornelias Schweigen erkaufen. Wurden Sie gestört oder haben Sie das Geld in der Panik liegen gelassen?«

Paola hielt Philips Blick stand. Die Frau war eiskalt.

»Sie hatten bereits vermutet, dass sie das Geld nicht annehmen würde, und deshalb hatten Sie zur Sicherheit jemanden mitgebracht. Zur Einschüchterung. Beatrice war ja schon einmal aus dem Terrarium entkommen. Es konnte wieder geschehen sein. Ihr Traum drohte zu platzen, Paola. So kurz vor dem Ziel. Das konnten Sie nicht zulassen. Sie haben es irgendwie geschafft, Cornelia mit K.-o.-Tropfen zu betäuben, und Beatrice hat den Rest für Sie erledigt.«

In der Manege war es still. Alle Augen waren auf Paola gerichtet. Außer Rocco, dessen Blicke nervös durch die Menge glitten. Er war das schwächste Glied in dieser scheißtodbringenden Allianz, das war nicht zu übersehen.

Carla brach das Schweigen zuerst. Sie ließ von ihrem Sohn ab und trat ein paar Schritte auf ihre Schwägerin zu.

»Du hast Beatrice aus dem Terrarium genommen? Hast sie einfach ausgesetzt und dazu noch benutzt, um diese Frau umzubringen?«

Hauke musste schlucken. Das Schicksal ihres Mannes schien sie nicht aus der Ruhe zu bringen. Aber die Tatsache, dass ihre geliebte Schlange zur Mörderin gemacht worden war, brachte sie aus der Fassung. Die waren doch alle irre!

Paolas Brustkorb bebte. Sie schwieg, doch in ihrem Innern brodelte es sichtlich. Gleich würde sie platzen.

Saskia schien inzwischen das Ausmaß ihres wortlosen Geständnisses zu begreifen.

»*Du* warst es? *Du* hast die Flüssigkeiten ausgetauscht?« Sie wandte sich an ihren Sohn. »Und *du* hast das zugelassen?«

Rocco kniff die Lippen zusammen. Sein Blick richtete sich in den Zirkushimmel.

»Sieh mich gefälligst an, wenn ich mit dir rede! Hast du davon gewusst? Hast du gewusst, dass deine Frau meinen Sohn umbringen will?«

Rocco schloss die Augen und nickte.

Saskia schlug sich die Hände vors Gesicht und brach in Tränen aus. Sie blickte ungläubig auf ihre Schwiegertochter und dann auf ihren Sohn. »Wie konntest du das tun? Er ist dein Bruder. Was wird aus uns? Aus Marcello? Dem Zirkus? Deinem ungeborenen Kind? Willst du uns alle auf die Straße setzen?«

Rocco sackte in sich zusammen, als hätte man ihm den Stecker gezogen. Paola schien die entweichende Energie aufzusaugen wie ein Schwamm. Sie wuchs auf ihrem Stuhl, bis sie sich schließlich erhob. Hauke hielt den Atem an.

»Du bist so verlogen, Saskia. Wie oft hast du mir in den Ohren gelegen, dass du am liebsten alles verkaufen würdest? Du hast dieses Leben genauso gehasst wie ich. Aber im Gegensatz zu dir bin ich nicht bereit, den Rest meines Lebens in einem abgewrackten Wohnwagen zu verbringen. Ich habe etwas Besseres verdient.« Sie legte die Hände auf ihr ungeborenes Kind. »Das haben wir alle. Nur habe ich etwas dafür getan, anstatt tagein, tagaus zu jammern und unter der Fuchtel eines Tyrannen zu leben. Er hat uns allen das Leben zur Hölle gemacht und erwartet, dass wir uns dafür auch noch bedanken. Ich habe ihn nicht umgebracht, ich habe die Chance ergriffen, uns alle zu befreien. Verzeih, dass ich mein Kind nicht in einem schäbigen Wohnwagen großziehen will. Es wird es einmal besser haben, wird zur Schule gehen, studieren und in einem Haus wohnen, das keine Räder hat. Mein Kind wird nicht in Jogginghose und Gummistiefeln durch den Matsch dieser unzähligen Wiesen waten. Von der Hand in den Mund leben und klebriges Popcorn an vorlaute, verwöhnte Gören verkaufen. Nach Mist stinkende Gehege sauber machen und die Scheiße aus dem Scheiß-Chemie-Klo wegputzen.« Paola verstummte. Ihr Atem ging schnell. Zu schnell. Rocco trat zu ihr und stützte sie.

»Wenn du es so sehr hasst, warum hast du nicht einfach deine Sachen gepackt und bist abgehauen? Warum hast du meinen Sohn mit reingezogen?«

»Rocco wäre nie gegangen. Das weißt du so gut wie ich. Er war Salvatore hörig. Genau wie Marcello.«

Ihr Atem ging immer noch schnell. Sie sollte sich nicht so aufregen, dachte Hauke.

»Erst als Salvatore sich umgebracht hatte, hatte ich eine Chance, meinen Mann von euch wegzuholen. Der Verkauf war die einzige Möglichkeit, hier rauszukommen.«

»Und du?« Saskia richtete sich an ihren Sohn. »Du sagst nichts dazu? Du hast zugelassen, dass sie deinen Bruder fast ermordet?«

»Sie hat recht, Mama«, kam es leise aus seinem Mund. »Ihr habt ihn mir immer vorgezogen. Er war der Ältere, die Hoffnung auf eine bessere Zukunft. Die spektakuläre Feuerspucker-Nummer, das Highlight der Show. Vater wurde nicht müde, mir das immer wieder unter die Nase zu reiben. ›Guido hat eine echte Zirkusfrau geheiratet. Dein Bruder hat schon einen Sohn, der eines Tages den Zirkus leiten wird.‹ Mich habt ihr doch nie wirklich gesehen. Ich stand immer im Schatten des großen Guido.«

»Das ist nicht wahr«, widersprach Saskia.

»Und ob das wahr ist. Paola hat es erkannt. Sie hat mir gezeigt, dass ich genauso wertvoll bin wie mein Bruder. Wie ihr alle.«

Er wandte den Kopf zu seiner Frau. Ihre Wangen waren gerötet. Sie hatte sich mächtig aufgeregt. Hauke sah, wie sie sich plötzlich an den Bauch griff und das Gesicht verzog. Scheiße, sie wird doch nicht … Bevor er den Gedanken zu Ende bringen konnte, platzte ein Schwall Fruchtwasser aus Paolas Unterleib. Sie stöhnte und krümmte sich.

»Wir brauchen sofort einen Arzt!«, rief Rocco, der sie stützte.

Hauke blickte hilflos zu Peter. »Verfluchte Scheiße! Was machen wir denn jetzt? Ich spiele hier nicht die Hebamme! Ich habe keine Ahnung von so etwas!«

»Ich hole Jan«, sagte sein Freund und rannte los.

Eine gute Idee, schließlich hatte der Mann Humanmedizin studiert, bevor er sich entschlossen hatte, Tierarzt zu werden. Es gab tatsächlich Menschen, die sich lieber von ihm behandeln ließen als vom Kophusener Hausarzt.

Rocco zog seine Frau sanft auf einen Stuhl. Die Wehen setzten ein. Paola schrie auf. Hauke blickte zu Philip, der ebenso hilflos schien.

»Carla, mach Wasser heiß und bring uns frische Handtücher«, kommandierte Saskia.

Carla nickte und lief aus der Manege. In dem Augenblick kehrte Peter mit Holthusen zurück. Der Arzt rannte in die Manege. Seinen Koffer in der Hand.

»Ruf den RTW«, sagte er zu Hauke und kniete bereits neben Paola.

Hauke zückte augenblicklich sein Mobiltelefon. Auf die Idee hätte er auch selbst kommen können! Ungeduldig erklärte er dem Mann am anderen Ende, was geschehen war. Er konnte es immer noch nicht glauben. Die Aufregung musste Paolas Wehen ausgelöst haben.

»Sie müssen sich auf den Boden legen. Kann jemand eine Decke holen?« Holthusen öffnete seine Tasche und zog sich Handschuhe über. Er strahlte Ruhe aus. Vermutlich machte es in seinen Augen nicht viel Unterschied, ob er ein Kalb oder ein Menschenkind auf die Welt brachte.

Während Rocco seiner Frau vom Stuhl aufhalf, hatte Saskia bereits eine staubige Wolldecke mit aufgenähten Sternen gebracht und breitete sie vor ihrer Schwiegertochter aus, die noch vor wenigen Tagen einen Mordanschlag auf ihren Sohn verübt hatte.

Holthusen blickte auf das verfilzte Ding. »Steril ist anders, aber ich fürchte, darauf können wir gerade keine Rücksicht nehmen.«

Paola glitt stöhnend auf die Decke. In dem Moment kam Carla ins Zelt und brachte die Handtücher.

»Das Wasser dauert noch«, sagte sie.

»Sehr gut.« Holthusen beugte sich nach vorne und schaute Paola zwischen die angewinkelten Beine.

Hauke verzog das Gesicht und wandte den Blick ab. Was

zu viel war, war zu viel. »Das ist jetzt nicht deren Ernst«, raunte er. »Der RTW kommt doch gleich.«

»Der Kopf ist schon zu sehen«, rief Holthusen.

Auch wenn das Wunder der Geburt ein erhebender Moment sein mochte, Hauke zog es vor, sich vom Acker zu machen. Bei ihrer Mörderin bestand aktuell keine Fluchtgefahr. Philip schien es ähnlich zu sehen. Er folgte ihnen nach draußen.

Peter schlug den Weg zu Giuseppe ein. Karacho hatte sich neben seinem kranken Kumpel niedergelassen. Einträchtig lagen sie beieinander. Die drei Beamten lehnten sich ans Gatter. Sie schwiegen für einen Augenblick. Aus der Manege waren Paolas Schreie zu hören. Rocco redete beschwichtigend auf sie ein, während Holthusen sie immerzu aufforderte zu pressen.

»Mann, Mann, die sind doch alle total durchgeknallt«, bemerkte Hauke.

»Es gibt keine Rama-Familie«, entgegnete Philip.

Es entstand eine Pause. Giuseppe atmete ruhiger. Die Spritze, die Jan ihm verpasst hatte, schien zu wirken.

»Wir haben unsere Geschenke vergessen«, sprach Hauke seinen spontanen Gedanken aus.

»Wovon redest du?«, fragte Peter.

»Myrrhe, Salbei und Gold. Schon mal was von den Heiligen Drei Königen gehört?«

»Ich fühle mich gerade nicht wie ein König. Außerdem war es Weihrauch.«

Hauke verkniff sich eine Bemerkung. Immer musste er etwas auszusetzen haben.

Als der erste Schrei des Neugeborenen zu ihnen drang, spitzten die Esel die Ohren. Hauke blickte in den Himmel. Es fehlte nur noch der Stern über Kophusen.

26

Die Landschaft zog an ihm vorbei. Goldberg lehnte sich zurück und genoss die Zugfahrt. Er kam sich vor, als säße er in einer Kapsel, die sich mühelos durch Raum und Zeit bewegte. Sein alter Freund und ehemaliger Therapeut würde ihn in Berlin-Spandau vom Bahnhof abholen. Goldberg hatte sich bei ihm einquartiert. Sein letzter Besuch war fast zwei Jahre her. Er freute sich auf den Espresso und die rote Psychiatercouch, die Jens selbstironisch in seiner Küche platziert hatte.

Doch diese Reise unternahm er nicht allein zu seinem Vergnügen. Axel Giering stand ebenso auf seiner Besucherliste wie Jens und seine Mutter. Der ehemalige Kollege wusste nichts von Goldbergs Vorhaben. Es sollte eine Überraschung werden. Goldberg hatte sich vorgenommen, die Angelegenheit ein für alle Mal aus der Welt zu schaffen. Jens war der Einzige, dem er jemals von dem unheiligen Bund zwischen ihm und Axel erzählt hatte. Sein bester Freund hatte ihm den Rücken gestärkt. Ob Jens das dieses Mal auch tun würde, bezweifelte Goldberg. Er selbst war sich nicht sicher, ob es wirklich eine gute Idee war, seinem ehemaligen Kollegen und Mittäter jetzt das Messer auf die Brust zu setzen. Zumal Axel Giering in der Hierarchie am längeren Hebel saß.

Muriels Tod lag nun elf Jahre zurück und hatte alles andere in den Hintergrund gerückt. Judiths Trennung von ihm war ein weiterer Schlag ins Kontor gewesen. Goldberg hatte sich nur mühsam davon erholt. Trotz Unterstützung von Jens hatte er über ein Jahr gebraucht, um wieder klar sehen und sich dem Leben zuwenden zu können. Die Flucht nach Kophusen hatte ihm geholfen. Berlin hatte voller Erinnerungen gesteckt, die er hinter sich lassen wollte. Er war abgetaucht. Vom Radar verschwunden. Während Axel eine steile Karriere hingelegt hatte und bis in die obersten Etagen des Ministeriums vorgedrungen war. Doch Goldberg war nicht für die Dunkelheit gemacht. Mit seinen eigenwilligen und manchmal auch regelwidrigen Alleingängen war er nicht nur in Berlin angeeckt. In Kophusen war es nicht anders gewesen. Er fiel auf. Seine überdurchschnittlich gute Aufklärungsquote schützte ihn nicht vor den Konsequenzen. Schließlich gab es Gesetze, an die auch er sich zu halten hatte.

Der Kremper Kollege Rolf hatte eine offizielle Beschwerde gegen Goldberg eingereicht. Die interne Ermittlung, die vor drei Jahren eingeleitet worden war, hatten die Kophusener geradeso mit Axels widerwilliger Hilfe überstanden und Schlimmeres abwenden können. Die Zukunft der Station hatte an einem seidenen Faden gehangen. Das Treffen zwischen Goldberg und Axel war nicht harmonisch verlaufen. Mit Niklas Weidenbach, dem neuen Leiter der Kripo in Itzehoe, bahnte sich erneut Ärger an. Sie mochten sich nicht besonders, weshalb Goldberg jegliches Aufsehen zu vermeiden suchte. Allerdings würde es so nicht weitergehen. Er wollte nicht länger mit angezogener Handbremse durchs Berufsleben fahren.

Sein Plan war, Axel ein Friedensangebot zu unterbreiten, das er nicht ablehnen konnte. Goldberg ging davon aus, dass Giering den Köder bereitwillig schlucken würde. Das Ende von Axels Karriereleiter war keinesfalls erreicht und der Ehrgeiz dieses Mannes war groß.

Goldberg lehnte sich in seinem Sitz zurück und versuchte, an etwas anderes zu denken. Sein Plan stand fest. Es war müßig, unentwegt darauf herumzukauen. Er streckte die Beine aus und warf einen flüchtigen Blick auf sein neues Smartphone, das auf dem Tischchen vor ihm lag. Lange hatte er sich gewehrt, doch irgendwann war es ihm lächerlich vorgekommen. Ein Mensch, der aktiv am Leben teilnehmen wollte, kam nicht um die Anschaffung eines solchen Gerätes herum. Alles andere wäre rückständig gewesen, ob es ihm nun gefiel oder nicht. Es war kurz nach elf Uhr, noch eine halbe Stunde bis Berlin.

Goldberg musste an den Zirkus denken. Familie war ein Konstrukt, das in seinen Augen in den seltensten Fällen funktionierte. Die perfekte Familie gab es nicht, und die meisten Leute, die er kannte, wurden in etwas hineingeboren, das wenig mit ihnen selbst zu tun hatte. Es waren Fremde, die aneinandergebunden waren, bis man den Mut hatte, eigene Wege zu gehen. Die Puccinis waren aufeinander angewiesen. Salvatore hatte sie zusammengehalten, oder besser gesagt, er hatte sie dazu gezwungen. Mit seinem Tod waren die Risse des Zusammenhalts offen zutage getreten. Paola hatte ihre Chance gewittert, sich aus diesem Korsett zu befreien. Was aus ihr und dem Neugeborenen, einem Mädchen, werden würde, mussten andere beurteilen. Rocco hatte sich von ihr verstanden gefühlt und sich bereitwillig instrumentalisieren lassen. Schließlich hatte er die Flüssigkeiten ausgetauscht, wohl wissend, dass es auch tödlich hätte ausgehen können. Guido hatte sich vehement gegen einen Verkauf gewehrt. Nachdem sie das Testament ausgetauscht und damit Conny aus

der Erbfolge getilgt hatten, waren sämtliche Gesprächs-
versuche eskaliert. Roccos Halbschwester ließ nicht locker. Sie verlangte die Anerkennung, die einer Tochter
zustand. Beppo Aurelius wäre sofort bereit gewesen, die
Übernahme zu unterschreiben, doch dazu war es nicht
gekommen. Wie es weitergehen würde, war unklar. Ohne
Rocco, Paola und Guido hatte der Zirkus gut zwei Drittel
seiner Nummern verloren. Saskia hatte entschieden, den
Winter wie geplant in Kophusen zu verbringen. Guido lag
noch immer im Koma. Es war eine Tragödie. Am meisten
tat ihm Marcello leid. Er hatte seine Vorbilder verloren.
Nicht nur den Großvater, sondern auch seinen Vater. Vielleicht war er von allen der glühendste Anhänger dieses
Lebensentwurfs. Entweder er gab das alles auf oder aber er
kämpfte dafür. Auch das würde sich im Laufe der nächsten
Monate zeigen. Mit dem Geld aus der Lebensversicherung
konnten sie den Zirkus fürs Erste am Leben erhalten. Wie
es nach dem Winter weitergehen würde, musste sich erst
herausstellen. Das echte Testament hatte Paola verbrannt.
Der Stofffetzen, den sie bei Susi gefunden hatten, gehörte
eindeutig zu Roccos Hemd. Selbst ohne Geständnis hätten sie das Paar überführen können. Nachdem Bruno von
Beatrices Beihilfe zum Mord erfahren hatte, hatten seine
Untersuchungsergebnisse endlich einen Sinn ergeben.
Wie die beiden den Python dazu gebracht hatten, die be-
täubte Conny zu Tode zu würgen, blieb ihr Geheimnis.
Die Schlange war konfisziert worden, und Carla kämpfte
darum, sie zurückzubekommen. Der Esel Giuseppe hatte
sich unter Marcellos fürsorglicher Pflege erholt. Die
Wunde, die Rocco ihm zugefügt hatte, heilte erfreulich
gut. Auch wenn es Hauke und Peter völlig absurd erschien,
dass sie den unschuldigen Esel in Mitleidenschaft gezogen

hatten, Goldberg konnte es psychologisch nachvollziehen. Dieses Tier war Salvatores Augapfel gewesen. Er hatte die Zuneigung bekommen, die sein Sohn sich so sehr gewünscht hatte. Wenn die Verzweiflung den Verstand erst einmal erfasst hatte, ließ sie einen nur schwer wieder los. Die beiden würden bald viel Zeit haben, darüber nachzudenken.

Goldberg entdeckte Jens zuerst. Der Kopf des großen, schlanken Mannes ragte aus der Menschenmenge hervor. Seine Haare wurden langsam grau. Er kämpfte sich durch die Reisenden und tippte Jens auf die Schulter, der in die entgegengesetzte Richtung nach ihm Ausschau hielt. Die beiden Freunde umarmten sich. Obwohl ihre Treffen in den letzten Jahren selten geworden waren, hielt ihre innige Freundschaft an. Man fand nicht oft jemanden, der einen ohne Worte verstand und in dem Gesicht des Gegenübers lesen konnte wie in einem aufgeschlagenen Buch. So eine Beziehung musste man pflegen, sonst würde sie verkümmern.

»Wie schön, dass du da bist!«, sagte Jens und klopfte ihm auf den Rücken.

»Ja, es ist wieder viel zu lange her.«

»Ich habe dir das Gästezimmer hergerichtet. Aber erst mache ich uns einen Espresso.«

»Darauf freue ich mich schon, seitdem ich heute Morgen aufgestanden bin«, erwiderte Goldberg wahrheitsgemäß. »Magda war schon ganz neidisch.«

Sein Freund besaß eine alte Vibiemme-Espressomaschine, die er hegte und pflegte, als wäre sie sein Kind. Nachdem die beiden Männer ihre gemeinsame

Leidenschaft für guten Kaffee entdeckt hatten, hatten sie jede Therapiesitzung mit einem Espresso begonnen. Es war zu einem geliebten Ritual geworden, wie andere Menschen Rotwein oder Zigarren konsumierten.

»Ich soll dich von Magda grüßen.«

»Danke. Grüße sie zurück, wenn du sie sprichst.«

Sie nahmen die Rolltreppe nach oben.

»Es hat einen Grund, dass du allein gekommen bist?«

Jens hatte sein Therapeutengesicht aufgesetzt und sah ihn forschend an. Der Mann war irgendwie immer im Dienst. Auch darin waren sie sich ähnlich.

»Hör auf, mich so anzusehen«, sagte Goldberg.

»Glaubst du wirklich, dass es eine gute Idee ist?«, fragte Jens vorsichtig.

»Du wirst mich nicht umstimmen. Ich werde nicht ewig in Kophusen bleiben. Und wenn es so weit ist, dann will ich eine Chance auf einen echten Neuanfang haben. Ohne Angst, das Schwert könnte jederzeit auf mich herabstürzen.«

»Hast du schon Pläne?«

»Nein. Kophusen war mein inneres Exil. Das habe ich überwunden. Wenn ich dortbleibe, dann will ich das nicht tun, weil ich woanders keine Chance hätte.«

»Du willst frei sein. Das verstehe ich sehr gut. Aber musst du dafür den Löwen wecken?«

»Der ist bereits wach und liegt auf der Lauer. Glaube mir, ich kenne ihn.«

Sie ließen das Thema für den Augenblick fallen. Jens war schlau genug, ihn nicht unter Druck zu setzen. Das würde seinen Entschluss nur noch festigen. Goldberg ließ sich nicht davon abbringen. Es war an der Zeit, diese Geschichte zu Ende zu bringen.

Im Taxi brachten sie sich gegenseitig auf den neusten

Stand. Goldberg berichtete von dem Fall, den sie gerade abgeschlossen hatten, und von Haukes neuer Liebe.

Jens lachte. »Schön, dann wachsen ihre Kinder zweisprachig auf.«

»In Kophusen bleiben dir nicht gerade viele Möglichkeiten für intellektuelle Herausforderungen.« Goldberg grinste.

Sein Freund nickte. Im Gegensatz zu Haukes anhaltendem Liebesglück war es mit Jens' neuer Flamme schon wieder aus. In dieser Hinsicht war er Hauke sehr ähnlich. Nicht in der Schlagzahl der Affären, aber es hielt nie lange an. Ihn schien das nicht zu stören. Im Gegenteil. Jens genoss seine Freiheit und seine Selbstbestimmung. Für seine Ehe hatte er vieles aufgegeben. Nach der Scheidung war er wieder er selbst geworden, und das wollte er für niemanden aufgeben.

In der Küche seiner Altbauwohnung setzten sie sich auf die rote Couch. Wie oft Goldberg sein Herz in dieser Küche, auf diesem Sofa erleichtert hatte, wusste er nicht mehr.

Es dauerte nicht lange, und der Duft von frisch gemahlenen Espressobohnen erfüllte die Wohnküche. Nach dem zweiten Schluck durchfuhr Goldberg ein wohliger Seufzer. Seine Unruhe legte sich. Die Gedanken an das Treffen, das er für morgen geplant hatte, wanderten wie von selbst in den Hintergrund. Die beiden Freunde plauderten drauflos, bis sie gegen Abend Jens' Lieblingsitaliener aufsuchten. Zur Feier des Tages bestellten sie sich eine Flasche vom besten Rotwein und genossen ein Fünf-Gänge-Menü. Das hatte Goldberg ewig nicht mehr gemacht. Und er wusste wieder, warum er die Großstadt so vermisste.

Leicht angetrunken genehmigten sie sich zu Hause noch einen Schlummertrunk, bevor sich jeder in sein Zimmer zurückzog.

Direkt gegenüber lag das Gebäude, in dem Axel Giering arbeitete. Der Kommissar lungerte bereits seit einer halben Stunde auf dem Bürgersteig herum und kam sich vor wie ein Attentäter, der auf sein Opfer wartete. So langsam würde er die Blicke auf sich ziehen. Er schlenderte die Straße hinauf. An die Menschenmassen war er nicht mehr gewöhnt. Wie schnell man sich doch zur Landpomeranze entwickelte. Vor einem Café entdeckte er einen freien Tisch. Die ungewöhnlich milde Oktobersonne wärmte ihn. Er bestellte einen Cappuccino und bezahlte sofort. Anders als in Kophusen fiel man in Berlin nicht auf, wenn man allein in einem Café saß. Hier ging er in der Anonymität der Großstadt unter.

Der Eingang war gerade noch zu sehen. Er hatte sich in Jens' Büro ein aktuelles Foto von Axel ausgedruckt. Das Porträt auf der Internetseite hatte ihn gut eingefangen. Konservativ und distinguiert. Den blauen Anzug hatte er sicher maßschneidern lassen. Er hatte schon immer viel Wert auf sein Äußeres gelegt, auch als sie noch in demselben Dezernat gearbeitet hatten. Jetzt konnte er sich seinen kostspieligen Geschmack offenbar leisten. Inwieweit das Foto retuschiert worden war, würde sich herausstellen, sobald er durch die Glastür trat. Goldberg hoffte, dass er sich nicht den ganzen Abend hier herumschlagen musste.

Einer der Gründe, warum er Jens von seinem Vorhaben erzählt hatte, war die Tatsache, dass er Axel persönlich kannte. Jens übernahm gelegentlich psychologische Gutachten, die er vor Gericht vortrug. In diesem Zusammenhang hatten die beiden Männer sich kennengelernt. Jens hatte sich unauffällig bei der Empfangsdame vergewissert, dass Axel Giering im Haus war. Nun musste Goldberg nur noch darauf warten, dass er Feierabend machte.

Nach einer geschlagenen Stunde und zwei Cappuccini verließ Goldberg das Café wieder. Er schlenderte am gläsernen Eingang des Bürokomplexes vorbei, als sein Blick auf den Mann im dunklen Trenchcoat fiel, der gerade aus der Tür trat. Axel hatte sich nicht verändert. Im Gegenteil. Das Alter meinte es gut mit ihm. Goldberg schloss rasch zu ihm auf.

»Hallo, Axel«, sagte er, als er auf gleicher Höhe war. Sein früherer Kollege drehte den Kopf. Ihre Blicke trafen sich. Überrascht öffnete Axel den Mund und blieb stehen. Die Passanten um sie herum wichen ihnen genervt aus.

»Philip? Was machst du denn hier? Hast du mir aufgelauert?« Sein Ton war ruhig. Er war schon immer gut darin gewesen, seine Emotionen zu kontrollieren.

»Ich besuche Jens, und da habe ich mir gedacht, ich schaue mal bei dir vorbei. Du hattest ja bei mir angerufen.«

»Das ist fast ein Jahr her. Du hättest einfach zurückrufen können.«

Axel störten die um sie herumeilenden Passanten nicht. Goldberg versuchte, sie so gut es ging zu ignorieren. Ihn machten sie nervös.

»Keine Zeit. Du weißt ja, in Kophusen ist viel zu tun.«

»Du scheinst das Verbrechen regelrecht anzuziehen.«

»Gehen wir ein Stück?«

»Okay. Um die Ecke gibt es einen Park. Da haben wir ein bisschen Ruhe. Du bist sicher nicht gekommen, um mit mir in alten Zeiten zu schwelgen.«

»Wie gut du mich doch kennst.«

Sie setzten sich in Bewegung und bogen rechts in eine Seitenstraße ab. Der Park kam in Sichtweite.

»Warum bist du hier? Wegen seines Todes?«, fragte Axel.

»Das war doch der Grund deines Anrufs, oder?«

»Ich wollte nur wissen, ob du eine Beileidskarte schreibst.«

»Ich will, dass du mich vom Haken lässt.«

»Vom Haken? Bist du in Kophusen unter die Angler gegangen?« Axel lachte.

Goldberg ignorierte die Bemerkung. Er wartete, bis sie die Grünfläche erreicht und sie sich auf der erstbesten Bank niedergelassen hatten.

»Ich habe ein Angebot für dich, das du nicht ablehnen kannst.«

»So? Dann schieß mal los.« Seine Aktentasche behielt Axel auf dem Schoß wie einen Schutzschild.

»Ich weiß, dass du deine Fühler ausgestreckt hast. Und ich weiß auch, dass Weidenbach nur auf eine Gelegenheit wartet, mich an die Wand zu nageln.«

»Wer ist Weidenbach?«

Goldberg ignorierte auch diese Frage. Er ließ sich nicht ablenken. »Ich werde die Wahrheit sagen und so tun, als hättest du sie entdeckt.«

Axel wehrte sich sichtlich gegen den Impuls, ihm seinen Kopf zuzuwenden. Goldberg wusste, dass er ihn mit dieser Eröffnung überrascht hatte, doch Axel wollte ihm den Triumph nicht gönnen. Stattdessen schwieg er und starrte auf den Boden.

»Jetzt, wo Clemens tot ist, kann ich ihm und seiner Familie nicht mehr schaden. Dafür, dass ich dich aus der

Geschichte raushalte, lässt du mich in Ruhe. Du steigst auf meinen Rücken, und ich hebe dich durch mein Geständnis die Karriereleiter empor. Axel Giering: Der Mann, der die Korruption aufdeckt.«

»Wie kommst du auf die Idee, dass ich dir hinterherspioniere?«

»Können wir diese Spielchen lassen? Ich weiß, dass du Angst hast, ich könnte unser Geheimnis ausplaudern. Am liebsten würdest du mich mundtot machen. Das war der Grund für die interne Ermittlung und gleichzeitig für deine Hilfe, sie abzuwenden.«

»Die Ermittlung ist ganz allein auf deinem Mist gewachsen. Du hältst dich nicht an die Regeln. Hast du noch nie. Also wundere dich nicht, wenn man dir auf die Finger guckt. Ich musste den Anschuldigungen nachgehen. Es blieb mir gar nichts anderes übrig.«

»Sei's drum. Was hältst du von meinem Vorschlag?«, fragte Goldberg.

»Wenn du das tust, wird man dich degradieren oder, schlimmer noch, vom Dienst suspendieren.«

»Das Risiko gehe ich ein. Wenn ich mit einem blauen Auge davonkomme, kann ich in Kophusen bleiben, bis Gras über die Sache gewachsen ist. Und danach kann ich vielleicht wieder bei der Kripo anfangen.«

»Du willst zurück? Ich dachte, dir gefällt das Dorfleben.«

»Tut es auch. Aber wer weiß, wie lange es diese Station noch geben wird?«

»Wenn ihr so weitermacht, werdet ihr alle anderen überleben.«

Goldberg sah ihn an. Axel war einmal ein sehr guter Freund gewesen. Judith hatte ihn gemocht. Er war einer der wenigen, der wusste, wie es ihm nach dem tödlichen Unfall seiner Stieftochter Muriel ergangen war. Nachdem Judith sich von Goldberg getrennt hatte, hatten Axel und seine Frau sich für Judiths Seite entschieden und ihrer Freundschaft damit ein Ende gesetzt. Goldberg nahm es ihm nicht übel. Judith hatte alle Freunde gebraucht, um sich aus dem dunklen Tal zu befreien. Nur leider war es ihr nicht gelungen. Sie hatte noch immer einige Jahre in der Forensischen Psychiatrie in Schleswig vor sich.

»Ich verstehe das«, sagte Axel nach einer kurzen Pause. »Du willst die Chance auf einen Neuanfang. Aber wer garantiert mir, dass du die Geschichte nicht vollständig erzählst?«

»Ich bin im Gegensatz zu dir weder an Rache interessiert noch an einer Karriere im Bundesministerium.«

»Du warst nie besonders ehrgeizig«, bemerkte Axel.

»Du dafür umso mehr.«

»Bereust du es?« Axel sah ihn von der Seite an.

Goldberg wich seinem Blick nicht aus. »Nein. Ich würde es jederzeit wieder tun.«

»Das unterscheidet uns.«

Goldberg konnte sich ein Grinsen nicht verkneifen. »Zum Glück nicht nur das, Axel.«

»Hast du noch Kontakt zu seiner Familie?«

Goldberg schüttelte den Kopf.

»Clemens hat es immerhin bis zum Ersten Polizeihauptkommissar mit Amtszulage in Potsdam geschafft. Für einen korrupten Bullen gar nicht schlecht. Und das nur, weil zwei Kollegen für ihn gelogen und die Beweise unterschlagen haben. Hättest du es auch getan, wenn seine Zwillinge nicht krank gewesen wären?«, wollte Axel wissen.

»Nein, wahrscheinlich nicht.«

»Wenn du aussagst, wird der Fall neu aufgerollt.«

»Er ist tot. Es gibt keine Zeugen außer dir und mir.«

»Hast du keine Angst vor seinen Auftraggebern?«

Goldberg zuckte mit den Schultern.

»Du bist mutig. Das muss ich dir lassen. Aber auch ein bisschen naiv. Wer Wind sät, wird Sturm ernten.«

»Mach dir um mich keine Sorgen, ich wohne im Norden, ich bin an Sturm gewöhnt.«

»Tu, was du nicht lassen kannst. Aber sag hinterher nicht, ich hätte dich nicht gewarnt. Und wenn du meinen Namen erwähnst, sorge ich dafür, dass du nicht einmal mehr im Archiv eine Stelle finden wirst.«

»Du kennst mich, ich halte mein Wort. Du solltest dich freuen. Nach meiner Aussage wird diese Geschichte ausgestanden sein. Niemand kann sie mehr ausgraben und gegen dich verwenden.«

»Dir ist schon klar, dass die Staatsanwaltschaft Ermittlungen anstellen wird, oder? Auch wenn Clemens tot ist, die werden dein Geständnis überprüfen. Es wird eine Untersuchung geben. Und wenn das rauskommt, hast du das organisierte Verbrechen am Hals. Willst du das wirklich?«

»Es sei denn, jemand setzt sich für mich ein. Jemand, der gute Kontakte zur Staatsanwaltschaft hat.«

Axel lächelte. »Daher weht der Wind. Du willst, dass ich die Untersuchung im Sand verlaufen lasse.«

»Es ist auch in deinem Interesse.«

Axel schien zu überlegen. Goldberg ließ ihm die Zeit, seinen Plan zu überdenken. Clemens’ Tod war fast ein Jahr her. Goldberg hatte keine Träne vergossen. Die drei waren früher gemeinsam auf Streife gegangen. Während

Axel an seiner Karriere bastelte und rasch zu ihrem direkten Vorgesetzten aufstieg, war Clemens dem Reiz erlegen, sich ein bisschen Geld dazuzuverdienen, indem er einschlägigen Gruppen Hinweise auf bevorstehende Razzien gab. Goldberg kam dahinter, als Clemens eine Tatwaffe aus der Asservatenkammer verschwinden ließ. Eine Waffe, die sie beide bei einem Einbruch sichergestellt hatten und die sich als Tatwaffe in einem Mordfall entpuppte. Goldberg hatte bereits seit Längerem geahnt, dass sein Kollege in illegale Geschäfte verwickelt war. Doch der Umfang hatte ihn überrascht. Goldberg hatte Axel von seinem Verdacht erzählt. Daraufhin hatten sie die Waffe in Clemens' Schreibtischschublade gefunden. Nicht besonders clever. Axel und er hatten sie verschwinden lassen und Clemens weder bei seinen Auftraggebern noch bei den Kollegen verpfiffen. Clemens hatte Zwillingstöchter, die zu früh zur Welt gekommen waren. Eine von ihnen war an einer Zwerchfellhernie erkrankt. Über Monate pendelte er vom Krankenhaus zum Dienst und zurück.

»Okay, wir haben einen Deal. Ich decke die Sache auf, du bist der alleinige Sündenbock und ich halte im Verborgenen meine schützende Hand über dich. Wenn der Polizeipräsident allerdings ein Exempel an dir statuieren will, weil es ihm gerade in den Kram passt, kann ich nichts für dich tun.«

»Ist klar. Deine Karriere hat natürlich oberste Priorität.«

»Im Unterschied zu dir besitze ich eine und friste mein Dasein nicht in der norddeutschen Provinz.«

Kaum hatte er die Bemerkung ausgesprochen, schien sie ihm leidzutun. Schließlich wusste er, dass Muriels Tod Goldberg in die ländliche Abgeschiedenheit gebracht hatte.

»Tut mir leid. Ich weiß, wie sehr dich Muriels Tod getroffen hat.« Offenbar hatte sich sein Kollege noch einen Rest von Anstand bewahren können.

»Schon gut. Zum Glück mag ich mein Leben, wie es ist. Also sind wir uns einig?«

Goldberg streckte seine Hand aus. Axel zögerte für den Bruchteil einer Sekunde, bevor er sie ergriff.

Axel erhob sich. »Grüß Bruno von mir.«

»Richte ich aus.«

Ohne ein Wort des Abschieds machte Axel auf dem Absatz kehrt und lief zurück zur Straße. Goldberg sah ihm nach. Das war besser gelaufen, als er erwartet hatte. Morgen würde er ins Präsidium gehen und eine Aussage zu Protokoll geben. Entweder würde er damit ein laues Lüftchen auslösen oder ein Sturm würde über ihn hereinbrechen. Das war unmöglich vorherzusehen. Er hatte Hauke versprochen, keine Dummheiten zu machen. In Goldbergs Augen war es ein kluger Schachzug. Falls der Sturm hereinbrach, stand zwar die Kophusener Station auf dem Spiel. Ohne Dienststellenleiter war ihre Existenz noch bedrohter, als sie es ohnehin schon war. Dieses Risiko musste er eingehen, wenn er frei sein wollte. Goldberg hoffte, dass es nicht dazukommen würde. Aber alles im Leben hatte einen Preis. Und er war bereit, ihn zu bezahlen.

Der Roman spielt hauptsächlich in bekannten Regionen und an realen Schauplätzen. Doch sind die Geschehnisse reine Fiktion. Alle Handlungen und Figuren sind frei erfunden. Ähnlichkeiten mit lebenden oder toten Personen sind nicht gewollt und rein zufällig.

Melden Sie sich für den Newsletter an: https://www.nicolewoll-schlaeger.de/newsletter/

Oder folgen Sie der Autorin auf Facebook und Instagram.

Weitere Informationen unter:
www.nicolewollschlaeger.de

Die bisherigen Bände der ELB-Krimiserie im Überblick

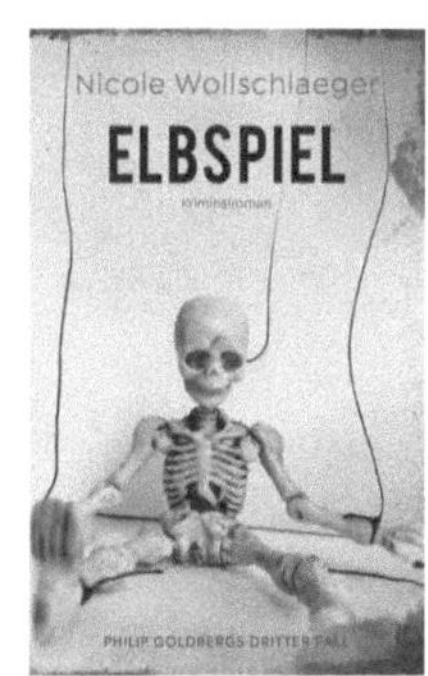

Auch als digitales Hörbuch erhältlich!

FSC
www.fsc.org
MIX
Papier aus ver-
antwortungsvollen
Quellen
Paper from
responsible sources
FSC® C105338